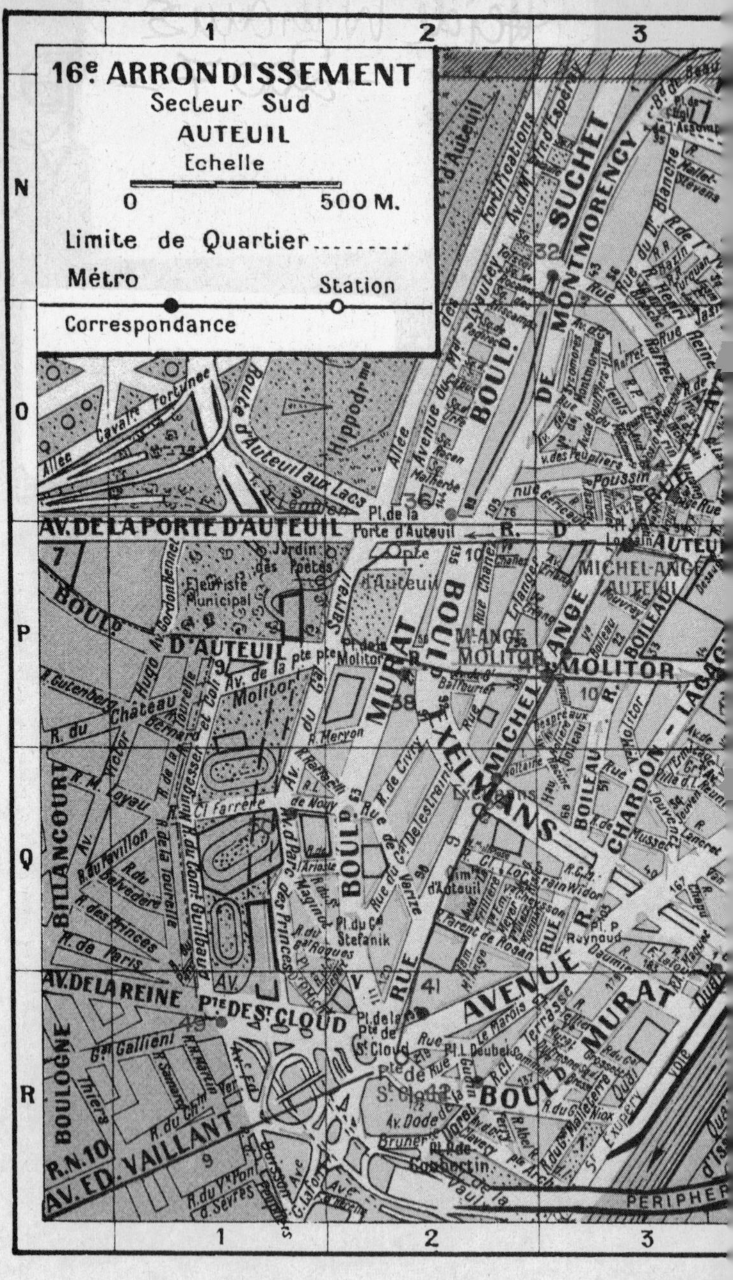
16e ARRONDISSEMENT
Secteur Sud
AUTEUIL
Echelle
0
500 M.
Limite de Quartier
Métro
Station
Correspondance
AV. DE LA PORTE D'AUTEUIL
BOUL^D D'AUTEUIL
AV. DE LA REINE
P^TE DE S^T CLOUD
AV. ED. VAILLANT
R.N.10
BOULOGNE
BILLANCOURT
BOUL^D MURAT
BOUL^D EXELMANS
MICHEL-ANGE
MOLITOR
CHARDON-LAGACHE
BOUL^D DE MONTMORENCY
SUCHET
AVENUE
PERIPHER
Jardin des Poètes
Fleuriste Municipal
Hippodrome
Route d'Auteuil aux Lacs
Pl. de la Porte d'Auteuil
Cim^re d'Auteuil
Pl. P. Raynoud
Pl. du Gal Stefanik

4 Secteur 5 Nord 6 7
N
O
P
Q
R
4 5 6 7
MOZART
DU
ASSOMPTION
RANELAGH
R. des Marronniers
R. Boulainvilliers
Pl. Chopin
RAYNOUARD
AV. DU PRT. KENNEDY
Pomnidou
Cygnes
Bir-Hakeim
Mon de la Radio
Pl. Rodin
FONTAINE
GROS
THÉO. GAUTIER
VERSAILLES
Bleriot
Q. DE GRENELLE
Allée
Rue Linois
Rue Héricart
Rue du Théâtre
Rouelle
Charles
Émeriau
Lourmel
R. Keller
R. de Javel
Javel
Mirabeau
Av. E. Zola
R. d'Entrepreneurs
R. de la Convention
Charles de Javel
Rue St. Charles
Rue de la Convention
R. Balard
15
CITROËN
Quai Pomnidou
Louis
Wilhem
A.
R. Leblanc
Rue Leblanc
Av. F. Faure
Rue
Boul^d Victor
R. Lecourbe

Zu diesem Buch

Léo Malet, geboren am 7. März 1909 in Montpellier, wurde dort Bankangestellter, ging in jungen Jahren nach Paris, schlug sich dort unter dem Einfluß der Surrealisten als Chansonnier und «Vagabund» durch und begann zu schreiben. Zu seinen Förderern gehörte auch Paul Eluard. Eines von Malets Gedichten trägt den bezeichnenden Titel «Brüll das Leben an». Der Zyklus seiner Kriminalromane um den Privatdetektiv Nestor Burma – mit der reizvollen Idee, jede Folge in einem anderen Pariser Arrondissement spielen zu lassen – wurde bald zur Legende. René Magritte schrieb Malet, er habe den Surrealismus in den Kriminalroman hinübergerettet. «Während in Amerika der Privatdetektiv immer auch etwas Missionarisches an sich hat und seine Aufträge als Feldzüge, sich selbst als einzige Rettung begreift, gleichsam stellvertretend für Gott und sein Land, ist die gallische Variante, wie sie sich in Burma widerspiegelt, weitaus gelassener, auf spöttische Art eigenbrötlerisch, augenzwinkernd jakobinisch. Er ist Individualist von Natur aus und ganz selbstverständlich, ein geselliger Anarchist, der sich nicht von der Welt zurückzuziehen braucht, weil er sie – und sie ihn – nicht versteht. Wo Marlowe und Konsorten die Einsamkeit der Whisky-Flasche suchen, geht Burma ins nächste Bistro und streift durch die Gassen.» («Rheinischer Merkur») 1948 erhielt Malet den «Grand Prix du Club des Détectives», 1958 den «Großen Preis des schwarzen Humors». Mehrere seiner Kriminalromane wurden auch verfilmt; unter anderen spielte Michel Serrault den Detektiv Burma. In der Reihe der rororo-Taschenbücher liegen bereits vor «Bilder bluten nicht» (Nr. 12592), «Stoff für viele Leichen» (Nr. 12593), «Marais-Fieber» (Nr. 12684), «Spur ins Ghetto» (Nr. 12685), «Bambule am Boul' Mich'» (Nr. 12769), «Die Nächte von St. Germain» (Nr. 12770), «Corrida auf den Champs-Élysées» (Nr. 12436), «Streß um Strapse» (Nr. 12435), «Wie steht mir Tod?» (Nr. 12891), «Kein Ticket für den Tod» (Nr. 12890), «Die Brücke im Nebel» (Nr. 12917), «Die Ratten im Mäuseberg» (Nr. 12918), «Ein Clochard mit schlechten Karten» (Nr. 12919), «Wer einmal auf dem Friedhof liegt...» (Nr. 12921), «120, rue de la Gare» (Nr. 12964), «Nestor Burma in der Klemme» (Nr. 12965), «Blüten, Koks und blaues Blut» (Nr. 12966) und «Tödliche Pralinen» (Nr. 12968).

Léo Malet

Das stille Gold der alten Dame

Krimi aus Paris

Aus dem Französischen
von Hans-Joachim Hartstein

rororo
Rowohlt

Malets Geheimnisse von Paris

Les Nouveaux Mystères de Paris

Herausgegeben von
Pierrette Letondor und Peter Stephan

16. Arrondissement

Für JAQUOU,
der mich auf meinen Streifzügen begleitet, an
Gittern hochklettert und Ruinen inspiziert.
1956

16.–18. Tausend März 1997

Veröffentlicht im Rowohlt Taschenbuch Verlag GmbH,
Reinbek bei Hamburg, Januar 1994

Abdruck der Karten mit freundlicher Genehmigung
Éditions L'INDISPENSABLE de Paris
Umschlagillustration Detlef Surrey
Umschlagtypographie Walter Hellmann
Gesamtherstellung Clausen & Bosse, Leck
Printed in Germany
990-ISBN 3 499 12920 5

1
Kontaktaufnahme

Der Frühling war etwas spät dran in diesem Jahr. Dafür legte er sich aber mächtig ins Zeug, um die verlorene Zeit wieder aufzuholen. Noch nie hatten die Bäume so schnell ihr grünes Kleid angelegt, und noch nie hatten die Vögel im Bois de Boulogne so laut gezwitschert. Hinterher war's aber wie immer: nur Schall und Rauch.

Um Punkt zwei war ich in einem Haus in der Rue du Ranelagh verabredet, zwischen der Avenue Mozart und dem Quai de Passy. Ich fuhr im Schrittempo vorbei, um mir einen ersten Eindruck von der hochherrschaftlichen Villa zu verschaffen. Jahrhundertwende, *modern style*, Hochparterre mit einer Etage. Der Kasten leuchtete so weiß, als wär er erst gerade gebaut worden. Die großen Fenster mit den kleinen Scheiben schienen mit steifer Schlagsahne eingefaßt zu sein. An der Fassade sah man hier und da seltene Schwertlilienarten, wie kunstvolle Furunkel. An diesem Haus hätte Salvador Dalí seine Freude gehabt. Wie er sagt, hat er sich von dieser schmackhaften Architektur anregen lassen. Ebenso hätten die kalbslungenförmigen Blechplatten auf dem Mäuerchen, die den Baumgarten von der Straße abschirmten, sein Interesse erregt.

Ein sehr hübsches Haus, stattlich und alles. Leider wurde es von einem Wolkenkratzer erdrückt, der direkt dahinter aufragte, wahrscheinlich in der Rue des Bauches.

Ich fuhr weiter. Ganz in der Nähe eines Eingangs zum Viertel Boulainvilliers parkte ich meinen Wagen, sah auf die Uhr und ging dann zu Fuß wieder zurück. Ich läutete an der Gartenpforte. Ein Butler öffnete mir. Nicht mehr ganz jung, distinguiert, weißes gestärktes Hemd unter der gestreiften Weste. Er öffnete so prompt, als hätte er auf mein Kommen gelauert.

„Guten Tag, Monsieur“, sagte er.

„Guten Tag. Nestor Burma mein Name.“

„Ja, Monsieur. Wenn Monsieur mir folgen wollen…“

Er sprach leise, so als hätte er einen Kranken zu hüten oder als fürchtete er, die provinzielle Stille zu stören. Aber vielleicht lag's auch nur am Alter. Wir gingen über einen knirschenden Kiesweg auf das Haus zu. Der steinerne Treppenaufgang war verziert wie der Eingang zu einer Metrostation. Unten an der Treppe stand eine nackte Frau mit üppigem Busen, an den sie eine Lyra drückte. Offensichtlich wußte sie nicht, was sie mit dem Ding anfangen sollte. Wie die Treppe war auch die Frau aus Stein.

Dann betraten wir eine dunkle Vorhalle. Die Bilder an den Wänden waren auch nicht viel heller. Durch einen schmalen Flur gelangten wir zu einer weiteren Treppe (einer viel schmaleren diesmal!). Endlich stand ich in einem altmodischen, aber ganz hübschen Zimmer, das mit Stilmöbeln und Nippes vollgestopft war. Von draußen streichelte der Zweig eines Baumes das Fenster.

In einem Sessel saß Madame Ailot. Mit ihren etwas über fünfzig Jahren hatte sie nicht mehr Falten im Gesicht, als es das Zeitalter der Schönheitschirurgie erlaubte. Alles an ihr war in Grau gehalten, passend zur Augenfarbe. Nur die Haare schimmerten bläulich. Die Frau sah aus wic eine reife, sympathische, etwas müde Dame. Allerdings mit 'nem Schuß Madame Jordonne.

Eine gute halbe Minute sahen wir uns an und nahmen Maß. Sie in ihrem Sessel, ich vor ihr stehend, den Hut in der Hand und eine wahnsinnige Lust zu rauchen im Mund. So was packt mich immer, wenn ich den Eindruck habe, daß meine Pfeife schlecht ins Bild paßt. Eine halbe Minute musterten wir uns schweigend. Endlich räusperte sich Madame Ailot. Sie ließ noch ein paar Sekunden in die Ewigkeit versinken. Dann sagte sie mit zarter Stimme:

„Sie sind also Monsieur Burma?“

Ich verbeugte mich.

„Jawohl, Madame. Nestor Burma.“

„Ich habe gehört, Sie sind ein tüchtiger und diskreter Detektiv.“

Wieder eine Verbeugung meinerseits.

„Tüchtig und diskret", zählte sie noch einmal meine Tugenden auf. „Auch schnell?"

„Kommt drauf an, Madame."

„Ich erwarte keine Wunder von Ihnen. Aber es muß schnell gehen. Übrigens gibt es keinen Grund dafür, daß die Sache nicht schnell erledigt werden könnte. Setzen Sie sich."

Ohne sich in ihrem Sessel zu bewegen, wies sie mit einer schönen weißen Hand auf einen Stuhl. Vorsichtig, ganz vorsichtig setzte ich meinen Hintern auf das gute Stück. Die zarten Beine und die kunstvolle Rückenlehne dieses Sitzmöbels flößten mir kein großes Vertrauen ein. Ich wieg zwar keine Tonnen, aber ich fragte mich doch, ob ein so zierliches und zerbrechliches Sammlerstück einen Mann wie mich aushalten würde. Ich wagte den Versuch: der Stuhl hielt mich aus.

„Es geht um folgendes", fuhr Madame Ailot nach einem tiefen Seufzer fort. (Vielleicht fürchtete auch sie um ihren Stuhl!) „Mir ist sehr wertvoller Schmuck gestohlen worden. Ich möchte ihn gerne ohne großes Aufsehen wiederbekommen. Ich weiß, wer ihn gestohlen hat, und ich möchte..."

Ihre Stimme versuchte, einen harten, autoritären Ton anzuschlagen; aber ihr Herz spielte nicht mit.

„... Ich möchte, daß Sie den Mann treffen... und ihm begreiflich machen, daß ihm die Beute nichts einbringen wird. Wie gesagt, ich möchte keinen Skandal erregen, aber wenn er mir keine Wahl läßt... Damit will ich sagen: wenn er versucht, den Schmuck zu verkaufen... dann werde ich nicht zögern, Maßnahmen zu ergreifen. Ich will ihm wohl zugestehen, daß er in einem Moment geistiger Verwirrung gehandelt hat, und bin bereit, ihm zu verzeihen. Aber..."

Sie schwieg. Ein Blatt des Kastanienbaums streifte die Fensterscheibe, und ich sah zu. Meine Gastgeberin fuhr fort:

„Zu diesem Treffen..."

Ich überließ Blatt und Fensterscheibe ihrem Spiel und richtete meine gesamte Aufmerksamkeit wieder auf Madame Ailot.

„... könnte ich zur Not auch selbst gehen. Obwohl es sich nicht mit meiner Würde vereinbaren läßt. Oder ich könnte

Jérôme schicken, unseren Butler. Aber ich denke, Sie haben mehr Erfahrung mit solchen Verhandlungen. Außerdem wird Célestin von Ihrem Status als Detektiv sicherlich beeindruckt sein.“

„Célestin?“

„So heißt der Dieb. Sein wirklicher Name ist Yves Bénech. Aber hier im Haus nannten wir ihn Célestin. Er war unser Chauffeur.“

„Verstehe.“

Lange Zeit haben Butler und Dienstmädchen mit den Huren in Bordellen den zweifelhaften Vorzug geteilt, ihren Vornamen nach Lust und Laune des jeweiligen Arbeitgebers zu wechseln. Denn diejenigen, die Befehle erteilen, legen keinen Wert darauf, ihr Gedächtnis übermäßig zu strapazieren. Ich hatte eigentlich gedacht, daß sich dieser Brauch so langsam verlöre. Anscheinend jedoch nicht. Gut, dieser Célestin hieß also Yves Bénech. Ein Bretone. Aber nicht mit rundem Hut, sondern mit Chauffeursmütze. Auch gut. Madame Ailot erklärte, Célestin gehöre nicht mehr zum Haus. Sie habe ihn rausgeschmissen, weil ihr bestimmte Dinge nicht gepaßt hätten. Und der Domestik habe sich gerächt, indem er den Schmuck habe mitgehen lassen. Die Hausherrin wiederholte, daß mein Status als Detektiv ihren ehemaligen Chauffeur beeindrucken werde. Ich stimmte ihr zu, ohne sonderlich davon überzeugt zu sein. Die Burschen erweisen sich bei Gebrauch als schlau und starrköpfig. Diese defätistischen Überlegungen behielt ich jedoch für mich.

„Sie wissen also, was ich von Ihnen erwarte, Monsieur Burma. Sie finden Célestin in der Rue de Boulainvilliers...“

Sie nannte auch die Hausnummer.

„Es ist ein Hotel, eine Art Heimathafen für ihn. Dort wohnt er zwischen zwei Arbeitsstellen. Ich hoffe, er ist nicht umgezogen. Sie verlangen die sofortige Rückgabe des Diebesgutes. Es handelt sich um zwei Perlenketten... Kennen Sie sich mit echten Perlen aus?“

„Geht so. Von weitem. Mir hat noch niemand welche geschenkt“, antwortete ich lächelnd.

Mein kleiner Scherz verstimmte sie nicht. Im Gegenteil, ein

schwaches Lächeln huschte über ihre Lippen. Ich fügte hinzu: „Aber Sie engagieren mich ja nicht als Experten, Madame."

„Nein. Also, es geht um zwei Perlenketten, eine herzförmige Brosche, mit Diamanten besetzt, einen Anhänger, einen Brillantring und zwei oder drei weniger wertvolle Ringe, die ich Ihnen leider nicht näher beschreiben kann. Hab sie nie getragen. Sie lagen immer in der Schatulle, und ich konnte mir nicht vorstellen..."

„Macht nichts, Madame. Ich muß dem Dieb ja nicht die Klunker beschreiben, die Ihnen gehören. Schließlich geht es hier nicht um etwas, das Sie verloren haben und bis ins Kleinste beschreiben müssen, um Ihre Eigentumsrechte zu beweisen."

„Ja, da haben Sie recht."

Ich holte mein Notizbuch raus und notierte:

„Also, zwei Perlenketten... in Klammern: echte Perlen..."

Sie diktierte, ich schrieb. Dabei rutschte sie auf ihrem Sessel hin und her, als würde sie von Flöhen gequält. Aber ich mußte mich wohl täuschen. Hier im Viertel La Muette gibt es keine Flöhe. Und wenn es welche gibt, werden sie nicht beachtet. Tatsächlich, ich hatte falsch getippt. Hinter ihrem Rücken holte Madame eine Tasche hervor und daraus ein paar nagelneue Banknoten.

„Ich möchte keinen Skandal", sagte sie. „Kein Aufsehen. Wenn Sie mir meinen Schmuck wiederbeschaffen können, ohne daß es mich mehr als Ihr Honorar kostet, um so besser. Aber wenn..."

Sie trommelte mit den Fingern auf die Armlehne ihres Sessels.

„Aber wenn... Nennen wir es eine Prämie für Unehrlichkeit... ein anderes Wort fällt mir nicht ein... das ist moralisch nicht einwandfrei, aber... na ja, wenn also eine Prämie für Unehrlichkeit die Dinge vereinfachen kann... In diesem Fall gehe ich bis hunderttausend Francs."

Sie hielt mir die druckfrischen Banknoten unter die Nase.

„Natürlich ist mein Schmuck zwei- oder dreihundertmal mehr wert. Aber für Célestin wär's auf jeden Fall das Beste, sich mit der Summe zufriedenzugeben. Machen Sie ihm das klar, Monsieur Burma."

„Verlassen Sie sich nur auf mich."

„Es ist moralisch nicht einwandfrei", wiederholte sie, „aber Sie sind Privatdetektiv und..."

Madame Ailot hielt es nicht für nötig, ihren Gedanken weiterzuentwickeln. In ihrem Kopf mußten Unmoral und Privatflic ein harmonisches Paar abgeben.

„Wir Privatdetektive sind sehr verständnisvoll, Madame. Unendlich verständnisvoller als die Herren von der Tour Pointue. Und in delikaten Angelegenheiten kennen wir uns aus."

„Sehr schön."

Das klang schroff. Sehr schroff.

„Die Banknoten sind neu", bemerkte ich und knisterte mit ihnen, „mit fortlaufenden Nummern. Sie haben die Nummern doch sicher notiert, oder?"

Ihre Wimpern flatterten, als täten ihr plötzlich die Augen von dem Licht weh. Ein flüchtiger Schatten schien ihre Pupillen zu verdunkeln.

„Notiert? Ach ja... natürlich!"

In ihren Augen stand eine stumme Frage. Ich verzog skeptisch das Gesicht und gab einen ziemlichen Quatsch von mir. Aber ich wollte was Bestimmtes rauskriegen.

„Hm...", machte ich. „Also, wenn Sie meine Meinung wissen wollen... Das ist eine ziemlich unsichere Waffe, Madame. Außerdem wird sie schnell stumpf. Aber man kann's ja mal probieren, nicht wahr? Doch, ich glaube, wir werden ihm das Geld geben müssen. Das vereinfacht die Dinge, wie Sie schon so richtig sagten. Und die notierten Nummern sind vielleicht keine schlechte Waffe, falls dieser Mensch einen Skandal heraufbeschwört, den Sie vermeiden wollen. Dann können Sie ihn nämlich beschuldigen, Ihnen das Geld gestohlen zu haben. Eine unsichere Waffe, zugegeben – in unserer Zeit sind hunderttausend Francs im Nu aufgebraucht –, aber besser als gar nichts."

„Hm...", machte jetzt meine Klientin.

Dann schwiegen wir wieder gemeinsam. Nur das Kastanienblatt am Fenster war zu hören. Ich räusperte mich und sah auf die Scheine in meiner Hand. Das verdammte Bedürfnis zu rauchen wurde immer heftiger. Es wurde noch verstärkt durch einen Zwerg aus Sèvresporzellan, der auf dem unteren Fach eines

Tischchens stand, eine riesige Pfeife im Mund. Oh! Bald konnte ich nach Herzenslust qualmen, mich meinen heißgeliebten Tabakstudien widmen! Ich spürte es. Du bist zu intelligent, Nestor Burma! So intelligent, scharfsinnig und raffiniert, daß man dich für blöd hält. Madame Ailot seufzte:

„Sie sind ein kluger Kopf, Monsieur", sagte sie lächelnd.

Ich atmete tief durch. Sie konnte Gedanken lesen, auch wenn sie's nicht wußte.

„Gezwungenermaßen", antwortete ich, „schließlich verdiene ich damit mein tägliches Brot."

„A propos... Was Ihr Honorar betrifft..."

Weitere fabrikneue Scheine gesellten sich zu der milden Gabe, die für Célestin bestimmt war. Ich stopfte die Bündel in meine Tasche.

„Ich glaube", kommentierte meine neue Klientin die Transaktion, „das wird genügen, und..."

„Entschuldigen Sie, Madame", unterbrach ich sie. „Wie sieht dieser Yves Bénech aus? Würd mir gern ein Bild von ihm machen, bevor ich ihn aufsuche."

Sie beschrieb mir ihren Ex-Chauffeur als einen Mann von fünfunddreißig Jahren und einhundertsiebzig Zentimetern, mit athletischer Figur und dem Gesicht eines jugendlichen Liebhabers, das sich für Postkarten oder Fotoromane eignet: ein hübscher junger Mann mit einem Blick, der die Frauen zugrunde richtet.

„Sie haben nicht zufällig ein Foto von ihm?" fragte ich.

Sie erstarrte unmerklich. Die Krähenfüße, die durch geschickte Massage aus ihrem Gesicht verschwunden waren, kehrten im Galopp wieder zurück.

„Ein Foto?" wiederholte sie überflüssigerweise. „Nein, ich habe kein Foto von diesem Menschen. Warum sollte ich ein Foto von ihm haben?"

„Weiß ich nicht. Aber er könnte ja ein paar Sachen hier im Haus vergessen haben, zum Beispiel Fotos..."

„Er hat nichts vergessen. Er hat alles mitgenommen, was ihm gehörte, und dazu..."

„... noch das, was ihm nicht gehörte. Ich weiß. Entschuldigen Sie..."

Ich lächelte, um meine Verlegenheit zu verbergen.

„In jedem Beruf gibt es Routine, Mechanismen, stehende Redewendungen. Und manchmal rutscht uns ein Satz raus, völlig grundlos. Übrigens brauch ich überhaupt kein Foto. Ich soll ihn ja nicht beschatten, sondern Kontakt mit ihm aufnehmen. Und das werd ich gleich jetzt tun. Falls es nicht klappt, dann spätestens morgen. Sobald es was Neues gibt, ruf ich Sie an. Ihre Telefonnummer...?"

„Ranelagh 91-87."

Ich notierte mir auch das.

„Wann kann ich Sie anrufen, ohne Sie zu stören?"

„Wann Sie wollen. Für Sie bin ich jederzeit zu sprechen."

„Was anderes... Wann wurde der Schmuck gestohlen?"

„Samstag. Célestin war noch hier in Stellung. Sein letzter Tag. Ich habe den Diebstahl erst Montag entdeckt."

„Gestern also. Hehler respektieren weder die Sonntagsruhe noch die Montagsruhe der Frisöre. Aber vielleicht konnte sich Célestin noch nicht mit einem in Verbindung setzen."

„Das hoffe ich sehr. Wir haben uns also verstanden, Monsieur Burma, nicht wahr? Er gibt den Schmuck zurück, ich vergesse und verzeihe seine Unehrlichkeit und treibe die Nachsicht sogar so weit, ihm Geld zu geben – als Belohnung für seine Unehrlichkeit. Ich will keinen Skandal, aber wenn er unbedingt ins Gefängnis will, werde ich nicht zögern..."

So siehst du aus! Na ja, mir konnte es egal sein. War nicht mein Bier. Ich fragte sie erst gar nicht, ob sie nicht noch jemand anders in Verdacht habe als ihren Chauffeur. Sie war von Célestins Schuld felsenfest überzeugt. Und sie hatte ihre Gründe dafür. Das verstand ich sehr gut.

„Jérôme wird Sie hinausbegleiten", sagte Madame Ailot.

Mit dem Fuß drückte sie einen Klingelknopf auf dem Parkett. Ich stand von meinem Museumsstuhl auf, um ihn und mich von meiner Anwesenheit in diesem Zimmer zu befreien. Madame Ailot bedachte mich zum Abschied mit einem freundlich-distanzierten Kopfnicken. Sie stand weder aus ihrem Sessel auf, noch gab sie mir die Hand. Dem Personal gibt man nicht die Hand. Ich war ein Privatflic, den man soeben für ein paar Tausender angeheuert hatte. Ein Angestellter. Eine Vertrauensperson, aber nichtsdestoweniger ein Angestellter. Nicht weit entfernt von einem Domestiken. Und denen gibt man eben nicht die Hand. Manchmal allerdings wirft man sich einem von ihnen an den Hals, und er nutzt die Gelegenheit aus, um die Kette von dem Hals der Hausherrin zu klauen. Aber ansonsten... Ich dagegen habe immer wieder Gelegenheit mich totzulachen. Nicht eine laß ich aus. Gehört zu meinen Sonderbegabungen.

Auf das Fußklingelzeichen hin erschien Jérôme – der eigentlich vielleicht Lucien hieß – und begleitete mich hinaus bis auf die Rue du Ranelagh. Immer noch lag sie still und friedlich da.

Auf der anderen Straßenseite stopfte ich mir erst mal eine ansehnliche Pfeife. Noch während ich den Stierkopf stopfte, fragte ich mich, ob man das mit meinem Kopf gerade nicht genauso gemacht hatte. Ich drehte mich noch einmal zu dem Haus um, aus dem ich soeben gekommen war. Hinter einem Fenster der ersten Etage zitterte eine Gardine. Hatte sie ein Luftzug oder eine Hand bewegt? Hm... Vielleicht fand mich Madame Ailot auch ganz attraktiv. Kann man nie wissen. Ich zündete mir meine Pfeife an, ging zu meinem Wagen, setzte mich hinters Steuer und blieb erst mal dort sitzen. Nachdenklich zog ich den Rauch ein. Plötzlich grüßte mich eine junge, frische Stimme mit einem herzlichen „Guten Tag, Monsieur!" Ein hübsches blasses Gesicht blickte durch das geöffnete Seitenfenster. Darunter sah ich eine schmale Hand mit schrecklich abgenagten Fingernägeln.

Sie war fast noch ein Kind. Ich hatte weder gehört noch gesehen, daß sie an meinen Wagen getreten war. Sie lächelte mich an. Ein trauriges Lächeln, nicht sehr stabil. Auch in den braunen Augen stand Traurigkeit. Die kastanienbraunen, leicht rötlichen Haare fielen in Fransen auf die Schultern. Auch das im *modern style*. Die Kleine war nicht geschminkt. Sah aus wie'n kleiner Wildfang. Sehr sympathisch. Der obere Knopf der Bluse fehlte, so daß ein großzügiger Einblick gewährt wurde.

„Guten Tag, Mademoiselle."

Ich nahm die Pfeife aus dem Mund und lächelte zurück. Der Rauch kitzelte ihr die Nase. Sie nieste beinahe genießerisch.

„Ich weiß, wer Sie sind", sagte sie augenzwinkernd.
„Was Sie nicht sagen! Und wer bin ich?"
„Der Märchenprinz."
„Falsch. Ich bin Artagnan."

Sollte ich etwa nicht Diamanten beschaffen? Der Blick des Mädchens verdüsterte sich. Sie klopfte mit dem Fuß aufs Pflaster.

„Artagnan mag ich nicht", knurrte sie. „Er benimmt sich gegenüber Frauen nicht anständig."

„Ganz Ihrer Meinung."
„Sie sind nicht Artagnan."
„Nein. Zufrieden?"
„Ja. Sie sind der Märchenprinz, der mich entführen will."

Ich schüttelte bedauernd den Kopf.

„Leider bin ich auch kein Märchenprinz. Erstens bin ich zu alt dafür, und zweitens hab ich kein Pferd."

„Sind Sie denn schon so alt?"
„An manchen Tagen, ja."
„Sie machen sich über mich lustig", sagte sie stirnrunzelnd.
„Oder Sie über mich", seufzte ich. „Los, Kleine, Sie sollten jetzt nach Hause gehen. Da können Sie auch den Knopf an Ihre Bluse nähen..."

Schamhaft bedeckte sie das Dekolleté mit der Hand.

„Ich nehme mal an, Sie wohnen hier im Viertel?" fragte ich etwas dämlich. Dämlichkeit ist wohl ansteckend.

„Ja, ja. Mögen Sie's? Ich meine das Viertel?"
„Weiß ich nicht. War noch nicht oft genug hier, um mir 'n Urteil zu bilden."

„Es gibt Tage, an denen ich's hasse. Und dann wieder nicht..."

Sie legte ihre Hand auf die Fensterkante.

„Mit manchen Dingen kann man sich nicht abfinden. Haben Sie das Schild gesehen?"

„Welches Schild?"
„Das da! Am Eingang von Boulainvilliers..."

Sie zeigte in die Richtung. Ich sah nicht hin. Ich kannte das Schild.

„Ja, hab's gesehen. Und?"

„Und? *Privatgrundstück.* Ist das nicht ein starkes Stück? Wirklich, die Leute sind kein bißchen sensibel. Wie lange mag das dreckige alte Schild schon da hängen? Und niemand hat je daran gedacht, es abzunehmen. *Unbefugten und Tieren ist der Zugang untersagt.* Das hätte keine fünf Minuten hängenbleiben dürfen, finden Sie nicht?"

Ich mußte lachen.

„Also wirklich! Was in dem kleinen Kopf alles so vor sich geht... Glückwunsch! Hab dasselbe gedacht, als ich das Schild sah. Wir zwei könnten uns verstehen."

„Sie machen sich schon wieder über mich lustig! Das ist nicht nett..."

Sie lachte laut los.

„Sehen Sie mal die da!"

Ich lehnte mich hinaus, um zu sehen, was die Ursache ihrer Heiterkeit war. Eine komische Alte kam aus dem Viertel von Boulainvilliers. Der Rock ging ihr bis auf die Reitstiefel. Unter dem ballonartigen Hut kamen gelbliche Haare hervor. Jetzt verstand ich auch das Schild am Eingang. Wenn alle Bewohner des Viertels so aussahen, lag der Nutzen des Zugangsverbots auf der Hand. Vielleicht hatten es der Tierschutzverein und eine humanitäre Gesellschaft anbringen lassen.

„Wie im Karneval!" bemerkte meine kleine Freundin.

Ich nickte zustimmend. Wahrscheinlich war das nicht der Dichter Fernand Gregh. Also konnte ich mir einen groben Vergleich erlauben:

„Sieht aus wie 'ne alte Pißnelke."

„Sie kennen aber schlimme Wörter!"

„'tschuldigung. Das ist nicht schlimm, sondern nur unsauber. So ist nun mal die französische Sprache, vor allem das Argot."

„Jetzt machen Sie sich schon wieder über mich lustig."

„Überhaupt nicht. Aber es würde zu lange dauern, Ihnen das zu erklären, Mademoiselle... Mademoiselle..."

„Marie-Chantal."

Ich drohte ihr mit den Hörnern meiner Stierkopfpfeife.

„Wer macht sich hier über wen lustig, hm?"

„Aber so heiße ich!"

„Im Ernst?"
„Wirklich!"
„Na ja, da hat man Ihnen aber einen üblen Streich gespielt überm Taufbecken. Kein Vergnügen, mit so einem Vornamen durchs heutige Paris zu laufen, hm? Haben Sie keinen anderen?"
„Doch."
„Und welchen?"
„Suzanne."
„Dann nenn ich Sie lieber Suzanne... falls wir uns noch mal sehen sollten."
„Werden wir!"
„Natürlich. Wenn Nestor sich ein Pferd gekauft hat, ein Turnierpferd, ein Paradepferd, ein Streitroß oder wie man einen Gaul noch so nennt. Und dann eine komplette Ausrüstung für gewerkschaftlich organisierte Märchenprinzen."
„Nestor?"
„Ja, so heiße *ich*."
Sie lächelte.
„Sie sind ein lustiger Vogel."
„Hm..."
„Wenn Sie Oma auch so'n Quatsch erzählt haben..."
„Ach du heilge Tante! Wer erzählt denn hier Quatsch? Und vor allem: wieso Oma?"
Sie kniff den Mund zusammen, machte ein hochnäsiges, affiges Gesicht.
„Madame Ailot", erklärte sie. „Mathilde Ailot. Aber sie ist nicht meine Großmutter. Ich nenn sie nur so. Sind Sie ein Freund von ihr? Ich seh Sie zum ersten Mal."
„Wie Sie schon sagten: Ich bin ein lustiger Vogel. Ein Wandervogel."
„Wandervogel? Sind sie Vertreter?"
„Ja, ich bin Vertreter."
Meistens in Sachen Mordsärger!
„Zufrieden?"
Sie antwortete nicht. Das heißt, sie sagte plötzlich: „Auf Wiedersehn, Monsieur", was man nicht als Antwort im eigentlichen Sinne bezeichnen kann. Und damit verschwand sie aus meinem

Gesichtsfeld. Ich beugte mich hinaus. Sie war verschwunden. Aber durch das andere Wagenfenster sah ich sie. In ihren Ballerinaschuhen überquerte sie die Straße, diagonal, sozusagen den Schwanz eingeklemmt. Wie ein Hund, der eine Tracht Prügel erwartet. Sie ging auf die Villa *modern style* zu, wo in dem Gartentor Jérôme wartete, kräftig und kantig. Dann schloß sich die Tür hinter den beiden.

Marie-Chantal! Teufel noch mal! Ein verdrehtes Dienstmädchen, dem der Frühling wohl zu schaffen machte, das zuviel las und sich am Ende noch um Dinge kümmerte, die es nichts angingen. Dienstmädchen? Vielleicht nicht. Verdammt hübsch, ja sogar rassig für ein Dienstmädchen. Und dazu 'n kleiner Witzbold. Jedenfalls aber etwas verdreht. Eine mehr in meiner großen Sammlung!

Ich klopfte meine Pfeife aus und startete den Wagen in Richtung Rue de Boulainvilliers. Ich parkte ihn in der Rue des Maronniers und ging zu Fuß zu Yves Bénech, der einzigen Person, die mich laut Vertrag mit Madame Ailot zu interessieren hatte.

* * *

Das Hotel hätte Boulainvilliers oder Raynoaurd heißen können. Es stand nämlich genau an der Ecke dieser beiden Straßen, nicht weit von der Bushaltestelle der 52. Aber es hieß Hôtel de l'Assomption, wahrscheinlich weil sich ganz in der Nähe gleich nebenan die Straße desselben Namens befand.

Die Fassade des Hauses schrie nach Farbe. Frag mich so langsam allen Ernstes, wo der Unterschied zwischen besseren und schlechteren Vierteln liegt. Ich muß zugeben, daß ich das 16. Arrondissement nicht besonders gut kenne. Bin nur ziemlich selten dort rumgelatscht. Vier- oder fünfmal vielleicht in meinem jungen Leben. Es ist ein piekfeines, großbürgerliches Arrondissement, das mich ein wenig einschüchtert. Als mich Madame Ailot telefonisch zu sich bestellt hatte, hatte ich sogar etwas Schiß gehabt. Aber ich fand mich schneller zurecht, als ich gedacht hatte. Die Gegend kam mir vor, als wär sie extra für mich gemacht worden. Erstaunlich, wieviel unbebautes Gelände und Brachland es hier gibt. Unglaublich! Sieht fast so aus wie im 13. Arrondissement, um die Place d'Italie herum. Und das will was heißen...!

Die zweite Ähnlichkeit, die mir auffiel, war die mit einem Friedhof. Überall wird man daran erinnert, wer in diesem oder jenem Haus geboren oder gestorben ist. Zum Beispiel Jean Richepin, in der Rue de la Tour, oder Théophile Gautier, der liebe Théo, wie er genannt wurde... oder Victor Hugo, der gute alte V.H.... oder die Comtesse Mathieu Brancovan de Noailles, die Dichterin mit dem großen Herzen, in der Rue Scheffer... und Paul Valéry oder Sétois oder Georges Brassens... usw. usw. Ein Friedhof mit viel unbebautem Gelände...

Um wieder auf das Hôtel de l'Assomption zurückzukommen: langsam aber sicher fraß der Rost das Schild über der Tür. Das Wort „Hotel“ war zu „H..el“ verkürzt. Aber der Besitzer schien wohl keinen Eindruck schinden zu wollen. Bloß keinen Sand in die Augen streuen! Dagegen sah die längliche Eingangshalle ganz anständig aus, beinahe luxuriös. Hinten befand sich die Rezeption, davor die unvermeidliche immergrüne Grünpflanze. Dahinter saß ein dicker Kerl neben einem duftenden Strauß Feldblumen und telefonierte. Er war zwar in Hemdsärmeln, hatte sich aber eine Krawatte um den Hals gewürgt, als wollte er zu einer Hochzeit oder Beerdigung. Als ich näherkam, grüßte er mit einem leichten Kopfnicken, ließ sich aber beim Telefonieren nicht stören. Ich vertrieb mir die Zeit, indem ich mit dem Stift spielte, der auf der Schreibunterlage lag. Gleichzeitig warf ich einen Rundblick um mich. Neben dem Schlüsselbrett hing verschämt ein Schildchen mit der Aufschrift „*Complet*“. Aber das hatte wohl nichts zu bedeuten. Mir kam eine Idee. Der Dicke legte auf, wandte sich mir zu und fragte mich freundlich, was ich wollte.

„Ein Zimmer, bitte“, antwortete ich ebenso freundlich.

„Für wie lange?“

„Bis ich Arbeit finde. Ich bin Chauffeur. Privatchauffeur. Komm grade aus der Provinz, um Paris zu erobern.“

Er nickte.

„Ach so, um Paris zu erobern..."

‚Warum nicht?' dachte er wohl. Die Rastignacs machten keinen großen Eindruck auf ihn. Hatte Balzac nicht einen Katzensprung weiter weg gewohnt, in der Rue Berton? Sein linkes Schweinsäuglein blinzelte amüsiert. Dann ging er aber sofort zu ernsten Dingen über. Ja, er habe etwas sehr Hübsches für mich, in der dritten Etage. Er nannte den Preis. Auch sehr hübsch, der Preis. Für ihn. Während er sprach, sah er sich unauffällig nach meinem Koffer um.

„Hab mein Gepäck am Bahnhof gelassen", erklärte ich.

Er murmelte so was Ähnliches wie „Verstehe". Ich füllte das Anmeldeformular aus. Bei solchen Gelegenheiten benutze ich mein Pseudonym Dalor. Ich bezahlte für eine Woche im voraus, was soviel wert ist wie ein gültiger Personalausweis und drei Koffer. Der Fettkloß – wahrscheinlich der *patron* des Hotels – sammelte Geld und Formular ein und drückte auf eine Klingel. Sofort erschien ein Zimmermädchen auf der Bildfläche. Sie trug ein niedliches Häubchen auf ihren blonden Haaren und eine Schürze mit Volants. Die Kleine war mollig, mit dicken roten Lippen in einem gewöhnlichen Gesicht. Aber gar nicht unangenehm. Doch, ganz nett, der Laden. Wenn noch etwas an der Fassade rumgepinselt würde...

„Bringen Sie Monsieur auf Zimmer Nr. 25", sagte der Chef und gab dem Mädchen den entsprechenden Schlüssel.

Einen Aufzug gab es nicht. Ich ging hinter dem Mädchen nach oben. Schöne Beine hatte sie auch, aber die billigen Strümpfe verdarben alles.

„Da wären wir, M'sieur", sagte sie, als wir in der dritten Etage angekommen waren.

Sie öffnete die Tür zum Zimmer Nr. 25 und trat zur Seite, um mich vorgehen zu lassen. Die Bude war sehr gemütlich. Für das, was ich vorhatte, und für die kurze Zeit, die ich voraussichtlich hier wohnen würde... Von einer nahen Baustelle drangen nicht grade gedämpfte Geräusche herauf, aber das störte mich nicht. Schlafen konnte ich am Ende des Monats.

Baustellen gibt's übrigens jede Menge zwischen dem Trocadéro und der Porte de Saint-Cloud. Frag mich, worüber sich

Abbé Pierre beklagt! Früher war dieses Viertel berühmt wegen seiner schmucken Stadtvillen; aber bald wird es mit Wolkenkratzern zugepflastert sein. Und Grünflächen kann man dann nur noch in Billardsälen bewundern. Auch die unbebauten Flächen werden verschwinden. Na ja, mir soll's egal sein.

Das Dienstmädchen mit den hübschen Beinen und den häßlichen Strümpfen sang Loblieder auf das Zimmer, seinen Komfort (eigenes Badezimmer, Telefon am Bett), führte mir den Kleiderschrank vor usw. usw. Dann lehnte sie sich aus dem Fenster, um den Fensterladen zu befestigen.

„Und sehen Sie, welchen Ausblick Sie haben!“ schwärmte sie.

Von dort, wo ich stand, hatte ich vor allem einen wunderschönen Ausblick auf den Ansatz ihrer Schenkel. Ich ging zum Fenster und sah der Kleinen über die Schulter. Hinter dem André-Rondenay-Stadion, auf dem Gelände des ehemaligen Gaswerkes, begann der Pont de Grenelle mit der Freiheitsstatue. Dahinter entdeckte ich die Fabriken des linken Seineufers. Von der Baustelle sah man nur den dürren Arm eines Baukrans.

„Gefällt's Ihnen, M'sieur?“ fragte das Mädchen und trat wieder ins Zimmer zurück.

„Es wird reichen“, sagte ich, weniger begeistert als ein Wischlappen.

Die Gegend war eher düster, trotz des Sonnenscheins. Ich angelte einen Fünfhunderter aus der Tasche.

„Ich komme aus der Provinz“, erklärte ich. „Hab wenig Übung mit Trinkgeldern. Hier haben Sie erst mal was für den Anfang.“

Ich gab ihr den Schein.

„Oh, M'sieur. Vielen Dank, M'sieur…“

Im Gegensatz zu dem Mann aus der Provinz kannte sie sich mit Trinkgeldern aus. Elegant ließ sie den Schein verschwinden.

„Brauchen Sie im Moment noch etwas, M'sieur?“

„Ja“, antwortete ich lachend. „Einen Chef, der doppelt soviel bezahlt wie die andern. Und der ans Bett gefesselt ist, damit ich ihn nicht den ganzen Tag rumkutschieren muß. Haben Sie zufällig so was in Ihrem Bekanntenkreis?“

Sie machte kugelrunde Augen. Stand ihr nicht schlecht.

„Ich bin nämlich Chauffeur, müssen Sie wissen. Kein Taxichauffeur. Privatchauffeur. Und ich suche Arbeit."

„Ach so, verstehe. Bedaure, M'sieur, aber da kenn ich mich nicht aus. Aber..."

Die fünfhundert Francs begannen zu wirken.

„Aber?" hakte ich nach.

„Vielleicht kann M'sieur Bénech..."

Sie spielte mit dem Träger ihrer Schürze.

„... M'sieur Bénech ist ein Kollege von Ihnen. Auch Chauffeur. Unter Kollegen hilft man sich doch, oder? Nur... Der steht im Moment auch auf dem Schlauch, wie Sie..."

„Na ja, vielleicht kann er mir 'n Tip geben."

„Genau."

Ihre Augen leuchteten.

„M'sieur Bénech ist nämlich sehr nett."

„Ein Freund von Ihnen?"

„Ein Mieter. Hat sein festes Zimmer hier. Kostet zwar, aber das Hotel ist praktisch sein Zuhause."

„Wie schön. Hören Sie! Ich würde ihn gerne kennenlernen, meinen Kollegen und Nachbarn. Welche Zimmernummer...?"

„Neunundzwanzig. Am Ende des Flures."

„Auf derselben Etage?"

„Ja."

„Sozusagen die Chauffeursetage, hm?" sagte ich lachend.

„Stimmt! Man könnte meinen, das wär Absicht."

„Tja, dann werd ich ihm mal einen kurzen Besuch abstatten. Obwohl... äh... Wär vielleicht besser, wenn sie mich ihm vorstellen. Geht das?"

„Natürlich."

„Jetzt sofort?"

„Nein. Er ist weggegangen. Bei dem Wetter..."

„Wann kommt er wohl zurück?"

„Tja... Wenn er zurückkommt."

„Vielen Dank. Und jetzt gehen Sie schnell wieder nach unten. Sonst kommt Ihr Chef noch auf falsche Gedanken."

Sie sah mir tief in die Augen.

„Gut, M'sieur", sagte sie und verschwand.

Ich setzte mich auf die Bettkante, stopfte meine Pfeife und rauchte im Takt der Geräusche aus der Welt der Arbeit. Nach vorn gebeugt, die Ellbogen auf die Knie gestützt, beobachtete ich die ersten Schritte der ersten Fliege des Frühlings auf dem gebohnerten Fußboden.

Yves Bénech... Marie-Chantal... Madame Ailot...

* * *

Ich klopfte die Pfeife aus, reckte und streckte mich und stand vom Bett auf. Dann öffnete ich meine Zimmertür und lauschte. Im Erdgeschoß quälte sich ein Staubsauger bei der Arbeit. Eine ziemlich ungewöhnliche Zeit für derartige Übungen. Aber das war auch das einzige Geräusch im ganzen Haus. Hier in der dritten Etage herrschte absolute Stille. Ich trat auf den Flur hinaus, meinen Schlüsselbund mit dem allzeit bereiten Passepartout in der Hand. Ziel: Nr. 29.

Das Zimmer von Yves Bénech sah genauso aus wie meins. Dasselbe Strickmuster, unpersönlich, schlicht und geschmacklos wie alle Hotelzimmer, in denen man nicht ständig wohnt. Ich fand nichts Aufregendes, und schon gar nicht die Klunker von Madame Ailot. Hatte ich auch nicht erwartet. Vor allem, weil ich nicht die nötige Zeit hatte, um die Klamotten des Chauffeurs genau unter die Lupe zu nehmen. Ich wollte mir nur mal schnell das Zimmer ansehen. Manchmal lernt man dadurch den Bewohner besser kennen, als wenn man ihm persönlich gegenübersteht.

Kurz darauf verließ ich das Hotel, Pfeife im Mund. Ich ging die Rue de Boulainvilliers hinauf, vergewisserte mich, daß mein Dugat immer noch dort stand, wo ich ihn geparkt hatte, und rief dann aus einem Hotel in der Rue Bois-le-Vent die Nummer Ranelagh 91-87 an.

„Hat's schon geklappt?" fragte meine Klientin.

„O nein, Madame", antwortete ich. „So schnell bin ich nun auch wieder nicht. Wollte Ihnen nur sagen, daß unser Mann immer noch in dem Hotel wohnt und vorläufig auch wohl nicht ausziehen wird. Immerhin etwas. Außerdem... Ich habe ein Zimmer in demselben Hotel gemietet. Natürlich unter einem anderen Namen. Falls Sie mich dringend sprechen wollen, fragen Sie nach Monsieur Dalor."

„Dalor? Komischer Name..."

Ich sagte ihr nicht, daß der entsprechende Vorname noch viel komischer war. Nach ein paar belanglosen Worten legten wir auf. Dann wählte ich die Nummer der Agentur Fiat Lux. Meine Sekretärin meldete sich.

„Hélène, mein Schatz. Ich bin's, Ihr Chef. Hab 'n Höhenfurz gekriegt und mich vorübergehend im 16. eingemietet. Packen Sie mir doch bitte 'n paar Klamotten zusammen, damit der Hotelbesitzer nicht an meinen Märchen zweifelt, die ich ihm aufgetischt habe. Hab ihm erzählt, ich käm aus der Provinz. Werfen Sie irgendetwas in den Koffer. Vor allem meinen Rasierapparat, ein Hemd zum Wechseln, Strümpfe und einen Pyjama."

„Sonst noch was?" fragte Hélène lachend. „Gehört das auch zu den Aufgaben einer Sekretärin, in Ihrer Wäsche rumzuwühlen?"

„Würd ich gerne bei Ihnen machen..."

„Wie Sie schon sagten: vorübergehender Höhenfurz."

„Eher niedere Instinkte. Also gut, ich werde den Kram am späten Nachmittag abholen. Was anderes..."

„Klar, Sie haben bei der Aufzählung eine Unterhose vergessen."

„Das auch. Aber sehen Sie doch mal in unserer Kartei nach, Abteilung ‚Hauspersonal', Unterabteilung ‚Chauffeure'. Ich suche die Adresse eines Bistros."

„Für Chauffeure?"

„Ja. Für echauffierte Chauffeure. Und jetzt ran an die Arbeit."

„Jawohl, Chef."

Sie legte den Hörer auf den Tisch. Ich hörte sie vor sich hin summen. Zehn Sekunden später war sie wieder in der Leitung:

„Was hier auf der Karte steht... klar wie dicke Tinte. Aber das sind Sie ja gewohnt..."

„Sagen Sie's schon!"

„Chaussée de La Muette, früher Rue de Berri. Hieß die Chaussée de La Muette früher Rue de Berri?"

„Unwichtig. Weiter!"

„*Bar-tabac* La Gauloise, Honoré."

„La Gauloise? Danke, mein Schatz. Und denken Sie an meinen Koffer, ja? Hab's mir überlegt: 'ne Unterhose brauch ich auch noch..."

Ich machte mich auf den Weg in die Chaussée de La Muette. Das rege Treiben der Geschäftsstraße Rue de Passy endete an den Tischbeinen der sonnigen Terrasse des La Gauloise. Die Autos, die zum Bois de Boulogne fuhren, glitten leise vorbei. Im 16. Arrondissement gibt es fast keine Autos, die Krach machen. Die Leute, die aus der Metrostation gegenüber an die Oberfläche kamen, blieben erst mal stehen, holten Luft und sahen sich die Abendausgaben der Zeitungen an, die an dem Kiosk Ecke Avenue Mozart auslagen.

Ich stellte mich an die Theke des Cafés La Gauloise. Nicht, weil ich ein besonders ehrlicher Mensch wäre, sondern aus alter Gewohnheit bezahlte ich mein Getränk sofort. Neben mir standen zwei Maurer von der Baustelle, vor sich ein Glas Rotwein. Ein Hausangestellter mit dem Hündchen seiner Chefin genehmigte sich einen Aperitif. Am Flipper stand ein junger Mann und schlug die Zeit tot. Sein Freund beobachtete die rollende Kugel. Der Kellner machte sich lustlos an der Kaffeemaschine zu schaffen. Hinter der Trennscheibe döste der Tabakverkäufer vor sich hin. Mit anderen Worten: ein friedlicher Ort mit lauter anständigen Leuten. Aber gerade in solchen Cafés werden gewisse Geschäfte abgewickelt. Natürlich gibt es für so was kein Hinweisschild, und alles spielt sich in Nebenräumen ab. Kein Mensch hat 'ne Ahnung davon, am wenigsten der *patron*. Für diesen Gelderwerb braucht man keine besondere Ausstattung, höchstens ein Telefon. Eine einfache Holzbank im Park tut's genauso wie eine Lederbank im Café. Anständig. Hochanständig. So sehen die aus! Anständig war's hier vielleicht noch zugegangen, als die Straße Rue de Berri geheißen hatte. Aber seitdem... Ich wollte mich gerade unauffällig an den Kellner wenden, als sich zwei weitere Gäste an die Theke stellten. Sie kamen aus dem Nebenraum oder vom Klo. Kein Zweifel: einer von den beiden war mein Célestin. Gang, Aussehen, Auftreten, Alter, alles entsprach der Beschreibung, die mir Madame Ailot gegeben hatte. Grauer Schlapphut, graue Krawatte, blütenweißes Hemd, Tweedjacke, marineblaue Hose und berufsbezeichnende Mütze. Der kleine Dicke neben ihm war kahlköpfig wie 'ne Fledermaus und hatte grobe Gesichtszüge. Ein Auge schielte zum nächstbesten Schlüsselloch und das andere zum geeigneten Teller, auf den er spucken konnte. Seine Gewohnheiten behält man immer bei, auch wenn man in Rente geht. Na ja, der andere war jedenfalls Célestin. Die Fledermaus nannte ihn Yves. Er bestellte einen Aperitif, und Célestin ein Vichy. Hörte sich an wie'n Witz. War aber keiner. Nur eine Vorsichtsmaßnahme.

„Muß ja nicht unbedingt 'ne Fahne haben", sagte Célestin. „Tja, sieht so aus, als wär ich nicht lange arbeitslos gewesen."

„Hätte dir so passen können", lachte der Dicke. „Im Frühling!"

„Tja", sagte der Ex-Chauffeur von Madame Ailot, halb im Scherz, halb im Ernst, „was tut man nicht alles für seine alten Tage."

„Willste dich beklagen?"

„Tja, dann werd ich mal gehn."

Er bezahlte die beiden Getränke, holte ein Notizbuch raus, warf einen Blick drauf und steckte es wieder ein. Dann gab er der Fledermaus die Hand und machte sich auf die Socken. Ich setzte mein nichtssagendes Gesicht auf und folgte ihm.

Er bog in die Rue de Passy ein. Sollte mir recht sein. Unter all den Köchinnen und Kindermädchen würde er mich nicht so leicht bemerken. Übrigens schien er sich auch gar nicht darum zu kümmern, ob ihm jemand folgte. Wenn er sich umdrehte, dann nach Mädchen, die ihm gefielen. Eitel wie ein Gockel, stolzierte er ohne Hast die Straße entlang. Ein toller Kerl, der sich in Szene zu setzen wußte. Ein Bretone, klar! Ein Fischer eben! Schön blöd mußten sie sein, Mutter Ailot & Co.! Was ihnen passierte, sollte ihnen 'ne Lehre sein!

Hintereinander erreichten wir den Boulevard Delessert. Yves Bénech überquerte die Rue Raynouard und bog in die abschüssige Rue d'Alboni ein. Oder heißt sie Rue de l'Alboni? Keine Ahnung. Sogar die Straßenschilder sind sich da nicht einig. Wenn man vor einen Namen den Artikel setzt, kann das ein Zeichen von Bewunderung oder Verachtung sein. Je nachdem, ob es sich um eine gewöhnliche oder eine zwielichtige Frau handelt, oder um eine italienische Opernsängerin. Wobei das eine nicht das andere ausschließt. Bei *der* Françoise oder *der* Mélie weiß man sofort Bescheid. Dagegen bei der Alboni – Marietta für Kenner – ... Na ja...

Der Bénech, von seiner letzten Chefin Célestin genannt, ging also die Rue de l'Alboni hinunter. Genau in der Mitte befindet sich die Metrostation Passy, nach meinem Geschmack eine der schönsten Stationen überhaupt. (Allerdings sind die Geschmäkker verschieden, vor allem meiner...) Fast ländlich sieht die Station Passy aus. Vom Innern der Waggons aus hat man den Eindruck, daß sich hinter den Schwingtüren Gärten befinden. Hier taucht die Linie *Etoile-Nation*, Richtung *Nation*, an die Oberfläche. Nur eine Treppe auf jeder Seite trennt die Station Passy von begrünten Abhängen, Wald, Sträuchern und leider auch vielem Müll. Unbebautes Gelände eben, von dem ich vorhin schon sprach.

Die Schienen, die über die Seine führen, glänzten in der Frühlingssonne. Von der Rue de l'Alboni aus kann man auf sie hinunterblicken. Auf der anderen Seite der Seine sah ich die graue Station Bir-Hakeim, früher Grenelle. Genauso grau, aber von einem leuchtend sauberen Grau, erhob sich der Eiffelturm. In der Sonne, unter dem wolkenlosen Himmel, machte er sich besonders gut. Und in den Bäumen des Square d'Alboni zwitscherten die Vögel...

Sportlich elegant sprang Yves Bénech die Treppe hinunter. Schwungvoll, wie er sich gab, hätte er beinahe eine Blondine umgerannt. Entgegen seiner Gewohnheit drehte er sich nicht nach ihr um. Dabei blinzelte die Kleine verführerisch in die Sonne. Aber vielleicht hatte Célestin jetzt was anderes vor.

Auf der anderen Seite der Metrolinie blieb er stehen. Ich beobachtete ihn, geschützt durch einen der riesigen Eisenpfeiler. Wieder holte er sein Notizbuch vor und steckte seine Nase hinein. Dann rückte er seine Krawatte zurecht und ging auf ein nüchtern vornehmes Haus zu. Die Fenster der zweiten Etage befanden sich auf Höhe der Metrolinie. Er läutete, wechselte ein paar Worte mit dem, der die Tür öffnete, und verschwand in der Villa.

Ich ging an dem Haus vorbei und merkte mir die Nummer. Dann steuerte ich das nächstbeste Bistro an. Gut, daß es davon so viele gibt, so konnte ich wenigstens nicht verdursten. Immer von einem Bistro ins andere. Zusammen mit einem Erfrischungsgetränk ließ ich mir das Telefonbuch bringen, das nach Straßen geordnet ist. In dem Haus, das mich interessierte, wohnten Baron und Baronin d'Aurimont. Vielleicht zukünftige Klienten für mich. Ich zahlte und ging. Im Augenblick reichten mir diese Informationen. Vor mir wollte jemand die Avenue de New York überqueren und drückte auf den Ampelknopf für Fußgänger. Er bekam sein Grün, die Autos ihr Rot. Direkt vor mir mußte ein freies Taxi halten. Ich stieg ein und ließ mich zu meiner Agentur fahren, wo ich den gepackten Koffer abholte. Ein anderes Taxi brachte mich zurück zum Hôtel de l'Assomption.

Ich packte gerade in meinem Zimmer den Koffer aus, als es an der Tür klopfte. Ich öffnete. Vor mir stand das Zimmermädchen und lächelte mich an.

„Ich habe mit M'sieur Bénech gesprochen. Er ist sehr nett. Hab ihm Ihre Situation erklärt. Er wird Ihnen bestimmt helfen. Gegen zehn kommt er zurück. Dann will er bei Ihnen reinschauen."

„Sehr schön", sagte ich. „Vielen Dank."

„Keine Ursache, M'sieur."

Als sie wieder gegangen war, fuhr ich fort, meine Klamotten auszupacken. Ich fand meinen Revolver, eingewickelt in ein durchsichtiges Spitzenhöschen. Hélène! Liebe Hélène! Du hast aber auch Ideen... Um eine alte Schachtel in einem alten Kasten von La Muette zu besuchen, hatte ich's nicht für nötig gehalten, meine Kanone mitzunehmen. Ich rollte den Slip zu einem Knäuel zusammen und stopfte ihn zwischen meine Wäsche. Als Glücksbringer brauchte ich keinen Slip. In ein paar Stunden würde die Sache ausgestanden sein. Dachte ich so. Trotzdem steckte ich die Waffe ein. Falls das Zimmermädchen in meinen Klamotten rumschnüffeln sollte und einen Ballermann finden würde, würde sie sich bestimmt furchtbar erschrecken.

2
Der Chauffeur macht Dummheiten

Um neun Uhr wurde es dunkel. Einen so schönen Tag wie heute hatte Paris schon seit langem nicht mehr erlebt. Zu schön, um so zu bleiben. Mit der Nacht zogen dunkle Wolken auf und beschleunigten die Dunkelheit.

Ich lag auf dem Bett, Pfeife im Mund, vor mir die Abendausgaben der Zeitungen. Durch das offene Fenster drangen nur wenige Geräusche an mein Ohr. Zum Beispiel ein paar Takte leiser Musik, was mich nicht störte. Nur wenige Autos fuhren vorbei.

Ein unregelmäßiges Quietschen kam von der verlassenen Baustelle: Der riesige Hebelarm des Krans wurde vom Wind hin- und herbewegt. Wenn ich nicht auf Yves Bénech gewartet hätte, wäre ich eingeschlafen; so schlapp fühlte ich mich. Wie angekündigt, klopfte er um zehn an die Tür. Ich hatte gar nicht mehr mit ihm gerechnet. Warum, weiß ich nicht. Als er klopfte, ging ein Regenschauer auf Paris nieder. Der Grund für Célestins Pünktlichkeit war also wohl der, daß er sich nicht seinen schönen grauen Hut versauen wollte. Ich öffnete die Tür.

„Guten Abend", sagte er. „Sind Sie der Kollege, von dem mir Joséphine erzählt hat?"

„Joséphine heißt sie?"

„Ja. M'sieur Dalor, nicht wahr?"

„Höchstpersönlich. Und Sie sind Bénech, stimmt's?"

„Ja."

Wir gaben uns die Hand.

„Kommen Sie rein", forderte ich ihn auf.

Er kam.

„Sie kennen den Laden hier besser als ich. Kann man sich was aufs Zimmer bringen lassen?"

„Bei mir ist alles, was wir brauchen", sagte Bénech lächelnd. Ich konnte seine kräftigen Wolfszähne bewundern. „Es sei denn, Sie mögen keinen Gin..."

„Meine Lieblingsmedizin. Aber ich wollte mich nicht gleich am ersten Abend besaufen."

„Ach, ein Gläschen wird Sie nicht umhaun. Sie als Kollege müßten doch was vertragen können..."

Sein Lächeln wurde breiter. Ich seufzte gequält:

„Mein letzter Chef in der Provinz hat nur Mandelmilch gesoffen."

„Ach, hör'n Sie mir auf mit der Provinz!" lachte mein „Kollege".

„Stimmt, die leben da noch hinterm Mond. Also gut, gehen wir rüber."

Wir wechselten das Zimmer. Ganz ruhig, unschuldig wie ein Lamm, schob er mir einen Stuhl hin und ging ins Bad, um zwei Gläser zu spülen. Zusammen mit einer Flasche Gin stellte er sie auf den Tisch. Ich servierte ihm als Gegenleistung das Märchen von dem arbeitssuchenden Chauffeur.

„Weiß nicht, ob ich Ihnen weiterhelfen kann", sagte er. „Aber trinken wir erst mal was."

Beim Eingießen war er nicht sparsam. Er setzte sich aufs Bett, hob sein Glas und prostete mir zu:

„Auf Ihr Wohl."

„Auf Ihrs, Célestin."

Ich trank. Er nicht.

Er runzelte die Stirn, das Glas erhoben. Der Regen trommelte gegen die Fensterläden.

„Scheiße", entfuhr es ihm.

Jetzt nahm er doch einen Schluck.

„Ich heiße nicht Célestin", sagte er dann.

„Und ich heiße nicht Dalor. Wir sind also quitt."

„Quitt? Wieso quitt? Was soll der Scheiß? Für einen aus der Provinz..."

„Provinz. Daß ich nicht lache! Bin seit zehn Jahren nicht über Châtillon-sous-Bagneux hinausgekommen. Also, mein Lieber, mit der Provinz... Werd's Ihnen erklären."

Ich nahm noch einen kräftigen Schluck und stellte mein Glas auf den Tisch.

„Der Gin ist vorzüglich“, stellte ich fest. „Stammt er von Madame Ailot? Sollte man nicht meinen, daß die so'n Zeug säuft.“

Er schwieg. Ich reichte ihm meine Visitenkarte. Eine von denen, die alles erklären. Er las, las noch mal, stieß dann hervor:

„Privatflic?“

„'n ganz bekannter sogar. Nie von mir gehört?“

Er richtete sich auf, warf sich in die Brust. Vielleicht machte das auf seine Arbeitgeberinnen Eindruck. Auf mich nicht.

„Auf Privatflics scheiß ich“, sagte er, zuckersüß lächelnd.

„Ich auch. Gleich und gleich gesellt sich gern ... Ja, Privatflic. Weiß nicht, warum ich heute nachmittag Versteck gespielt habe. Aber jetzt ist Schluß mit dem Spiel. Jetzt wird's ernst. Zeit, daß wir mit offenen Karten spielen.“

„Mit offenen Karten?“

Er lachte.

„Ja, mit offenen Karten.“

Ich befühlte die Matratze.

„Nicht schlecht. Aber die von Madame Ailot war bestimmt viel weicher, hm? Oder habt ihr's in der Garage getrieben, auf alten Reifen, Benzingestank in der Nase? Na ja, die Geschmäkker sind verschieden ...“

Auch hier ist meiner besonders verschieden!

„Hör mal gut zu, Alter“, sagte Yves-Célestin leise. „Du bist 'n Privatflic. Gut. Aber das heißt noch lange nicht, daß du deine Nase überall reinstecken kannst. Was geht dich das an, ob ich mir die Alte reingepfiffen hab oder nicht?“

„Was mich das angeht? 'n Scheißdreck! Wollte nur eins klarstellen: Ich find's ganz schön beschissen, das man alte Tanten so behandelt, nachdem man sie sich ... äh, wie war das? ... reingepfiffen hat, jawohl! Aber Intimes ist hier nicht Thema.“

Er lachte laut los:

„Sehr intim! Ansichten wie im *ancien régime*. Für'n Privatflic bist du ganz schön von gestern.“

„Jedem seine kleine Existenzphilosophie“, sagte ich und goß

mir Gin nach. „Ich hab da 'ne ganz bestimmte Richtung. Und wem die nicht paßt, auf den scheiß ich. Wie du auf Privatflics. Siehst du, wir sind schon wieder quitt."

„Alles Blabla", brummte er.

„Aber ganz amüsant", gab ich zurück. „Und hat die Baronin wenigstens noch was zu bieten?"

„We... Welche Baronin?"

„D'Aurimont, Rue de l'Alboni. Ich dachte, die Fledermaus..."

„Fledermaus?"

Er war so platt, daß er nur noch das Echo spielen konnte. Mit 'ner Fledermaus konnte er aber nun wirklich nichts anfangen.

„Der fette Glatzkopf aus dem Bistro an der Chaussée de La Muette", erklärte ich. „Die Fledermaus eben. Hab ihn schon unter ‚F' in meine Kartei eintragen lassen. Also: Ich dachte, die dicke Fledermaus von der Vermittlung für Vollzeitarbeit – Kost, Logis, Wäsche usw. – hatte sie auf der Liste. Die Baronin, meine ich. Auf der rosa Liste, oder auf der gelben. Rosa wie'n Nachthemd, oder gelb wie'n Hahnrei. Die Liste mit den guten Adressen. Vornehme Freudenhäuser, wo die Chefinnen bebumst werden."

Er stand auf, offensichtlich entschlossen, mich rauszuwerfen. Ziemlich frech, der Junge. Schlauer, als ich gedacht hatte. Oder aber... Ich blieb sitzen. Er baute sich in voller Größe vor mir auf.

„Hör mal gut zu, Alter", sagte er. „Was die dicke Fledermaus – wie du ihn nennst – und ihren Kram angeht, da haben sich Leute wie du schön rauszuhalten. Vielleicht dreht er ja krumme Dinger. Aber keine gesetzwidrigen. Außerdem sind ihm Leute wie du scheißegal."

„Dann sind wir schon drei. Du siehst, ich kann bis drei zählen. Weiter."

„Ich..."

„Ja, ja, ich weiß. Dir sind so Leute auch scheißegal."

„Schnauze!" knurrte er böse. „Verdammt noch mal! Spuck endlich aus, was du auf dem Herzen hast. Und dann verpiß dich. Richtige Flics sind schon schlimm genug, aber Privatflics...!

Nicht wählerisch in den Methoden, mit denen sie sich ihre Brötchen verdienen, hm? Mit mir nicht, mein Lieber! Das sag ich dir gleich. Wenn ich meine Chefinnen bumse, geht das andere Leute 'n Scheißdreck an. Und wenn du mich erpressen willst, hast du dich in der Tür geirrt."

„Reg dich ab", sagte ich ruhig. „Wir benehmen uns wie zwei Hornochsen. Was meinst du, wie egal mir das ist, wenn du die gnädige Frau aufs Kreuz legst! Von mir aus kannst du auch mit dem gnädigen Herrn schlafen, falls dir das Spaß macht. Wollte dir nur klarmachen, daß ich Bescheid weiß. Kommen wir zur Sache: Was hälst du von hundert Riesen? Hundert dicke, fette Riesen für dich!"

„Hundert Riesen?"

„Um mal so richtig den dicken Willi zu spielen!"

„Kapier ich nicht."

„Und ob du kapierst. Setz dich! Du machst mich ganz schwindlig."

Er setzte sich wieder auf die Bettkante und sah mich mit großen Augen an.

„Ich erklär's dir, Célestin. Du willst die Klunker doch wohl nicht als Souvenirs behalten, oder? So sentimental bist du bestimmt nicht. Also, du wirst Madame Ailot schön brav den Schmuck wiedergeben. Sie wird alles vergessen. Schwamm drüber. Und obendrein kassierst du noch hundert Riesen. So hast du dir das doch wohl vorgestellt, stimmt's? Eine kleine Transaktion, als Entschädigung nach der Scheidung. Ruhegehalt, Alimente... Nenn es, wie du willst. Eine kleine Gaunerei unter Freunden, völlig gefahr- und risikolos."

Ich holte tief Luft. Er auch. So etwa 'ne halbe Minute. Dann goß er Gin nach. Wieder 'ne halbe Minute. Draußen schüttete es immer noch aus Kannen. Bénech räusperte sich.

„Hm...", machte er. „Schmuck? Welcher Schmuck?"

„Welcher Schmuck? Natürlich der, den du Mutter Ailot geklaut hast, du alter Gauner. Hör zu, Bruder Yves. Ich werd dir mal was verraten. Vielleicht bist du 'n ganz Schlauer. Aber davon hab ich schon jede Menge kennengelernt in meiner Laufbahn. Und grade die, die ganz Schlauen, waren hinterher meistens die

Dummen. Du hast die Wahl. Mir soll's egal sein. Scheißegal sogar. Aber wenn du auf die Hunderttausend nicht eingehst, bist du geliefert."

Er lächelte.

„Immer nur lächeln!" fuhr ich fort. „Ich weiß, was du denkst, daß die Ailot keinen Skandal will und deshalb die Schnauze hält, stimmt's? Ja, denkste! Mutter Ailot wird mit Sicherheit ihre Meinung ändern, wenn du den Harten spielst. Im Moment will sie die Sache noch gerne vertuschen, wenn's geht. Solltest du ausnutzen! Hundert Riesen sind nicht schlecht, finde ich."

Sah so aus, als hörte er zu. Aber weder mir noch dem Regen. Vielleicht der Stimme seines Gewissens, vielleicht der des gesunden Menschenverstandes. Er fluchte, schlug sich mit der rechten Faust in die linke Hand. Noch ein Fluch, dann sagte er:

„Werd's mir überlegen."

„Überleg dir's gut. Hundert Riesen sind nicht schlecht", wiederholte ich.

So langsam hatte ich die Schnauze voll, mit dem Dickschädel zu diskutieren. Ich konnte höchstens das Gesagte bis zum Erbrechen wiederholen.

„Nicht schlecht, hundert Riesen", murmelte er. „Hast du sie bei dir?"

„Und du?"

„Was ... ich?"

„Die Klunker?"

„Die sind nicht hier."

Ich stand auf.

„Ich empfehle mich höflichst", sagte ich höflich. „Hab's verdient. Du siehst aus, als würdest du überlegen. Überleg's dir gut. Und wenn du lange genug überlegt hast, sag mir Bescheid. Ich wohn gleich nebenan. Bis bald. Und vielen Dank für den Gin."

* * *

Ich hatte das Fenster in meinem Zimmer offengelassen. Der Fußboden war ganz naß vom Regen, der inzwischen aufgehört hatte. Dieser Yves Bénech war ein richtiger Regenmacher. Kam er ins Zimmer, fing es an zu regnen. Verabschiedete man sich von ihm, hörte es sofort auf. Ich schloß das Fenster, obwohl's dafür 'n bißchen spät war. Es hatte sich abgekühlt. Um mich aufzuwärmen, steckte ich mir eine neue Pfeife ins Gesicht. Irgendwie fühlte ich mich komisch. Kam sicher nicht vom Gin. Irgendwas war faul an der Sache. Doch in meinem Beruf hat man häufiger den Eindruck. Und oft ist es nur ein Eindruck. Nicht immer...

Ich setzte mich aufs Bett und zog einen Schuh aus. Genau in dem Moment hörte ich ein leises Geräusch auf dem Flur. Ich lauschte. Jemand ging an meinem Zimmer vorbei, blieb kurz stehen, ging weiter. Ich knipste das Licht aus und öffnete die Tür einen Spaltbreit. Im Schein der jämmerlichen Birne sah ich eine Gestalt die Treppe hinunter verschwinden. Ungefähr die Maße von Yves Bénech, grauer Regenmantel, grauer Hut. Bestimmt hatte er genug überlegt und machte jetzt einen nächtlichen Spaziergang. Ich zog in Windeseile meinen Schuh wieder an, setzte meinen Hut auf und folgte dem gutbezahlten Don Juan. Unten in der Hotelhalle saß jetzt ein Alter mit schneeweißem Haar hinter der Rezeption.

„Verdammt!" lachte er. „Man merkt, daß ihr noch jung seid! Könnt wohl nicht schlafen, was?"

„Der Frühling", versuchte ich zu erklären.

„Tja, der Frühling. Mir kann's egal sein... Aber ich kann auch nicht schlafen. Wird doch wohl nicht wieder losgehen mit mir?"

Ich gab ihm meinen Schlüssel.

„War das nicht grade M'sieur Bénech, der rausgegangen ist?"

„Ja. Habt alle Hummeln im Hintern, verdammt!"

Ich ließ ihn weiterbrummen und ging aufs Geratewohl die Rue de Boulainvilliers hinauf. Die feuchten Bürgersteige glänzten im Licht der Straßenlaternen. Weit und breit kein Mensch zu sehen. Dabei war's erst viertel nach elf. Und das in einer Frühlingsnacht! Der Nachtportier im Hotel machte sich ganz unnötige Gedanken. Allerdings konnte der Platzregen von eben die Leute abgehalten haben, draußen rumzulaufen. Ein Grund mehr, Yves Bénech ernsthafte Motive für seinen plötzlichen Ausflug unterzuschieben. Sehr plötzlich, sehr ernsthaft. Aber nur der Teufel wußte, wo er geblieben war, dieser Bénech! Eingebungen können was Schönes sein, falls es die richtigen sind. Immerhin kam ich der Sache näher. Ich vertraute auf meinen guten Stern. Davon waren im Moment freilich nicht viele zu sehen hinter den Wolken, die der Wind vor sich herschob. Ich war jetzt ganz sicher: irgend etwas war faul. Vielleicht erfuhr ich bald, was. Oder ich lief mir umsonst die Hacken ab.

Ich stiefelte durch die ländliche Stille, lauschte auf das leisteste Geräusch, die geringste Bewegung. Plötzlich zerriß ein Quietschen die friedliche Nacht. An der nächsten Kreuzung bremste ein Wagen abrupt, um einen Fußgänger nur mit seinen Scheinwerfern zu erfassen. Autofahrer und Nachtwandler tauschten wüste Beschimpfungen aus. Wenn's still ist, ist es still. Dicht, aber zerbrechlich. Wird die Stille nämlich durchbrochen, dann geht's richtig rund. Einer von den beiden Rohrspatzen hatte eine herrliche Säuferstimme. Aber schließlich, nach einem letzten deutlichen Wort, wurde der Wagen wieder gestartet und verschwand. Der Fußgänger war noch einmal mit dem Schrecken davongekommen. Er verschwand ebenfalls im Dunkeln. Aber ich hatte ihn während der kurzen Auseinandersetzung wiedererkannt: grauer Regenmantel, grauer Hut, sehr elegant. Ich beschleunigte meinen Schritt. In Höhe der Rue des Maronniers, in der auch mein Dugat parkte, hatte ich die Spur des Nachtschwärmers wiedergefunden. Kurz darauf verlor ich sie wieder. Heute nachmittag war Yves Bénech arglos verträumt durch die Gegend gelaufen. Jetzt, da es sich abgekühlt hatte, paßte er genau auf, was sich hinter seinem Rücken abspielte. Er hatte mich gesehen und drückte sich in den Eingang der ehemaligen Ringbahn, Ecke Rue des Vignes. Er wollte mich abhängen. Aber was man abhängen will, ist anhänglich. Er stand neben einem Briefkasten und machte sich so unsichtbar wie möglich. Trotzdem entdeckte ich ihn vom Bürgersteig gegenüber. Ich ging zu ihm. Ja, er war's.

„Wartest du auf den nächsten Zug?" fragte ich ihn. „Der ist schon längst abgefahren."

„Du gehst mir auf den Sack!" gab er zurück.

„Wolltest du dich umbringen? So schreckliche Gewissensbisse?"

„Mich umbringen?... Ach so, der Scheißwagen. Der kam aber auch angerast! Und ich überlegte gerade..."

„Siehst nicht so aus, als wär was dabei rausgekommen."

„Wobei?"

„Beim Überlegen."

„Hm..."

Er holte Zigaretten aus der Tasche, steckte sich eine ins Gesicht und zündete sie an. Lässig, locker, unendlich gelangweilt und belästigt.

„Hm...", brummte er wieder. „Glaub schon."

„Was?"

„Das was dabei rausgekommen ist, beim Überlegen."

„Wie schön für dich. Und wohin willst du, so mitten in der Nacht?"

„Frische Luft schnappen. Ist das verboten?"

„Aber nein! Wie wär's, sollen wir zusammen hingehen?"

„Wohin?"

Das reinste Quiz.

„Dahin, wo du den Schmuck deponiert hast."

„Ich wollte nur 'n klaren Kopf kriegen und meine Gedanken sortieren", sagte er achselzuckend. „Du bist umsonst hinter mir hergerannt. Ich geh spazieren."

„Gut, gehen wir zusammen."

Er seufzte:

„Zusammen, hm? Oh, wie du willst. Aber ich warne dich: Ich bin gut zu Fuß, obwohl ich ewig im Auto sitze. Nicht daß du schlappmachst..."

„Nur keine Sorge. Meine Füße sind prima in Ordnung."

„Scheiße!" knurrte er. „Du mit deinem Gequatsche."

Er hob die Augen gen Himmel, um ihn anzuflehen, ihn zum Zeugen anzurufen oder um das Wetter zu beurteilen.

„Gut", sagte er schließlich resigniert. „Gehen wir zusammen."

Bénech marschierte los, ohne Rücksicht auf meine eventuellen Wünsche in Bezug auf die Richtung. Um mir seine Unabhängigkeit zu demonstrieren, holte er einen Schlüssel aus seiner Tasche und streifte gegen die Stäbe des Gitters, an dem wir entlanggingen. Wie die kleinen Kinder. Nach 'ner Weile taten mir davon die Zähne weh, aber ich sagte nichts. Mal sehen, wer länger durchhielt. Wir kamen zu Reihenhäusern, die durch Gärten von der Straße getrennt waren. Die schützenden Mauern eigneten sich wenig zum Lärmen. Der Chauffeur steckte sein Instrument für *musique concrète* wieder ein, wurde deshalb aber nicht gesprächiger.

Ein Auto fuhr an uns vorbei, hielt an, parkte zwischen zwei anderen Autos. Ein junger Bursche stieg pfeifend aus und ging auf die andere Straßenseite. Immer noch pfeifend, stieß er mit dem Fuß eine alte Camenbert-Schachtel vor sich her. Dann verschwand er in einer der Privatvillen, die gegenüber den fünfstökkigen Häusern stehen. Die Camenbert-Schachtel blieb einsam im Rinnstein zurück und wartete auf den nächsten barmherzigen Fuß, der sie ein Stückchen weiterbeförderte. Ein hübsches Paar, der pfeifende Hobby-Fußballer und mein Bénech mit seinem Schlüssel! Und dazu noch die Alte mit dem Ballonhut, die aus dem Boulainvilliers gekommen war! Die und der Camenbert-Typ konnten 'ne erstklassige Zucht anlegen...!

„Ganz schön bekloppt, der Kerl da!“ bemerkte ich lachend.

„Davon gibt's hier 'n ganze Menge“, sagte Bénech.

„Ach, sieh an! Hast du deine Stimme wiedergefunden? Sie ist so schön! Schade, daß du sie nur so selten benutzt...“

„Hab schon genug geredet“, knurrte Bénech.

Dann verfiel er wieder in hartnäckiges Schweigen.

Wir gingen an dem Kino in der Rue des Vignes vorbei. Einige Neonröhren der Leuchtreklame waren kaputt. Bénech bog in die Rue Raynouard ein.

„Gehen wir zurück ins Hotel?“ fragte ich.

Keine Antwort. Stumm schlug der unermüdliche Wanderer den entgegengesetzen Weg ein. Kleiner Schlauberger! Wollte mich wohl in die Knie zwingen! An dieser Stelle steigt die Rue Raynouard nämlich an. Na gut. Etwas Training konnte mir nicht schaden. Aber so langsam ging mir der Junge auf die Nerven. Rannte durch die Straßen und paffte eine Zigarette nach der andern. Nur um mir zu beweisen, daß ich ihm scheißegal war!

Wir erreichten die Avenue de Lamballe. Hinter der Rue Berton stieß das Lichtbündel des Eiffelturms gegen die Wolken. Der Chauffeur lehnte sich gegen die Brüstung, die an dieser Stelle die Rue Raynouard von der tiefergelegenen Rue Berton trennt. Er schien unschlüssig, welchen Weg er jetzt einschlagen sollte.

„Wir sollten ins Hotel gehen", schlug ich vor.

„Hält dich keiner zurück", knurrte er.

Er drehte sich um, stützte sich mit den Ellbogen auf das Geländer und spuckte seine Kippe aus. Drei Meter tiefer landete sie in einer Pfütze, wo sie zischend erlosch.

„Du willst mir doch wohl nicht das Haus von Balzac zeigen, hm?" fragte ich.

Er drehte sich um.

„Balzac?" fragte er zurück.

„Honoré mit Vornamen. Honoré de Balzac! Einer von uns, dickköpfig und immer blank. Er wohnte da drüben, Rue Berton."

„Rue Berton?"

Ich zeigte in die Richtung.

„Ein Haus mit Hinterausgang, um vor den Gläubigern zu flüchten."

„Und was hab ich damit zu tun?" fragte Bénech achselzukkend.

Der Junge hatte aber auch gar keinen Sinn für literarische Anekdoten. Vielleicht versuchte ich's mal mit Autos...

„Was hältst du von dem neuen Citroën?"

„Von dem neu... Ah! Du langweilst mich."

Er gähnte.

„Ich geh jetzt in das Bistro Ecke Rue de la Tour."

„Gute Idee."

Wir gingen die hügelige Straße weiter. Die hellerleuchteten Eingangshallen der Häuser waren so groß wie Bahnhöfe, nur eleganter, aber fast genauso heimelig und auf jeden Fall wenig originell. Wir kamen zu der Kreuzung, die ich heute nachmittag schon überqueren durfte, als ich hinter meinem lieben Célestin hergelaufen war. Wir konnten schon die Lichter des Cafés sehen, vor allem die des *bar-tabac* in der Rue Franklin. Auch die Autos warfen ihr Scheinwerferlicht auf die Fahrbahn. Die paar Meter jedoch, die uns von diesen Lichtern trennten, lagen im Dunkeln. Und genau hier spannte mein Begleiter die Muskeln und streckte sich, wie zur Vorbereitung auf eine plötzliche Attacke. Meine Signallämpchen leuchteten zu spät auf, oder aber der Kerl gehörte zu den ganz Schnellen. Wär ich auf so was Ähnliches gefaßt gewesen...

Er versuchte, mich zu Boden zu stoßen, stürzte sich mit seinem ganzen Gewicht auf mich. Ich kapierte überhaupt nichts. Der Kerl wollte mir doch wohl nicht an der Häuserwand die Fresse einschlagen? An der Wand? Genau an dieser Stelle gab es überhaupt keine. Und Célestin wußte das. Er kannte das Viertel in- und auswendig. Zwischen zwei Häusern öffnete sich ein schmaler Durchgang. Ein steiles Treppchen führte hinunter auf ein Gelände hinter der Rue Charles-Dickens. Falls ich mich irre, mögen es mir die netten Bewohner der Rue Charles-Dickens verzeihen. Das mit dem steilen Treppchen stimmte jedenfalls. Passage des Eaux heißt der Durchgang. Wird eines Tages bestimmt 'ne historische Sehenswürdigkeit! Hier im Arrondissement liebt man ja Gedenktafeln. Warum soll ich hier keine anbringen lassen? Das Treppchen verdient es. Mein Kopf ist an stumpfe Gegenstände gewöhnt. Hat schon so manchen Schlag ausgehalten. Mit der Pistole, dem Knüppel, mit Stühlen und Tischen. Einmal hat mir ein Miststück in Saint-Germain-des Prés sogar eine Tür vors Zifferblatt geknallt. Die Bekanntschaft mit 'ner Treppe fehlte allerdings noch in der Sammlung. Aber dank Célestin fehlte es mir jetzt auch daran nicht mehr. Der echauffierte Chauffeur kannte mich schon ziemlich gut. Mich und meine Vorliebe für originelle Einfälle aller Art! Ja, besichtigen Sie ruhig meine Treppe. Eine Treppe ohne Geländer, ohne irgendwas, woran man sich festhalten kann. Und dann stellen sie sich Ihren Freund Nestor Burma vor, wie er da runterpurzelt, als hätte er sein Leben lang nichts anderes gemacht! Stößt hier und da an, prallt dort gegen die Wand, und zu allerletzt knallt er so richtig schön mit dem Hinterkopf auf.

Als ich mich mühsam wieder aufrichten wollte, fluchend und fauchend, spielten mir meine Scheiß-Kreppsohlen den Zusatz-Streich. Ich rutschte auf den ausgetretenen, vom Regenguß noch nassen Stufen aus, und diesmal, dieses letzte Mal, war mein Kinn der leidtragende Körperteil.

* * *

Um wieder zu mir zu kommen, legte ich mich auf den Rücken. Die Stufenkante drückte sich mir ins Fleisch. Wir ein Fakir lag ich da. Federn wären mir lieber gewesen. Bald würde ich bequem in meinem Hotelbett liegen; aber bis dahin dauerte es noch 'ne Weile, und ich mußte atmen. Mir war, als befände ich mich in einem riesigen, schwarzen Schornstein. In dem Ausschnitt des Himmels, den ich sehen konnte, schob der Wind die Wolken vor sich her. Ein Stern leuchtete auf. Vielleicht meiner...

Langsam kroch Feuchtigkeit in mir hoch, und ich wurde müde. Ich schüttelte mich, setzte mich auf meinen Allerwertesten und stellte mich dann auf die Füße. Es ging. Etwas kreuzlahm, aber es ging. Geh schlafen, Nestor! Genug für heute. Immerhin klärte der brutale Angriff die Situation. Du wußtest nicht so recht, woran du warst bei diesem Bénech. Jetzt weißt du's, so ungefähr. Du darfst nicht zuviel verlangen, wenn man dir soeben die Fresse poliert hat.

Bei meinem Sturzflug hatten sich Hut und Pfeife selbständig gemacht. Ich suchte sie im Schein vieler Streichhölzer. Der Wind blies wie verrückt durch die ungemütliche Treppenschlucht. Schließlich fand ich Hut und Pfeife. Der Hut war ziemlich versaut, aber die Pfeife mit dem Stierkopf hatte keinen Kratzer abgekriegt. Etwas langsamer, als ich eben hinuntergepurzelt war, stieg ich die verdammte Treppe wieder hinauf. Dann ging ich zur Erholung in das Bistro, das Bénech genannt hatte, Ecke Rue de la Tour und Rue de Passy. Der Chauffeur war natürlich nicht da. Nach einem kleinen Erfrischungsgetränk ging ich zurück ins Hôtel de l'Assomption.

Der Schlüssel für Zimmer Nr. 29 hing wartend am Brett. Der schlaflose Nachtportier sah mich grinsend an. Mein Hut schien es ihm angetan zu haben. Ich nahm meinen Schlüssel und ging aufs Zimmer.

Überrascht stellte ich fest, das es erst zehn nach zwölf war.

Die Zeit war mir viel länger vorgekommen. Ich legte mich ins Bett.

Um halb eins war ich noch nicht eingeschlafen. Hier zwischen zwei sauberen Laken fühlte ich mich nicht wohler als eben auf der feuchten Treppe. Mein Rücken tat mir weh. Mein Schädel brummte. Außerdem wartete ich darauf, daß der Amateur-Catcher ins Hotel kam. Verständlich. Hätte noch gerne ein Sätzchen mit ihm geredet. Um eins lag ich immer noch wach. Auf dem Flur war kein Ton zu hören. Im ganzen Haus herrschte absolute Stille. Nur jede Viertelstunde das Schlagen einer Uhr in der Nachbarschaft. Aber das machte die Stille noch bewußter. Ich gähnte in die Dunkelheit hinein, tastete nach meiner Pfeife und zündete sie an. Die ersten Züge taten meinem Kopf gar nicht gut. Meine Kreuzschmerzen quälten mich. Na schön. Ich machte Licht, stand auf und zog mich wieder an. Vorher bürstete ich noch meinen Anzug ab, der genauso mitgenommen aussah wie der Hut. Ein ganz ruhiger Fall für Nestor Burma, in der friedlichen Stille eines großbürgerlichen Viertels.

Ich öffnete die Zimmertür und lauschte. Nichts zu sehen, nichts zu hören. Auf Zehenspitzen ging ich hinüber zu Célestins Zimmer. Der Chauffeur war noch nicht zurück von seinem Spaziergang. Ansonsten sah die Bude aus wie vorher. Flasche und Gläser standen immer noch am selben Ort. Viel Gin war aber nicht übriggeblieben. Ich gab der Flasche den Rest. Wegen der Unannehmlichkeiten. Dann durchsuchte ich das Zimmer. Für die Katz. Ich trat den Rückzug an. Als ich über den Flur schlich, schrillte eine Klingel unten im Hotel. Ich hörte die brummende Stimme des Portiers, konnte aber nichts verstehen. Fast sofort klingelte es wieder. Diesmal hier auf der Etage. In meinem Zimmer. Ich stürzte hinein und nahm den Hörer ab.

„M'sieur Dalor?“

„Ja.“

„Eine Dame“, kicherte er.

„Eine Dame?“

„Bleiben Sie dran. Eine Dame möchte Sie sprechen.“

Wenige Sekunden später sagte eine Frauenstimme:

„Hallo, Monsieur Dalor? Ich meine, Monsieur Burma?“

„Dalor, ja. Wer ist da?"

„Madame Ailot."

„Entschuldigen Sie. Hab Ihre Stimme nicht gleich erkannt."

„Kommen Sie bitte sofort... sofort..."

Sie sprach sehr schnell.

„Ich fürchte, daß etwas... etwas passiert... Können Sie kommen?"

„Zu Ihnen?"

„Ja. Es geht etwas vor..."

„Hab das Gefühl, daß 'ne ganze Menge vorgeht."

„Wie meinen Sie das?"

Der Tonfall in ihrer Stimme hatte sich verändert.

„Werd's Ihnen erklären", sagte ich. „Bis gleich."

Ich legte auf und zog meine Schuhe an. Mal sehen, was im Hause Ailot vorging. Als ich dem Nachtportier in der Hotelhalle meinen Schlüssel gab, bekam ich zu hören:

„Gut, daß ich sowieso nicht schlafen kann. Telefonanrufe um zwei Uhr nachts...!"

* * *

Ich legte die Entfernung zum Haus meiner Klientin in Rekordzeit zurück. Hinter der Mauer schien alles zu schlafen. Zugezogene Vorhänge, geschlossene Türen. Nur ein schwaches Licht, wahrscheinlich aus einem Seitenfenster, spielte in den Zweigen eines Baumes. Ich überlegte gerade, ob es ratsam sei zu klingeln oder nicht, da gab Madame Ailot mir höchstpersönlich die Antwort. Sie öffnete das Gartentor und flüsterte mir zu, einen Finger beschwörend auf dem Mund:

„Kommen Sie."

Sie hatte einen Pelzmantel übergeworfen. Darunter blitzte Seide. Sollte sie mich zu Célestins Nachfolger auserkoren haben? Mir war zwar nicht danach zumute, aber ich folgte ihr trotzdem. Über uns rauschte es idyllisch in den Bäumen. Wir gingen durch einen Nebeneingang ins Haus. Dann standen wir in demselben Zimmer, in dem mich Madame Ailot beim ersten Mal empfangen hatte. Sie ließ sich in einen Sessel fallen und schmiegte sich in ihren Pelz. Darunter hatte sie außer ihrem rosa Nachthemd bestimmt keinen Faden am Leib.

Ängstliche Nervosität stand in ihrem Gesicht geschrieben, das ohne Schminke zwar nicht älter, aber härter wirkte. Bei meinem ersten Besuch hatte ich diesen Ausdruck nicht bemerkt. In dem gedämpften Licht glänzte ihre Haut, und ihr bläuliches Haar schrie nach einem Kamm. Kurz gesagt, das Vorhaben, mich zu verführen, war zum Scheitern verurteilt. Oder aber Madame hatte ihre besondere Taktik. Wenn sich unsere Blicke trafen, las ich in ihren Augen eine bestimmte Angst, gemischt mit kühler Entschlossenheit.

„Ich weiß nicht, was ich denken soll", seufzte Madame Ailot.

„Das Denken können Sie ruhig mir überlassen", sagte ich. „Dafür bin ich da. Erklä..."

Sie unterbrach mich, als sie meinen zerknautschten Anzug sah:

„Was ist denn mit Ihnen passiert?"

„Darauf hab ich am Telefon eben angespielt", antwortete ich. „Hab mich mit Bénech getroffen und ihm Ihren Vorschlag unterbreitet. Er wollte darüber nachdenken. Und nachdem er genug darüber nachgedacht hatte, hat er mich rund fünfzehn Stufen runtergeschubst."

„Ein furchtbarer Mensch", stöhnte sie. „Er... Er war hier."

Ohne auf ihre Aufforderung zu warten, setzte ich mich.

„Wann?"

„Um Mitternacht. Ich muß dazu sagen, daß ich unter Schlaflosigkeit leide und..."

„Scheint verbreitet zu sein, hier im Viertel."

„Wie meinen Sie das?"

Mit der rechten Hand knetete sie nervös die Finger der linken.

„Sie schlafen nicht", erklärte ich, „der Nachtportier meines Hotels schläft nicht, Célestin schläft nicht, und ich schlafe auch nicht. Macht das die Luft von Passy?"

„Oh, bitte! Sparen Sie sich Ihre Bemerkungen."

„'tschuldigung... Was wollte Bénech?"

„Das... das erklär ich Ihnen später. Da ich also schlecht schlafe, höre ich jedes ungewohnte Geräusch. Aber vielleicht hab ich auch nur rein zufällig aus dem Fenster gesehen. Jedenfalls stand er vor dem Haus. Wahrscheinlich hat er noch einen Schlüssel... Oder er hat sich einen nachmachen lassen..."

„Das sind doch unwichtige Details", bemerkte ich ungeduldig. „Ob Sie ihn zufällig draußen gesehen haben... ob er einen Schlüssel hat oder sich hat machen lassen... ob er über die Mauer gesprungen ist oder übers Tor... Völlig egal. Wichtig ist nur: Er hat Sie besucht, und das hat Sie durcheinandergebracht. Was hat er gesagt?"

„Nichts!"

„Wie, nichts?"

Sie schlug die Hände vors Gesicht.

„Ich glaube", flüsterte sie durch die Finger, „jetzt kann ich den Skandal nicht mehr vermeiden."

„Langsam, langsam", beruhigte ich sie. „Ich bin ja auch noch da. Wir Privatdetektive verstehen uns darauf, alles wieder gradezubiegen... Ihre Geschichte ist ziemlich unklar, aber je unklarer die Geschichte, desto besser komme ich klar."

Unbewiesene Behauptung. Ich fühlte mich etwas benommen.

„Äh...", stotterte ich. „Nicht daß Sie mich für einen der Detektive halten, die nur unter Stoff arbeiten können... aber... haben Sie nicht was Starkes für mich da? Ich glaube, ich muß meine grauen Zellen anregen."

Sie nahm die Hände vom Gesicht.

„Es müßte etwas Whisky dasein", sagte sie wie im Traum.

Sie stand auf und ging hinaus. Mit ihr verschwand so was wie ein Duft. Kein Parfüm. Der Geruch von jemandem, der vor heftiger innerer Erregung sehr schwitzt. Die Angst vor dem unvermeidbaren Skandal! Nein, so einfach, wie sie sich's vorgestellt hatte, kriegte sie ihren Schmuck nicht wieder. Das kommt davon, wenn man mit seinem Chauffeur schläft... Sie kam zurück, in der Hand ein Tablett mit zwei Gläsern und einer bauchigen Flasche mit einer sympathischen, bernsteinfarbenen Flüssigkeit.

„Ich glaube, ich könnte auch einen Schluck vertragen", sagte sie und stellte das Tablett auf den Tisch. „Gewöhnlich trinke ich zwar nichts..."

Der Satz blieb unvollendet.

„Kein Soda? Kein Eis?" fragte ich.

„Nein, ich... Wie gesagt, gewöhnlich trinke ich nichts."

Ein schwaches Lächeln umspielte ihre blassen Lippen.

„Egal. Man kann's auch pur runterwürgen", sagte ich.

Ich schenkte ein, reichte ihr ein Glas und mir das andere. Der Whisky konnte mir jedoch nicht helfen. Rippen und Kopf taten mir immer noch weh. Mein Hirn war eine schwammige Masse.

„Weiter im Text", begann ich wieder. „Er hat also nichts gesagt?"

„Nein."

Sie hatte die Beine übereinandergeschlagen. Der Fuß wippte samt rotem Pantöffelchen.

„Er stand also vor Ihnen, wie angewurzelt, stumm wie ein Fisch?"

„Aber..."

Der Fuß hörte auf zu wippen.

„Vor *mir* hat er nicht gestanden!" rief Madame Ailot. „Er wollte doch gar nicht zu mir!"

„Zu wem dann?" fragte ich.

Sie brachte die Beine wieder in Normalstellung, schräg nebeneinander.

„Ich habe eine Nichte", sagte sie nach kurzem Zögern. „Heute nachmittag sah ich keinen Grund, Ihnen das zu sagen... Es war völlig überflüssig... Also, ich habe eine Nichte. Suzanne..."

„Ach ja, Suzanne. Marie-Chantal – Suzanne."

„Sie kennen sie?"

„Neunzehn, zwanzig Jahre, hübsch, gute Figur, lange kastanienbraune Haare mit einem Stich ins Rötliche, abgenagte Fingernägel, etwas dämlich. Ja, doch, die kenne ich."

Ich erzählte auch noch, wie ich das Mädchen kennengelernt hatte.

„Etwas dämlich?" fragte die Tante pikiert.

„Sagen wir... naiv, wenn Ihnen ‚dämlich' nicht gefällt."

„Hat sie so auf Sie gewirkt?"

„Wie sie auf mich gewirkt hat, ist ziemlich uninteressant. Sie sagten also, daß Ihre Nichte..."

Verlegen zappelte Madame in ihrem Sessel hin und her.

„Sie machen's mir nicht grade einfach", sagte sie leicht vorwurfsvoll. „Sie wissen nicht, wie unangenehm mir das ist..."

Sie schlug mit der Faust auf die Sessellehne.

„Könnten Sie sich nicht etwas Mühe geben und meine Andeutung verstehen? Muß ich das Peinliche aussprechen?"

„Nicht nötig", sagte ich seufzend.

Das Peinliche hinter der Andeutung gefiel mir gar nicht, aber was soll's? Verdammt! Der Kerl benahm sich wie'n Zuchthengst. Na ja, mit den Pferdestärken der Limousine, die er fahren durfte...

„Sie ist also die Geliebte Ihres Ex-Chauffeurs", stellte ich fest.

Madame Ailot senkte den Blick.

„Das ist der Grund, weshalb ich ihn rausgeworfen habe", gestand sie. „Und aus Rache hat er mir meinen Schmuck gestohlen. Aber vielleicht genügt ihm das noch nicht. Bestimmt nicht! Und heute abend, heute nacht, ist er wiedergekommen, zu ihr... Ich wußte nicht, was ich tun sollte. So eine Unverschämtheit! So eine Schamlosigkeit! Ich rannte in meinem Zimmer auf und ab, wie ein Löwe im Käfig..."

Sie kam so richtig in Schwung. Die Worte sprudelten nur so aus ihr hervor, ohne aufeinander zu warten. Wie ein Maschinengewehr! Ich ließ sie sprudeln.

„Ja, ich war außer mir, hatte auch Angst, wollte Sie anrufen, hab es dann aber doch nicht getan, warum sollte ich Sie anrufen? Ich lief hin und her, ging schließlich hinauf zu ihr, in ihr Zimmer, und dann hab ich Sie angerufen, nur Sie konnten mir helfen, mir raten... Sie ist nicht mehr da, Monsieur Burma..."

Die Stimme versagte ihr.

„Sie ist nicht mehr da!" schluchzte sie. „Sie ist verschwunden..."

3
Das Wort hat Kollege Revolver

„Äh... Verschwunden?“ stotterte ich.

„Ja“, bestätigte Suzannes Tante.

„Mit ihm?“

„Mit wem sonst?“

„Ja, natürlich...“

Ein kleines Mädchen, das auf den Märchenprinzen wartet. Auf irgendeinen Märchenprinzen, der sie entführt. Ich hätte die Rolle genausogut übernehmen können. Aber Célestin war der Auserwählte. Ein komischer Märchenprinz!

„Wie alt ist Ihre Nichte?“ erkundigte ich mich.

„Zwanzig.“

„Dann kann man ihn wegen Ver- und Entführung Minderjähriger drankriegen. Ich fürchte, Sie müssen Anzeige erstatten, Madame.“

„Großer Gott!“ schluchzte sie händeringend. „Dieser Skandal! Nein, unmöglich! Wenn mein Mann in ein paar Tagen von seiner Geschäftsreise zurückkommt...“

Sie hatte sich wieder in der Gewalt.

„Nein, Monsieur Burma, das ist unmöglich! Sie sind doch Detektiv. Sie müssen eine andere Lösung finden.“

„Hm... Schwierig. Und wenn... äh... wenn sie ihn liebt? Ich fände das gar nicht lustig, das sag ich Ihnen ganz offen. Auch wenn ich Bénech erst seit kurzem kenne, hab ich keine besonders gute Meinung von ihm. Aber wir müssen von der Möglichkeit ausgehen, daß sie ihn liebt.“

Ihre grauen Augen funkelten.

„Oh, ich bitte Sie! Liebe! Was weiß die Kleine denn schon davon! Sie ist nicht grade die Intelligenteste, das stimmt. Sie haben sie selbst kennengelernt, nicht wahr? Célestin hatte keine Mühe, sie rumzukriegen...“

Der schöne Célestin kriegte zwar nicht nur die Armen im Geiste rum, aber die kleine Suzanne hatte tatsächlich mehr als eine Schraube locker.

„Man muß sie zur Räson bringen", räsonnierte Madame Ailot weiter. „Das will ich wohl übernehmen. Schließlich bin ich ihre einzige Verwandte. Aber mit Célestin werd ich nicht fertig."

„Ich offensichtlich auch nicht", seufzte ich.

„Warum nicht? Ich habe Sie bezahlt, damit..."

„Moment", warf ich ein. „Jetzt werfen Sie einiges durcheinander. Sie haben mich engagiert, damit ich Ihre Klunker zurückhole. Skandal- und schmerzlos. Offen gesagt, ich fürchte, ich muß Ihnen das Geld zurückerstatten. Dieser Bénech ist schlauer, als wir dachten... als ich dachte, jedenfalls. Ich glaube, auch für eine Million wird er Ihnen den Schmuck nicht zurückgeben. Er behält ihn lieber. Sehen Sie: ich unterbreite ihm Ihren Vorschlag, er bittet sich Bedenkzeit aus... um mich zu beruhigen. Es ist nämlich schon alles bedacht. Ich weiß nicht, warum Ihr Angebot ihn beleidigt hat. ‚Aha', sagt er sich. ‚So ist das also! Das wollen wir doch mal sehn.' Er schmeißt mich diese verflixte Treppe runter, kommt dann hierher und verschleppt mehr oder weniger Ihre Nichte. So richtig kapier ich noch nicht, was der Schlauberger will, aber mit der Zeit... Bis dahin..."

Ich holte ihre Tausender aus der Tasche und legte sie vor sie auf den Tisch.

„... brauch ich das Geld nicht. Bénech wird nicht anbeißen. Ich habe versagt. Soll ich Ihnen mein Honorar ebenfalls zurückgeben?"

„Wenn Sie Angst vor ihm haben, ja."

Sie hatte die Beine wieder übereinandergeschlagen. Das rote Pantöffelchen wippte jetzt noch heftiger. Gleichzeitig trommelte sie mit beiden Händen auf die Sessellehnen. Sie war nahe daran, Feuer zu spucken, zu explodieren oder einen Nervenzusammenbruch zu erleiden. Oder alles zusammen.

„Angst? Vor wem? Vor Bénech? Daß ich nicht lache!" lachte ich. „Ich wünsche nichts lieber, als ihn wiederzusehen."

Sie stand auf und begann, im Zimmer auf und ab zu gehen. Bei jedem ihrer langen, sportlichen Schritte raschelte ihr Negligé.

„Ich weiß nicht mehr, wo mir der Kopf steht", sagte sie. „Mir kommen die verrücktesten Ideen. Wenn ich ihn anzeigen muß, zeige ich ihn an, gut. Aber wenn es eine bessere Lösung gibt... Ich möchte das Schlimmste verhindern. Ich..."

„Seien Sie still", sagte ich.

„Wie bitte?"

Es verschlug ihr den Atem.

„Seien Sie still", wiederholte ich und wies mit dem Kinn zur Tür, die Hand lauschend am Ohr.

Mir war, als hätte ich ein Klopfen an der Tür gehört. Bestimmt Jérôme, der Butler, in bester Hausdienertradition. Ich stand auf, aber Madame Ailot hatte endlich kapiert und kam mir zuvor. Sie öffnete die Tür.

„Na, mein Kleiner, was gibt's?" fragte sie mit tonloser Stimme.

Es war nicht der Butler, sondern ein junger Mann in einem Morgenmantel, in den drei von seiner Sorte reingepaßt hätten. Ein verschlafenes Bürschchen, blaß, mit verquollenen Augen. Die Marlon-Brando-Frisur und die schmalen Lippen verschönerten das Gesamtbild nicht. Er sah mich neugierig, aber nicht sonderlich überrascht an. Vielleicht hatte er sich hier im Hause Ailot mit der Zeit an so einiges gewöhnt!

„Also, André, was ist?"

Meine Gastgeberin wurde ungeduldig.

„Entschuldigen Sie", stotterte der kleine Blödmann. „Ich hatte Geräusche gehört."

„Geh schlafen."

„Ja, Mama. Entschuldigen Sie..."

Gesenkten Hauptes schlich er davon. Madame Ailot schloß die Tür... öffnete sie kurz darauf wieder, um sich zu vergewissern, daß er nicht im Flur stand und sich um Sachen kümmerte, die ihn nichts angingen. Dann schloß sie die Tür endgültig.

„Mein Sohn", erklärte sie seufzend.

Nach dieser verspäteten Vorstellung hob sie ihre Hände, die Flächen zu mir, die Finger gespreizt.

„Ach, zwischen meinem Sohn, meinem Mann und meiner Nichte... Na ja, egal! Kommen wir zu Suzanne zurück. Ich möchte das Schlimmste verhüten. Wenn der Kerl sie irgendwohin verschleppt hat... Dieser Skandal! So wie ihr Zimmer aussieht, ist sie nicht für immer fortgegangen. Die beiden haben Paris bestimmt nicht verlassen. Hoffe ich jedenfalls..."

„Schwer zu sagen", warf ich ein und setzte mich wieder. „Als Sie mich um zwei anriefen, war Bénech noch nicht wieder im Hotel. Jetzt..."

Ich sah auf meine Uhr. Die Zeit zog sich hin. Ich war erst seit einer halben Stunde hier.

„Wo steht das Telefon?"

Es stand mitten in dem alten Nippeskram. Ich wählte die Nummer des Hôtel de l'Assomption.

„Hallo. Monsieur Bénech, bitte."

„Moment", gähnte der Nachtportier mechanisch.

Dann aber sah er wohl auf das Schlüsselbrett.

„Nicht da, M'sieur", sagte er.

„Danke."

Ich legte auf und gab die Information an Madame Ailot weiter.

„Ich weiß, wo er ist!" rief sie plötzlich. „Mein Gott! Warum hab ich nicht schon eher daran gedacht? Ich bin ganz durcheinander. Er weiß nicht, daß ich ihn heute nacht am Haus gesehen habe. Und daß ich Suzannes Abwesenheit bemerkt habe. Sie fühlen sich also sicher. Bestimmt sind sie da, wo sie sich immer getroffen haben."

„Nämlich?"

„Rue Berton."

„Rue Berton?"

Ich dachte an das zähe Gespräch mit Bénech auf unserem nächtlichen Stadtbummel. Um ihm das eine oder andere Wort zu entreißen, hatte ich diese Straße erwähnt.

„Wir haben dort ein Häuschen", fügte Madame Ailot erklärend hinzu, „'ne bessere Rumpelkammer. Das Ganze verfällt so langsam. Nur ein Teil ist bewohnbar. Wir wollen es schon lange verkaufen, haben aber bisher keinen Interessenten gefunden. Wir..."

Noch ein paar überflüssige Einzelheiten. Ich unterbrach sie:

„Wie kommen Sie darauf, daß die beiden dorthin gegangen sind?"

„Hab ich Ihnen doch schon gesagt: sie haben sich immer dort getroffen."

„Ganz gut möglich", sagte ich nickend. „Vielleicht geh ich mal hin und schau nach. Aber bringt uns das weiter? Vorausgesetzt, daß ich dort überhaupt jemanden treffe."

Sie fauchte:

„Ich möchte Klarheit haben! Etwas, woran ich mich halten kann. Ich werd selbst hingehen, und wenn sie da sind..."

Sie verlor den Faden. Wahrscheinlich fragte sie sich, was sie dann tun würde.

„Was würden Sie dann tun?" stellte ich an ihrer Stelle die Frage.

„Ich... ich... weiß nicht", mußte sie kläglich eingestehen.

Ich erhob mich.

„Vielleicht hab ich ja 'ne gute Idee", sagte ich. „Ich begleite Sie. Wie gesagt, diesen Bénech würde ich mir sehr gerne vorknöpfen."

Und außerdem war das die einzige Möglichkeit, von hier wegzukommen. Wenn ich nicht aufpaßte, würde sie mich bis zum Morgen festhalten. Errötend – warum, war mir schleierhaft – sagte sie, sie müsse sich schnell anziehen. Sie kam tatsächlich sofort wieder zurück ins Zimmer. Immer noch ungeschminkt und unfrisiert, immer noch in ihrem Pelz. Aber darunter trug sie jetzt ein bequemes Tweedkostüm. Und die Pantöffelchen hatte sie durch Sportschuhe mit flachen Absätzen ersetzt. Sie zitterte unmerklich. Ob aus Nervosität oder vor Kälte, weiß ich nicht.

„Wir fahren besser mit dem Wagen", entschied sie. „Sie können doch fahren, oder? Ich wäre jetzt nicht in der Lage dazu."

Ich nickte stumm. Wie ein Diener. Darauf bedacht, nicht die Aufmerksamkeit von Sohn und Butler zu erregen, gingen wir in die Garage. Sie befand sich hinten im Garten, ein umgebauter Pferdestall. Zwei Wagen standen drin: eine Luxuslimousine und ein elegantes kleines Kabriolett, ein Tallemet. Wir nahmen den Tallemet. Ein tolles Auto. Machte nicht mehr Lärm als eine schnurrende Katze.

Auf meiner persönlichen, tragbaren Turmuhr schlug es drei. In Passy herrschte trübe Friedhofsstille.

* * *

Ich hielt unten an der Treppe, die die Rue Berton mit der Rue Raynouard verbindet. Wir stiegen aus. In der Mitte wird die Rue Berton so schmal, daß zwei Personen nicht nebeneinander hergehen können. Wir hätten zwar noch etwas weiter fahren können, aber auch der leiseste Motor hätte hier in der Gegend lauthals unsere Ankunft verkündet. Immer vorausgesetzt, es war überhaupt jemand da, den das interessierte. Für meinen Geschmack freute sich Madame Ailot etwas sehr früh. Mir kam die Expedition völlig überflüssig vor. Na ja, wir würden sehen...

Wir stolperten über das unregelmäßige Pflaster. Die Steine sahen ziemlich historisch aus. Ich stellte mir vor, daß sie schon so manche Füße von Balzacs Gläubigern verstaucht hatten. Solche Straßen findet man nur noch in einigen wenigen Außenbezirken.

Schweigend gingen wir nebeneinander her. Schon zum zweitenmal spazierte ich mit jemandem, der wortkarg war und nicht schlafen konnte, durchs nächtliche Paris. War wohl heute meine Spezialität. Im Park der türkischen Botschaft rauschten die Blätter der Bäume in dem leicht feuchten Wind. Efeu hing dunkel von der abgeblätterten Begrenzungsmauer. Auf halber Höhe der Straße beleuchtete eine Laterne das holprige Pflaster. Die Laterne sah wirklich noch wie 'ne Laterne aus. Nur der Glühstrumpf war durch eine Glühbirne ersetzt worden. Daneben stand ein Grenzstein. Auf einer der in diesem Viertel so geschätzten Tafeln war zu lesen, daß früher die *Seigneurie Passy* an die von Auteuil gegrenzt hatte.

Das Laternenlicht erfaßte unsere Schatten und zog sie vor uns in die Länge, bis sie in die völlige Dunkelheit eintauchten. Hier also verengt sich die Rue Berton zu einem Schlauch. Etwas weiter, an einer Biegung, verändert sie erneut Breite und Aussehen... und Namen: Rue d'Ankara, wegen der türkischen Botschaft.

Madame Ailot faßte mich am Arm.

„Das ist der Pavillon", flüsterte sie und wies auf eine bewachsene Mauer. Schon möglich, daß sich dahinter ein Pavillon befand. Aber in der Dunkelheit konnte ich nichts sehen.

„Schön", sagte ich. „Sollen wir wirklich hineingehen? Sieht ziemlich ruhig aus, da drin."

Von dem Wind in den Bäumen abgesehen, war es vollkommen still.

„Sprechen Sie bitte leiser", flüsterte sie. Und in derselben Lautstärke fügte sie hinzu: „Ich muß Klarheit haben."

Sie zog mich zu einer groben Holztür. Ein abweisendes Guckfensterchen wurde von zwei gekreuzten Eisenstäben geschützt. Instinktiv faßte meine Hand ans Schlüsselloch und berührte einen Schlüssel. Einen ziemlich überflüssigen Schlüssel: die Tür stand einen Spaltbreit offen.

„Sehen Sie!" flüsterte Madame Ailot triumphierend und jammernd zugleich. „Sie sind hier! Der Schlüssel..."

„... beweist gar nichts", unterbrach ich sie. „Jemand war hier, ist wieder weggegangen und hat vergessen, die Tür hinter sich abzuschließen. Und jetzt ist kein Mensch mehr da."

„Psst! Psst!" flehte sie mich an.

Sie schob die Tür auf. Die Angeln gaben nicht das geringste Quietschen von sich. Wir gingen in den Vorgarten.

„Mit oder ohne Schlüssel, hier ist niemand", beharrte ich dickköpfig.

Ein hübsches Paar waren wir! Zwei beharrliche Dickköpfe.

„Psst!"

Meine Augen begannen sich an die Dunkelheit zu gewöhnen. Man hätte zwar keine Zeitung lesen können, aber ich erkannte Umrisse. Zum Beispiel ein Bassin, so groß wie 'ne Waschschüssel für kinderreiche Familien, zwischen Sträuchern und Steinen. Ein ziemlich steiler Weg führte zu einer Art Landhäuschen mit einem seltsamen Dach. Wie zusammengerollt lag es da, so belebt wie die Morgue, wenn Dr. Paul und die Angestellten nach Hause gegangen sind. Genauso hatte ich mir das gedacht. Niemand da. Kein Licht, kein Ton. Außer Spinnen und Mäusen: Nichts. Noch einmal: Überhaupt niemand. Ich konnte es gar nicht oft genug wiederholen.

„Ich muß Klarheit haben", stellte Madame Ailot wieder fest. „Kommen Sie..."

Sie faßte meine Hand und ließ sie nicht mehr los. Ihre Handflächen waren feucht.

„Kommen Sie, sehen wir nach."

Ich folgte ihr, immer auf der Hut. Denn jetzt wollte sie den dynamischen Detektiv vernaschen. In dieser Baracke war nämlich niemand, kein Mensch, verdammt nochmal! Nicht ein einziger!

Das Dementi folgte auf dem Fuße, in doppelter Form: der Schrei einer hysterischen Frau und ein kurzer, scharfer Knall.

4
Nackt ... wie die Wahrheit

Schuß und Schrei kamen aus dem Innern der Bruchbude, die so friedlich aussah.

Die Finger meiner Klientin krallten sich in meine Hand. Ich kämpfte mich frei, zauberte meinen Revolver hervor und stürzte zum Haus.

Gleich nach den ersten Schritten stolperte ich über eine Stufe, die wohl für erschöpfte Asthmatiker eingebaut worden war. Beinahe hätte ich mich auf den Bauch gelegt, aber mit einem Schwall von entsprechenden Flüchen hielt ich das Gleichgewicht. Mein Gesicht wurde von den Zweigen eines Busches gestreichelt. Ansonsten erreichte ich ohne Zwischenfälle die Haustür. Ob sie offenstand, weiß ich nicht mehr. Jedenfalls leistete sie meinem Stoß keinen Widerstand. Ein vermischter Gestank von Staub, stickiger Luft und Feuchtigkeit schlug mir in dem dunklen Flur entgegen.

Die Fenster waren so sorgfältig abgedunkelt wie bei der Verdunklung für den Luftschutz. Aber so düster war es auf den zweiten Blick gar nicht. Von oben drang gelbliches Licht aus einem Zimmer über eine Eichentreppe nach unten. Ich rannte die Treppe hinauf, in ein Zimmer...

... wo mich ein zweiter trockener Knall empfing.

Die Einrichtung des Zimmers bestand aus einem massiven Tisch, einer niedrigen Kommode, einem Sofa, zwei geisterhaften Sesseln unter Schutzhüllen und einem umgekippten Stuhl. Vor den Fenstern hingen dicke, knallrote Samtvorhänge. Ein weiterer, halb zur Seite gezogener Vorhang verdeckte eine Verbindungstür. Die Luft stank nach alten Kippen und frischem Kordit.

Zwei Menschen befanden sich hier im Zimmer. Der Mann lag

auf dem verrutschten Teppich, genauso leblos in seinem ebenfalls verrutschten Regenmantel wie der graue Hut neben ihm. Den Hut konnte man wenigstens noch aufsetzen; der Kerl dagegen war zu nichts mehr zu gebrauchen... Das Mädchen stand vor einem der Vorhänge. Ihre kleine Hand mit den abgenagten Fingernägeln hielt einen noch rauchenden Revolver. Die weitaufgerissenen braunen Augen blickten erschrocken, ohne etwas zu sehen. Jedenfalls hatten sie nicht genau hingesehen, als ich auf der Bildfläche erschienen war, sonst hätte ich mir gut und gerne eine Kugel eingefangen.

Mit vorgehaltener Kanone machte ich einen Satz über Célestins Leiche und packte den nackten Arm der Kleinen. Sie wehrte sich wortlos. Nur ein klagender Laut kam über ihre blutleeren Lippen. Ich verdrehte ihr das Handgelenk, bis sie die Waffe fallenließ. Ich dagegen ließ das Mädchen nicht los, während ich den Revolver mit einem Fußtritt außer Reichweite beförderte.

Und da passierte etwas Unerwartetes. Allerdings erwarte ich es immer, das Unerwartete...

Sie trug einen langen, weiten Morgenrock aus schwarzer Seide, dessen großzügiges Dekolleté ihre Schultern bloßlegte. Ich weiß nicht, wie es passierte. Vielleicht schüttelte ich die Kleine zu heftig; vielleicht zerrte ich auch im Eifer des Gefechts zu sehr an dem Stoff; vielleicht war der Morgenrock nicht für solche Behandlung gedacht... Kurz und gut, er glitt zu Boden, wo er einen fließenden See bildete.

Suzanne stand vor mir wie die Wahrheit: splitterfasernackt, ohne Slip oder Feigenblatt, mit nichts als ihrer makellosen Schönheit. Ihre kleinen jungen Brüste zitterten vor Erregung oder Atemnot. Sie stand da, aufrecht, unbeweglich, herrlich unkeusch, wie aus einer giftigen Pflanze emporgewachsen. Ich ließ sie los, ebenfalls außer Atem. Diese Marie-Chantal konnte einem aber auch den Atem verschlagen! Mal von den Revolverschüssen abgesehen...!

„Mein Gott! Mein Gott!" schluchzte ihre Tante hinter mir.

Sie stand schon eine ganze Weile im Zimmer. Ich hatte ihren Schweißausbruch wahrgenommen, der alle anderen Gerüche verjagte. Ich legte Suzanne die Hände auf die Schultern.

„Und nun?“ fragte ich sanft. „Begrüßt man so seine Freunde? Empfängt man so den Märchenprinzen? Erkennen Sie mich nicht wieder? Nestor, der Märchenprinz. Der lustige Vogel, der sich für Artagnan hält.“

Schweigend sah sie mich an mit ihrem leeren, unergründlichen Blick. Gut. Ich konnte warten. Inzwischen half ich ihr endgültig aus ihrem seidenen Gewand, ein Bein nach dem andern. Kein Widerspruch ihrerseits. Keine Wirkung meinerseits. Andere Puppen sind mit Holzwolle vollgestopft, die hier mit Drogen. Eine verrückte Puppe, die mich genausowenig erregte wie das Foto des Mister Universum. Ich führte die Puppe am Arm zum Sofa. Sie ließ sich führen, wie im Traum... und wie auf Eiern, wegen der hohen Absätze (die Schuhe waren das einzige, was sie am Leib trug). Ich hatte das Gefühl, diese Szene schon einmal erlebt zu haben. Vielleicht im Traum. Das erinnerte mich an eine Zeichnung, die das Buch von Hervey Saint-Denis schmückt. Ein Buch über Träume. Eine nackte Frau, ein bekleideter Mann. Nur... das hier war kein Traum! Ich setzte die nackte Kleine aufs Sofa. Mit einer bunten Stola, die irgendwo rumlag, bedeckte ich ihre Schultern und Brüste. Wenigstens etwas. Die langen Fransen mußten ihre Schenkel kitzeln, aber sie zeigte keine Reaktion. Jedenfalls nicht sofort. Plötzlich murmelte sie mit ängstlicher Stimme:

„Was hab ich getan? Was hab ich getan?“

„Überhaupt nichts.“

„Aber ich...“

Sie sah zur Leiche hin.

„Ich hab den Mann da getötet.“

„Nur keine Panik. Das kommt alle Tage vor. Sie haben auch auf mich geschossen. Aber das ist auch nichts Besonderes. Ich bin’s gewohnt. Deshalb bin ich Ihnen nicht böse.“

„Ich habe auch meine Mutter getötet...“

„Ach!“

Das war allerdings neu.

„Wann?“ wollte ich wissen.

„Ich habe auch meine Mutter getötet“, wiederholte sie statt einer Antwort.

„Klar. Zuerst tötet man seine Mutter, dann den Chauffeur seiner Tante. Vergessen Sie's!"

Pause. Dann stammelte sie:

„Der Chauffeur! ... Der Chauffeur!"

„Vergessen Sie ihn!"

Der wurde nämlich schon so langsam kalt.

„Der Chauffeur!" begann sie wieder. „Er war mit mir zusammen ..."

„Jetzt nicht mehr. Nie mehr."

„Der Chauffeur! ..."

Sie starrte auf die Leiche, schien aber an was ganz anderes zu denken. Wir konnten nicht ewig hier sitzen und so lange herumstammeln, bis Yves Bénech von den Toten auferstand. Ich überließ das Mädchen ihren Gewissensbissen – oder was es sonst war –, und drehte mich zu Madame Ailot um ...

... gerade rechtzeitig, um mich einer weiteren Aufgabe zu widmen, die sie mir stellte. Für ihr Geld verlangte sie ganz schön viel. Bei ihr wurde man nicht arbeitslos. Zuerst sollte ich ihren Schmuck wiederbeschaffen. Dann schleppte sie mich durchs nächtliche Paris. Und jetzt mußte ich auch noch als Krankenschwester fungieren. Ihre Beine trugen sie nicht mehr. Wie ein sterbender Schwan lag sie in einem der Sessel hingegossen, auf dem Schonbezug. Alles in ihrer Haltung deutete auf einen kommenden Nervenzusammenbruch. Und er kam. Erstaunlich, daß das nicht schon früher passiert war. Wie unter einem Elektroschock bäumte sie sich auf. Ein hysterischer Schrei aus ihrer Kehle zerriß die Stille der Nacht, wie die Sirene eines Schleppkahns. Haben Sie schon mal eine achtbare Dame von fünfzig Jahren geohrfeigt? Nicht angenehm, versichere ich Ihnen. Auch wenn man noch so sadistisch veranlagt ist. Abgesehen davon, daß so was strafbar ist, kann bei einer derartigen Aktion das Gebiß des Opfers rausfallen oder verschluckt werden. Unangenehm, sehr unangenehm ... Aber ich wagte es. Das wirkte auch auf meine Nerven beruhigend. Endlich gelang es mir, sie zur Räson zu bringen. Dabei kassierten meine Schienbeine mehrere Tritte der sportlichen Schuhe. Aber die Zappelei war zu Ende. Wie ihre Nichte saß sie jetzt brav im Sessel. Was für eine Familie!

Ich machte gute Miene zum bitterbösen Spiel. Nestor, das Allround-Talent. Märchenprinz und Liebhaber von Sex-Orgien. Der König der Dreieckspielchen. Mit einer Frau pro Nacht ist er nicht ausgelastet. Zwei müssen her. Eine noch nicht zu sehr verblühte Tante und eine übergeschnappte Mörderin, die Nichte. Na ja, so ist das nun mal. In meinem Alter ändert man sich nicht mehr.

„Mein Gott!“ stöhnte Madame Ailot.

„Fangen Sie bloß nicht schon wieder damit an“, warnte ich sie.

„Aber was... was sollen wir tun?“

„Erst mal abhaun. Schnellstens. Geben Sie den Mantel Ihrer Nichte. Die braucht ihn nötiger.“

Ich mußte ihr den Pelz eigenhändig aus- und Suzanne anziehen.

„Verschwinden wir. Célestin kommt auch alleine zurecht.“

Vorher suchte ich aber noch Marie-Chantals Revolver, wikkelte ihn in ein Taschentuch und steckte ihn ein.

Wir gingen zum Wagen zurück. Keine leichte Arbeit. Wir setzten uns rein, und ich startete den Tallemet. Auf meiner Uhr war's kurz nach vier. Die letzte Stunde war wie im Fluge vergangen.

* * *

So hoffnungsvoll, wie wir die Villa in der Rue du Ranelagh verlassen hatten, kehrten wir nicht wieder zurück. Meine beiden Frauen waren so aufgelöst, daß etwas Lärm unvermeidlich war. Aber darauf kam es jetzt auch nicht mehr an. Zuerst brachten wir Suzanne hinauf in ihr Zimmer. Das heißt, ich stützte sie, und Madame Ailot hielt sich an ihr fest, um nicht selbst hinzufallen. Plötzlich stand der Sohn des Hauses vor uns. Er war nun schon zum zweiten Mal aus dem Bett gefallen.

„Was soll das Theater?“ schimpfte seine Mutter, die Haltung zu bewahren versuchte.

Ohne eine Antwort abzuwarten, befahl sie:

„Marsch ins Bett! Aber sofort!“

Der Sohn sagte nichts. Er ging wieder schlafen, aber ich bezweifelte, daß er tatsächlich schlief. Erst sah er uns blöd an, dann konzentrierte er sich auf seine Cousine. Gerade im richtigen Moment. In dem Moment nämlich, als sie sich bewegte und der Pelzmantel sich öffnete. Alles, was es zu sehen gab, sah der kleine Blödmann. Ein hübsches Schauspiel für den Glückspilz. Aber vielleicht hatte er gar nicht soviel davon. Das Verhältnis Cousin-Cousine ist mir immer etwas verdächtig erschienen.

* * *

„Wie schrecklich!" jammerte Madame Ailot. „Furchtbar! Ich... was... Was sollen wir tun?"

Zum dritten Mal innerhalb kürzester Zeit waren wir allein in unserem Séparée. So langsam kam mir der Nippeskram vertraut vor. Meine Klientin hatte ihre Nichte ins Bett gebracht. Jetzt erwartete sie einen letzten Dienst von mir, ohne offen darüber zu sprechen. Aber ich konnte mir schon denken, was sie wollte.

„Vielleicht... Vielleicht sollte ich einen Arzt rufen?" fragte sie zögernd.

„Von mir aus. Wenn Sie einen kennen, der sich um diese Zeit herbemüht... Aber die Flics werden bestimmt ihren Medizinmann mitbringen, für Bénech."

„Die... Meinen Sie... die Polizei?"

„Ja, ich meine die Polizei. Wir müssen sie alarmieren."

„Könnten Sie nicht vielleicht..."

Sie schwieg.

„Vielleicht könnte ich was?" fragte ich.

Jetzt kamen wir zur Sache. Sie antwortete nicht sofort. Ihr Blick wanderte zu den hunderttausend Francs, die immer noch auf dem Tisch lagen: das Geld, das ich ihr zurückgegeben hatte. Dann sah sie wieder mich an.

„Sicher", sagte sie, „das ist nicht viel. Aber... wenn Sie einverstanden wären..."

Weiter kam sie nicht. Ich schüttelte den Kopf.

„Ich glaube nicht, daß ich einverstanden bin", sagte ich. „Ich bin kein Engel, und hundert Riesen sind kein Pappenstiel. Vor allem, wenn eine Nachzahlung möglich ist. Das Ding ist mir aber zu heiß. Ob sie ihn vorsätzlich getötet hat, ob sie unzurechnungsfähig war oder ob es sich einfach um einen Unfall gehandelt hat, ist mir egal. Die Fakten sind klar: Célestin ist tot. Da gibt's nichts zu vertuschen, für welche Summe auch immer. Früher oder später wird die Leiche entdeckt, auch wenn ich sie in die Seine schmeißen würde. Was übrigens auf keinen Fall in Frage kommt! Man wird rauskriegen, daß ich mit dem Toten was zu tun hatte, als er noch laufen konnte. Selbst wenn die Leiche nicht gefunden wird... Der Hotelbesitzer meldet Célestins Verschwinden – ich meine das von Yves Bénech – der Polizei. Und die stellt mühelos fest, daß ich ein Zimmer in dem Hotel habe, daß ich das Zimmermädchen nach Bénech gefragt habe, sie den Kontakt hergestellt hat, ich direkt nach ihm das Hotel verlassen habe und alleine wieder zurückgekommen bin... und daß mich um zwei Uhr morgens eine Frau angerufen hat."

Madame Ailot schlug wütend auf die Sessellehne.

„Warum hatten Sie auch diese verdammte Idee, sich ein Zimmer in demselben Hotel zu nehmen!" rief sie.

„Manchmal hab ich so Ideen... Manchmal sind sie gut, manchmal schlecht. Das ist jetzt nicht mehr zu ändern. Und von Ihrem Sohn will ich gar nicht erst anfangen. Der ist bestimmt neugierig geworden bei unseren Aktionen. Wenn er redet, hört mit Sicherheit irgendeiner zu."

„Lächerlich! Mein Sohn wird nichts sagen."

„Das ist auch nicht der heikelste Punkt. Hab's nur der Vollständigkeit halber erwähnt."

„Na schön", sagte sie resignierend und zeigte auf das Telefon. „Rufen Sie die Polizei!... Mein Gott, dieser Skandal! Das überleb ich nicht."

„Ich informiere die Polizei lieber mündlich", entschied ich. „Ganz persönlich. Ich kenne den Chef der Kripo, Kommissar Faroux. Bin so was wie'n Hauptlieferant für ihn. Mal sehen, was sich machen läßt."

„Jetzt ist schon alles egal", seufzte sie mit müder Geste.

Ich ließ Madame Ailot mit ihrem Kummer alleine und ging in die Rue des Maronniers. In dieser Gegend werden zwar Menschen umgebracht, aber keine Autos geklaut. Mein Dugat wartete brav auf mich. Ich klemmte mich hinters Steuer und ging in mich. Eigentlich hätte ich Florimond Faroux direkt nach der Entdeckung der Leiche anrufen müssen. Jetzt war's egal, ob er eine halbe Stunde früher oder später von der Sache erfuhr. Anschnauzen würde er mich sowieso. Ich zündete mir eine Pfeife an und nahm Kurs auf die Rue Berton.

5
Die Sprache der Indizien

In dem tragischen Pavillon hatte sich nichts verändert. Wir hatten bei unserer Flucht die Deckenlampe brennen lassen. Sie goß ihr gelbliches Licht über Yves Bénechs Leiche. Ich beugte mich über den toten Ex-Chauffeur. Die Kugel war durch Mantel, Jacke, Hemd und Herz gedrungen. Célestin mußte auf der Stelle tot gewesen sein. Er lag auf dem Rücken. Seine Füße hatten den Teppich zusammengeschoben. Sah aus wie Meereswellen in einem Vorstadttheater. Der echauffierte Chauffeur war jetzt abgekühlt. Er konnte zufrieden sein: die Horizontale war seine bevorzugte Position gewesen. Jetzt war er gut bedient, dieser Schlauberger! Ich hatte ihn gewarnt. Überschlau wird selten alt…

Nach dieser Leichenrede mußte ich mich erst mal setzen. Müdigkeit überfiel mich. Deswegen war ich auch so fertig mit den Nerven und redete Quatsch. Keine Ausreden, Nestor! Du bist einfach schlecht erzogen, das ist alles. Mit dir kann man sich nirgendwo sehen lassen. Eifersüchtig auf einen Toten? Du willst doch wohl kaum mit ihm tauschen, oder?

Vom Sofa aus ließ ich meine Blicke schweifen. Das hier glich mehr einem Rattenloch als einem Liebesnest. Aber Gottes Tierreich ist groß, und die Geschmäcker sind verschieden, wie gesagt. Kein Möbel, das nicht auf den Müll gehört hätte: der Tisch wackelte, der Kommode fehlte eine Schublade, die Sessel unter den Schutzhüllen verloren wahrscheinlich ihre Haare. Eine Rumpelkammer, wie Madame Ailot gesagt hatte. Gut für gebrauchte Möbel, alte Teppiche und Leichen. Ja, es lagen mehrere Teppiche auf dem Holzfußboden. Kein Zentimeter Holz war zu sehen. So blieb auch der Staub unsichtbar.

Ich stand auf und sah mir die Kippen genauer an, die zwischen

Kommode und Tisch verstreut waren. Ein halbes Dutzend, verschieden lang, lag dort rum seit... Tja, höchst wichtig, nicht wahr? Sherlock Holmes hätte bestimmt sagen können, seit wann die Kippen da schon rumlagen und wie alt die verschiedenen Raucher waren. Aber ich bin nicht Sherlock Holmes und geb mich mit solchem Blödsinn nicht ab. Stattdessen dachte ich noch 'ne Weile nach. Schon deshalb, um den Zeitpunkt hinauszuzögern, in dem ich meinen Freund Florimond Faroux informieren mußte.

Ich ging zurück zum Sofa. Auf dem Teppich sah ich leere Patronenhülsen. Zwei. Eine für Bénech, eine für mich. Ich ließ sie liegen, wo sie lagen. Die Hülsen erinnerten mich an Suzannes Revolver. Ich zog ihn aus der Tasche und sah ihn mir genauer an. Irgendwann hatte mal ein Schalldämpfer draufgesteckt. Die Spuren waren noch zu sehen. Und eins war auch ganz klar: das war kein Damenrevolver. Ich steckte das Ding wieder ein.

Als nächstes hob ich den schwarzseidenen Morgenrock auf, den Suzanne getragen hatte. Der Stoff zerfloß einem in den Händen, bei Bedarf sozusagen im entscheidenden Augenblick. Dem jungen Mädchen war er wohl etwas weit gewesen. Und noch was anderes entdeckte ich: ein geniales Druckknopfsystem. Man brauchte nur einen der Knöpfe zu öffnen, und schon fiel der Vorhang. Ein seltsames Gewand für ein wohlerzogenes junges Mädchen aus gutem Hause. So was findet man doch eher im Kleiderschrank einer barmherzigen Schwester der Horizontale. Allerhand! Da wartet die unschuldige Kleine auf den Märchenprinzen, und in dem hübschen kleinen Köpfchen wälzt sie sündige Gedanken. Heutzutage darf man sich über gar nichts wundern. Es gibt keine Kinder mehr, wie Jean-Jacques Delbo sagt.

„Ich habe schon meine Mutter getötet", hatte das seltsame Mädchen gesagt. Ich sah vorsichtshalber unters Sofa, falls sie die Leiche dort versteckt hatte. Unter dem Sofa lag nichts, dafür aber unter der Kommode. Es glänzte schwach, war grade noch im Schatten zu sehen. Eine dritte Patronenhülse? Das würde das Problem variieren. Beziehungsweise, dadurch würde ein neues geschaffen.

Es war aber keine dritte Patronenhülse, sondern eine herzförmige Brosche. So ähnlich mußte wohl die aussehen, die Célestin seiner ehemaligen Chefin und Bettgenossin geklaut hatte. Davon gab's wohl Tausende in Paris. Herzförmige Broschen, meine ich. Ich kenn mich damit zwar nicht besonders gut aus, aber aus Gold schien mir die Nadel nicht zu sein. Und die Diamanten darauf sahen mich ziemlich trüb an, für Diamanten. Ich drehte den Fund hin und her. Das Herz ließ sich öffnen. Ich öffnete es. Du schlauer Fuchs, was hast du erwartet? Ein grinsendes Teufelchen? Nichts war drin, in dem Herzen. Nichts. So sieht es in vielen Herzen aus. Ich steckte die Brosche ein.

Dann ging ich ins Nebenzimmer. Dunkelheit und Stille. Ich knipste das Licht an. Rumpelkammer Nr. 2 für ausrangierte Möbel. Eine Kommode, weniger stilecht als schwer, ein Ausziehtisch, eine riesige Pendeluhr, die schon seit Jahren verstummt war, usw. usw. In einem Kleiderschrank hingen Damen- und Herrenklamotten auf Bügeln. Einige Bügel waren leer. Schön. Ein Kleiderdepot für Bedürftige. Hier versorgten sich also die Wohltätigkeitsvereine. Für mich war nichts dabei. Ich red nicht von den Jacken und Hosen, den gestreiften Westen und den beiden alten Chauffeursmützen, die neben drei Paar ausgelatschten Schuhen auf einem Brett lagen. Für mich war überhaupt nichts dabei. Nirgendwo. Was hatte ich mir vorgestellt?

Über einem Stuhl hing ein karierter Rock, den ich schon mal gesehen hatte: gestern nachmittag, bei Suzanne. Daneben lag die blaue Hemdbluse, an der einige Knöpfe fehlten, und einer dieser schwarzseidenen Regenmäntel, die so leicht sind wie Zigarettenpapier. Auf dem Stuhlsitz standen die Ballerinaschuhe. Das Mädchen hatte sich also hier umgezogen. Mantel, Rock, Bluse, Schühchen. Kein Slip, kein Büstenhalter, keine Strümpfe. Auf Slip und Büstenhalter konnte man gut verzichten unter dem verführerischen Seidengewand. Völlig überflüssig. Aber Strümpfe? Die erotisch-sentimentale Sexualerziehung von Marie-Chantal wies erhebliche Lücken auf.

Als nächstes nahm ich mir das Badezimmer vor. Ein einwandfrei funktionierendes Weinkeller-Bar-Badezimmer. Alles in einem. Unter dem Waschbecken standen mehrere leere Flaschen und zwei halbvolle. Halbvoll mit Gin. Ich tat so, als sähe ich sie nicht, und begab mich wieder zu Bénech, der immer noch auf die Verpackungskünstler von Borniol wartete. Die Leiche wurde schon elfenbeinfarben, wie die Haare. Die Gesichtszüge hatten einen harten Ausdruck angenommen. Ich kniete nieder. Nicht um zu beten, sondern um die Taschen zu durchsuchen. Daran hätte ich schon früher denken können. Doch was ich fand – Taschentuch, Schlüssel, Zigaretten, Streichhölzer, Notizbuch, Brieftasche –, dafür hätte ich mir das Denken sparen können. Im Notizbuch stand nichts Interessantes. Hauptsächlich leere Seiten. Und die Adresse der Baronin d'Aurimont kannte ich ja schon. Die Brieftasche enthielt etwas Geld, die üblichen Ausweispapiere und ein Foto von Suzanne im Bikini.

Ich richtete mich wieder auf und betrachtete den Toten.

Das Einfachste, wenn auch nicht das Geschmackvollste, wär's gewesen, mir die Leiche auf den Rücken zu packen und sie in die gute alte Seine zu schmeißen. Besser noch: sie im Garten oder im Keller zu verbuddeln. Das hätte Suzanne geschont. Ja, sie mußte geschont und gepflegt werden. Aber wer sich vor allem schonen und pflegen mußte, war ich!

Ich stopfte der Leiche die Siebensachen wieder in die Taschen.

„Auf bald, mein Lieber", sagte ich.

Meine Stimme wanderte durch den Raum und erstarb – wie Célestin! – in den Falten der Samtvorhänge.

Draußen fing es schon an zu tagen. Wie immer in den ersten Morgenstunden spürte man die Kälte. Ich fröstelte und schlug den Kragen hoch. Die Vögel in den Bäumen der türkischen Botschaft hatten den strengen Winter satt. Aus voller Kehle begrüßten sie den jungen Frühlingsmorgen. Glückliche Vögel! Gefiederte Schreihälse! Lebhaft, flatterhaft und unbesorgt. Ich dagegen fühlte mich hundeelend. Meine pelzige Zunge schmeckte nach Tabak.

Ich ließ meinen Wagen am anderen Ende der Straße stehen. Zu Fuß ging ich die Rue Berton hinunter, in Richtung Avenue Marcel-Proust und Rue d'Ankara. Kurz vor der Biegung, fast genau vor dem Portalvorbau der türkischen Botschaft, glitt ich auf einem Ölflecken aus, den ein parkendes Auto hinterlassen hatte. Beinahe wäre ich hingefallen. Durch die Rue d'Ankara gelangte ich zum Quai de Passy. Der Fluß dampfte. Alles war grau in grau. Eine scheußliche Farbe. Ein Auto raste vorbei, glücklich, die Fahrbahn für sich ganz alleine zu haben. Durch den Fahrtwind wurde eine Zeitung hochgewirbelt. Jetzt klebte sie an meinen wackligen Beinen.

Die beiden Bistros unter dem Viadukt der Metro hatten noch geschlossen. Es war noch sehr früh. Bald würde die Metro ihren Betrieb aufnehmen und ihre erste Ladung verschlafener Menschen zu den Fabriken bringen. Ich sah die Lichter der Station *Passy*. Auf der anderen Seite der Seine hielt der Eiffelturm Wache. Das Gerippe war mal unwirklich nah, dann wieder nur sehr verschwommen zu sehen. Mußte wohl an meinen müden Augen liegen.

Ein paar Schritte weiter, auf der Avenue de New York (die nicht die Verlängerung des Quai de Passy ist!), herrschte in einer halbgeöffneten Kfz-Werkstatt so was wie Leben. Ein Mann in weißem Kittel harrte in seinem Glaskasten der Dinge, die da kommen würden. Ich durfte sein Telefon benutzen, trotz dem hochgeschlagenen Kragen, meinen dreckigen Händen und meiner Pappmaché-Fresse. Ich wählte Faroux' Privatnummer. Schon nach dreimaligem Läuten wurde abgehoben. Eine rauhe Stimme brüllte:

„Was ist?"

Gleich der Alte, schon eine Viertelstunde nach dem Aufwachen, ohne Übergang.

„Faroux?" fragte ich.

„Ja, und?"

„Schön. Hier Nestor Burma."

„Das darf doch nicht wahr sein! Wissen Sie, wie spät es ist? Wann schlafen Sie eigentlich? Und eine Stimme haben Sie..."

„Manche schlafen, manche haben überhaupt keine Stimme", belehrte ich ihn.

„Ach ja? Und was soll das?"

„Ich habe einen ohne Stimme."

„Einen was?"

„Einen Toten. Den ersten der Saison."

Florimond Faroux hatte mich in die Rue Bois-le-Vent bestellt, auf das Kommissariat La Muette. Ich wartete jedoch in angemessener Entfernung auf ihn. Man weiß nie, welche Überraschungen auf einen zukommen; vor allem, wenn man so zerknautscht aussieht wie ich an diesem Morgen. Kurz nach sechs erschien der Chef der Kripo auf der Bildfläche, zusammen mit einem seiner Leute vom Quai des Orfèvres. Wie rührend. Diese Flics treten immer paarweise auf. Dabei gelten sie als mutig. Na ja, Faroux hatte jedenfalls Inspektor Fabre im Schlepptau.

So langsam belebten sich die Straßen. Ich war – als erster Gast! –
ins Paris-Passy gegangen, ein Bistro an der Ecke Rue de l'Annonciation. Zwei Riesen-Sandwiches, zwei Mineralwasser, zwei stärkere Wässerchen, zwei noch stärkere Tassen Kaffee und zwei Aspirin sollten mich wieder auf die Beine bringen und meine Augen gradesetzen. Alles paarweise, genauso wie die Flics. Hinterher noch eine gute Pfeife, und dann war ich wieder auf dem Damm.

Vom Bistro aus sah ich den marineblauen Renault aus der Rue de Passy kommen. Er kurvte um die Verkehrsinsel der R.A.T.P. und hielt vor der Polizeiwache. Die beiden Flics stiegen aus. Ich ging zu ihnen.

„Na, Sie?" begrüßte mich Faroux. „Mal wieder dick in der Tinte?"

„A propos Tinte: schon was getrunken?" fragte ich zurück.

Wir gaben uns die Hand.

„Lassen Sie die Späße am frühen Morgen. Erzählen Sie mir lieber, was das Theater wieder soll!"

„Das ist kein Theater. Nur das nackte Leben... oder der Tod. Ganz einfach. Hab ich Ihnen doch schon am Telefon erklärt."

„Genau das macht mir Sorgen. Seit wann kümmern Sie sich um ganz einfache Dinge?"

„Seit heute nacht. Einmal ist immer das erste Mal."

„Hm.."

Faroux verzog das Gesicht und hob die Schultern.

„Fabre kennen Sie ja, oder?"

Er wies mit dem Daumen auf den Inspektor.

„Ja, wir hatten schon das Vergnügen", bestätigte ich.

Inspektor Fabre streckte mir lächelnd die Hand hin.

„Auf den Champs-Elysées. Sie wohnten damals im *Cosmopolitan Palace*. Und sahen etwas flotter aus, wenn ich mir die Bemerkung erlauben darf."

Die Kollegen taxierten mich mit Kennerblick.

„Sie sehen tatsächlich ziemlich schlimm aus", stellte Faroux fest.

„Mein lieber Freund", lachte ich. „Man kann nicht eine Treppe runterfallen, eine Leiche entdecken und einen Kommissar aus dem Bett schmeißen, ohne daß das Spuren hinterläßt."

„Eine Treppe? Davon haben Sie mir am Telefon gar nichts gesagt."

„Ich wollte Ihnen nicht gleich alles verraten. Das Wesentliche hat schon gereicht. Neben mir stand der Kerl, der mir sein Telefon geliehen hatte. Fragte sich sowieso schon, was er von mir halten sollte. Womöglich hätte er noch die Flics alarmiert..."

„Na schön. Gehen wir rein!"

Das Revier befindet sich zwischen einem Modegeschäft und einer Apotheke. Ich finde, neben Polizeibüros sollten immer Apotheken eingerichtet werden. Wär'n tröstlicher Gedanke.

Faroux ging zum Chef vom Dienst und stellte sich vor. Die Uniformierten, die an einem Tisch im Hintergrund *belote* spielten, ließen die Karten fallen, sprangen auf und grüßten.

„Guten Morgen, Kommissar", sagte der Chef. „Was bringen Sie uns Schönes?"

Er sah mich neugierig an.

„Arbeit", sagte Faroux. „Heute nacht ist hier im Revier ein Verbrechen begangen worden. Ich brauch ein paar Männer, die sich das mit mir aus der Nähe ansehen."

„Ein Verbrechen?"

Der Beamte sah mich noch neugieriger an.

„In der Rue Berton", erklärte ich. „Hiermit."

Ich holte den Revolver aus der Tasche und warf ihn auf den Tisch. Er war immer noch in das Taschentuch gewickelt. Der Beamte sprang fast an die Decke.

„Großer Gott!" brüllte er und starrte mich an.

„Das ist nicht der Mörder", stellte Faroux klar. Manchmal kapiert mein Freund sehr schnell. „Das ist Nestor Burma, so was wie'n Kollege. Privatdetektiv."

„Ach so", sagte der Beamte enttäuscht.

Mein Beruf schien ihm nicht zu gefallen. Betrachtete mich wohl als 'ne Art Vorbestraften. Mit einer eleganten Bewegung zog er Hose samt Koppel hoch, um sich die nötige Beinfreiheit zu verschaffen. Nötig wozu? Wollte er vielleicht tanzen? Sah so aus.

„Er hat nämlich die Leiche entdeckt", fuhr Kommissar Faroux fort. „Mit so was verbringt er seine Nächte."

Der reviervorstehende Beamte sah auf den Revolver, als handelte es sich um was ganz Außergewöhnliches. Faroux nahm die Waffe in seine knochigen Hände.

„Die Tatwaffe?" fragte er mich.

„Ja."

„Warum haben Sie sie nicht liegenlassen?"

„Hab sie ganz mechanisch eingesteckt."

„Na schön. Erinnern Sie mich daran, daß ich Ihnen ein Taschentuch schulde."

Er steckte den Revolver ein.

„Ah, das ist ja wunderbar", rief der Beamte. „Ein Verbrechen? Heute nacht? In der Rue Berton?"

Er gab sich keine Mühe, seine Zweifel zu verbergen. Kopfschüttelnd fuhr er fort:

„Hab nichts davon gehört, heute nacht, Kommissar."

Damit wollte er wohl sagen: Der Private hat die Geschichte erfunden, um sich wichtigzutun.

„Das Viertel hier ist vollkommen ruhig."

„Ruhig, still und friedlich", lachte Faroux ungeduldig. Der Kollege ging ihm so langsam auf den Wecker. „Bevor ich hergefahren bin, hab ich nachgesehen, was alles in der letzten Zeit so passiert ist hier in der Gegend. Das mach ich immer, wenn *mein Freund* Burma in eine Sache verwickelt ist. Der hat nämlich 'ne Nase für komplizierte Verwicklungen. Am besten, man weiß über alles Bescheid, was sich so in den letzten Jahren abgespielt hat, sagen wir seit der Revolution. Die von 1789 meine ich. Das hilft. Man kennt sich dann fast so gut aus wie er und verliert ihn nicht aus den Augen. Also, eine ruhige Gegend, sagten Sie? Stimmt! Zum Beispiel letzte Woche: die splitternackte Frau, die in der Rue Jasmin aus der fünften Etage gefallen ist. Sie ist *völlig ruhig* liegengeblieben, bis ein Milchmann über sie gestolpert ist. Von der Arzttochter aus der Rue Scheffer ganz zu schweigen. Oder vom Concierge aus der Avenue Henri-Martin. Beide sind überfallen worden..."

„Das... das sind Ausnahmen", stotterte der Beamte, rot wie ein Hahn, aber weniger angriffslustig. „Ausnahmen bestätigen die Regel. Alles in allem ist das ein ruhiges Viertel", beharrte er.

War wohl Mitglied im Verein ‚Unser Arrondissement ist das schönste'.

„Ein ruhiges Viertel mit ruhigen Leuten", fügte er noch hinzu.

„Wir sollten vielleicht jetzt in die Rue Berton gehen", schlug ich vor. „Dort wartet ein ganz ruhiger Mann auf uns. Ein weiterer Beleg für das ruhige Viertel."

* * *

Die wurmstichige Bank mit den ehemals grünen Latten schien extra für uns aufgestellt zu sein, zwischen einem Baum und dem kleinen Bassin. Florimond Faroux sah sie mürrisch an und sagte:

„Setzen wir uns!"

In dem Häuschen tummelte sich eine ganze Armee von Uniformierten. Alle Formate und Farben waren vertreten: dicke Graue und dünne Blaue. Flics aus dem Revier und Beamte vom Quai des Orfèvres, zur Verstärkung. Nicht zu vergessen die Zauberer vom Erkennungsdienst mit ihren Fotoapparaten und dem ganzen Kram.

Wir setzten uns auf die Gartenbank.

Der Kommissar holte einen Tabaksbeutel und Zigarettenpapier aus seiner Tasche und fing an zu drehen. Dann zündete er die krumme Zigarette an und warf das Streichholz ins Wasserbecken.

„Fassen wir zusammen", begann er. „Eine gewisse Madame Ailot, die wir gleich sehen werden..."

Bei dem Gedanken seufzte er, so als warte eine schreckliche Knochenarbeit auf ihn.

„... engagiert Sie. Sie sollen sich mit ihrem ehemaligen Chauffeur in Verbindung setzen, den die Frau des Diebstahls verdächtigt."

„Sie verdächtigt ihn nicht des Diebstahls", warf ich ein, „sie ist sicher, daß er ihren Schmuck geklaut hat."

„Und Sie?"

„Ich auch. Yves Bénech hat mit ihr geschlafen, wenn man das so nennen kann. Er hat auch mit ihrer Nichte geschlafen..."

„Er hat wohl ziemlich viel geschlafen, hm?"

Faroux seufzte wieder. Diesmal wahrscheinlich über seine verlorene Jugend.

„Und selten alleine, ja. So Leute gibt's. Bénech gehörte zu denen. Ganz bestimmt hat er auch das Zimmermädchen im Hôtel de l'Assomption beschlafen. Und auf die Baronin von Aurimont hatte er auch schon ein Auge geworfen. Nicht faul, der Bursche."

„Die Baronin von Aurimont? Ach ja, die aus der Rue de l'Alboni, bei der er gestern nachmittag war..."

„Genau die."

Mein Freund hob die buschigen Augenbrauen.

„Hm...", machte er. „So ganz kapier ich das nicht. Die Baronin pflegt sich von ihren Chauffeuren aufs Kreuz legen zu lassen und steht deshalb in der Kartei dieser dicken Fledermaus. So weit, so gut. Das geht uns 'n feuchten Kehricht an. Aber, verdammt nochmal! Man kann sich doch nicht einfach hinstellen und sagen: ‚Ich bin Chauffeur', und die Sache ist gelaufen! Also, ich weiß nicht... Vielleicht müssen wir 'ne Weile nachdenken und das... äh... Subjekt... oder Objekt... näher studieren. Also, der Kandidat läßt sich zuerst als Chauffeur einstellen."

„Bénech war Chauffeur."

„Ja, ich weiß. Dann klaut er den Schmuck. Und anstatt sich auf den Lorbeeren auszuruhen, sucht er wieder Arbeit? Das paßt doch nicht zusammen!"

„Die Arbeit bietet anscheinend mehrere Vorteile", hielt ich entgegen.

„Trotzdem! Er hatte ja noch die Nichte…"

„Sie haben ihn nicht gekannt, als er noch rumlaufen konnte", sagte ich. „Er war ein ganz Schlauer. Jedenfalls hielt er sich dafür. Er wollte den Schmuck gar nicht verbimmeln. So seh ich das. Und jetzt lassen Sie mich da weitermachen, wo Sie mich unterbrochen haben. Bénech war der Liebhaber seiner Chefin…"

„Entschuldigen Sie, wenn ich Sie schon wieder unterbreche. Aber… Hat sie Ihnen das erzählt?"

„Nein, aber ich hab's rausgehört. Diese Fähigkeit haben wir nämlich gemeinsam, Sie und ich. Und blöde Fragen stellen. Dank meiner blöden Fragen nämlich – oder meiner nicht weniger blöden Bemerkungen über die neuen Banknoten, deren Nummern man hätte notieren können (was sie nicht getan hat!) – bin ich ganz sicher: nicht so sehr den Diebstahl selbst wollte Madame Ailot vertuschen, sondern mehr die besondere Art des Diebstahls. Würde es sich um Bargeld handeln, hätte sie nicht so'n Theater veranstaltet. Aber es soll sich vor allem nicht rumsprechen, daß ihr *Schmuck* geklaut wurde. Warum? Bestimmt weil die Klunker an einem Ort aufbewahrt wurden, zu dem nur die intimsten Freunde Zugang haben. Und der Chauffeur zählt im allgemeinen nicht zum intimen Kreis. Der Diebstahl hätte allgemeines Getuschel hervorgerufen."

„Wenn sie sich mit ihrem Chauffeur einläßt, spricht sich das auch rum. Etwas Getuschel mehr oder weniger…"

„Vielleicht läßt sie sich im allgemeinen ja gar nicht mit ihren Chauffeuren ein… und steht deshalb nicht auf der Liste der… Vereinigung notleidender Chauffeure. Vielleicht ist es ja das erste Mal, daß sie… äh… fremdgeht. Sie kann Célestins Charme einfach nicht widerstehen. Na ja, egal. Jedenfalls wird sie seine Geliebte. Als ich sie nach einem Foto fragte – von Bénech natürlich! –, hat sie ihn mir beschrieben. Ihre Stimme sprach Bände! Bénech hat's übrigens weder zugegeben noch bestritten."

„Gut, Bénech war also der Liebhaber seiner Chefin…"

„… und der Liebhaber der Nichte seiner Chefin. Madame Ailot schmeißt ihn raus, aus Eifersucht. Oder weil sie einfach genug hat von dem Zuchthengst. Der läßt beim Hinausgehen den Schmuck mitgehen. Er weiß, daß sie ihn verdächtigen wird

– vielleicht erzählt er ihr's auch noch! – und deshalb keine Anzeige erstatten wird. Sie wird versuchen, ihre Klunker auf eigene Faust zurückzukriegen. Ein ganz gemütlicher Coup für Bénech! Bringt aber nicht genug ein, um bis ans Ende seiner Tage davon zu leben. Außerdem braucht er Verbindungsleute. Inzwischen wendet er sich an das Büro für spezielle Arbeitsvermittlung, an unsere dicke Fledermaus. Ein weiterer Beweis seiner Schlauheit: er will nichts an seinem äußeren Leben verändern. Als arbeitsloser Chauffeur sucht er Arbeit als Chauffeur. Für den Fall, daß Madame Ailot anders reagiert, als er annimmt."

„Möglich", brummte Faroux.

„Aber Madame Ailot reagiert nicht anders, als er annimmt. Sie bietet ihm hundert Riesen an. Ein Almosen, wie Bénech mir zu verstehen gegeben hat. Hunderttausend sind nicht schlecht, hat er mehrmals gesagt, aber mit dem Unterton: ‚Das ist mehr wert'. Er wollte es sich überlegen. Als wäre das sein Spezialgebiet, das Überlegen! Na ja, er bleibt 'ne Weile in seinem Zimmer – nimmt sich Blut ab oder so – und verläßt dann das Hotel, um Suzanne zu besuchen. Wahrscheinlich zur Beruhigung der Nerven. Ich folge ihm. Er merkt es. Anstatt schnurstracks in die Rue du Ranelagh zu marschieren, versucht er, mich abzuhängen. Ohne Erfolg. Wir gehen zusammen weiter, und der Spaziergang endet an der Treppe, Passage des Eaux. Brutaler Sturz meinerseits. Freie Bahn seinerseits. Er rennt zu Suzanne, schleppt sie hierher... und sie knallt ihn ab. Warum, weiß ich nicht."

„Wir brauchen die Kleine nur zu fragen", sagte Faroux. „Ganz einfach! Bénech ist tot. Wir kennen seine Mörderin. Sie waren sogar Zeuge des Verbrechens, sozusagen. Möchte wissen, warum wir uns deswegen den Kopf zerbrechen."

„Vielleicht hoffen Sie, daß ich mich verplappere", sagte ich grinsend. „Ich erzähl Ihnen jetzt schon zum dritten Mal die Geschichte. Einmal am Telefon, einmal da drin im Haus und jetzt nochmal, hier auf der Bank. Meinen Sie, ich verschweige Ihnen was?"

Keine Antwort. Mit einem wütenden Fußtritt beförderte ich einen Kieselstein in Richtung Bassin. Knapp daneben.

„Ich bin ein anständiger Bürger. Ich hätte die Leiche in die Seine schmeißen sollen oder im Keller einmauern…"

Jetzt schoß Faroux einen Stein auf unsere Zielscheibe. Mit einem ‚Platsch' verschwand der Stein im Wasser.

„Ist sie denn so hübsch?" fragte Faroux.

„Scheiße."

„Sehr hübsch also. Haben Sie sich die Waffe angesehen?"

„Oberflächlich."

„Was halten Sie davon?"

„Sie meinen die Spuren vom Schalldämpfer, hm?"

„Ja."

„Was soll ich davon halten? Außer, daß das Ding bestimmt nicht Suzanne gehört. Weder Suzanne noch der Familie Ailot."

„Bénech also?"

„Schon eher. Würde ihn in ganz anderem Licht erscheinen lassen. Ich hab nichts gegen Chauffeure, die dem Klassenkampf nichts abgewinnen können und fleißig kollaborieren und fraternisieren. Aber komische Vögel sind das schon. Bénech jedenfalls. Sehr gut möglich, daß unter seinen schillernden Bekannten einer war, für den eine Kanone mit 'nem Schalldämpfer zur Grundausrüstung gehört. Und dazu würde auch das Rauschgift passen. Suzanne war vollgepumpt damit. Vielleicht hat er's ihr besorgt. Vielleicht konnte er sie nur so rumkriegen. Und heute nacht ist es schiefgegangen. Überdosis, sozusagen. Und jetzt: die einfache Version! Möglicherweise wollte Bénech den Schmuck auf die klassische Art an den Mann bringen. Hatte vielleicht schon mit Spezialisten Kontakt aufgenommen. Sie haben doch die Kriminalgeschichte des Arrondissements studiert, wie Sie eben gesagt haben. Ist Ihnen was Entsprechendes aufgefallen?"

„Nein. Klar, wenn die sich nur Frauen vornehmen, die keine Anzeige erstatten…" Er schüttelte sich. „Aber wir kümmern uns schon wieder um ungelegte Eier. Vielleicht werden ja die Ehemänner die Diebstähle bemerken und Anzeige erstatten. Dann reden wir weiter. Sagen Sie… Wann sind Sie mit Ihrer Klientin hier aufgetaucht?"

„So gegen drei."

„Sie haben sich aber viel Zeit gelassen, um die Polizei zu informieren. Das ändert nichts an den Fakten. Ich sag's nur so..."

„Madame Ailot ist meine Klientin. Ich konnte sie nicht einfach im Stich lassen."

„Und dann mußten Sie noch das Pro und Contra abwägen, hm? Überlegen, wie man die Sache vertuschen könnte, hm? Indem man die Leiche verschwinden läßt oder so, hm? Den Gedanken haben Sie doch eben selbst geäußert, oder hab ich mich verhört?"

„Nein, sie haben *sich* nicht verhört. Sie verhören *mich*. Wie gesagt, als anständiger Bürger hab ich den Gedanken fallengelassen. Genausowenig hab ich mich von Madame Ailot bestechen lassen."

„Sie hat versucht...?" fragte Faroux entrüstet.

„Herrgott nochmal! Suzanne ist ihre Nichte. Meinen Sie, es wird ihr Spaß machen, die Kleine unter Mordanklage vor Gericht wiederzusehen?"

„Natürlich nicht. Egal, Burma. Madame Ailot wird Sie so bald wohl nicht mehr engagieren. Eine große Hilfe waren Sie ihr nicht. Erst finden Sie den Schmuck nicht, und dann sind Sie noch Zeuge eines Mordes, den ihre Nichte begeht."

„Zeuge stimmt nicht ganz. Ich hab den Schuß gehört, bin ins Haus gestürzt und hab Suzanne so angetroffen, wie ich's Ihnen erzählt habe."

„Den Schuß?" fragte Faroux nach.

„Ja, natürlich, den Schuß! Oder ist er durchs blanke Schwert umgekommen?"

Der Kommissar schüttelte den Kopf.

„Nein, Burma. Aus dem Revolver sind zwei Schüsse abgegeben worden. Auf dem Teppich liegen zwei Hülsen. Eine Kugel steckt in Bénechs Artischockenherz, die andere im Türrahmen."

Ich schnippte mit den Fingern.

„Ach ja, natürlich!" rief ich. „Es sind zwei Schüsse gefallen. Nur, der eine war so unwichtig, daß ich ihn ganz vergessen habe. Ja, zwei Schüsse. Ich nehme an, daß Suzanne ihren Célestin beim ersten Mal verfehlt hat. Erst der zweite Schuß saß. Oder umgekehrt. Ich war ja nicht dabei. Als ich dazu kam, war die Szene abgedreht.“

„Geben Sie sich keine Mühe, Burma“, seufzte mein Freund, der Oberflic. „Sie sind k.o. Machen Sie’s nicht noch schlimmer. Die Sache ist so abgelaufen, wie Sie’s sagen. Oder anders. Sie sind überzeugt davon, daß Suzanne den tödlichen Schuß abgegeben hat. Aber Sie wollen die Kleine nicht durch Ihre Zeugenaussage belasten und eine letzte Unsicherheit nicht ausräumen. Sehr ritterlich, aber nutzlos. Wenn die Kugel in dem Türrahmen nun auf jemand abgeschossen wurde, der ins Zimmer stürzte, hm? Jemand, den man nicht erwartet hatte, der sehr ungelegen kam, den man am besten sofort beseitigte, hm? Überraschung trübt das Auge und läßt die Hand zittern. Deshalb sitzen Sie hier neben mir auf der Bank. Geben Sie’s schon zu: das Mädchen hat auf Sie geschossen, stimmt’s?“

„Wenn ich’s vor Ihnen verheimlichen wollte, hätte ich doch wohl die zweite Hülse verschwinden lassen, oder?“ fragte ich zurück.

„Und was ist mit der zweiten Kugel? Die hätten Sie zwar auch verschwinden lassen können, aber was ist mit dem Loch im Türrahmen? Nein, nein, Burma! Ich glaube, Sie wollten mir die zwei Schüsse so erklären, wie Sie’s eben getan haben: beide für Bénech, in Ihrer Abwesenheit. Aber Sie sind müde, erschöpft. Ich merke, daß meine Version stimmt. Wollen sie das nicht endlich zugeben? Muß ich Ihnen die Würmer einzeln aus der Nase ziehen? So verlieren wir nur Zeit.“

„Schon gut“, gab ich klein bei. „Ja, sie hat auf mich geschossen. Ich hab eben Erfolg bei kleinen Mädchen... Aber“, fügte ich hinzu, „sie wußte doch gar nicht, was sie tat!“

„Eventuell wußte sie genausowenig, daß sie den Chauffeur abgeknallt hatte. Aber das überlassen wir besser den Psychiatern.“

Faroux stand auf und klopfte die Tabakkrümel von seiner Hose.

„Sehen wir uns die Kleine doch mal näher an“, schlug er vor. „Ich bin in Montreuil geboren... äh... Die da oben machen mich immer etwas unsicher...“

„Versteh ich gut“, sagte ich und stand ebenfalls auf. „Beim nächsten Mal seh ich zu, daß nur Hilfsarbeiter von Citroën mitspielen. Auf denen können Sie dann nach Herzenslust rumprügeln. Solche Leute haben keine Beziehungen nach oben.“

„Das ist wirklich nicht nett von Ihnen, Burma“, sagte Faroux beleidigt. „Haben Sie mich schon jemals prügeln sehen?“

„Nicht, seitdem Sie Chef der Kripo sind. Wozu wär 'ne Beförderung auch gut, wenn man die Arbeit eines Inspektors tun müßte?“

6
Geschwätz

Der Flic am Steuer war die Diskretion in Person. Vor der Villa *modern style* in der Rue du Ranelagh bremste er so kräftig, daß die verschlafene Straße erzitterte. An mehreren Fenstern zeigten sich neugierige Dienstmädchen mit Besen oder Staubsaugergriff in der Hand. Sie konnten sich davon überzeugen, daß das Haus Ailot Besuch bekam: vier distinguierte Herren, von denen einer so herzhaft gähnte, daß er sich beinahe den Kiefer ausrenkte.

Stilecht, bereit zu einer eventuellen Verbeugung, steckte Jérôme das schönste Beerdigungsgesicht zur Tür raus, das man sich wünschen konnte. Der Butler führte uns zu seiner Herrschaft. Madame Ailot sah nicht grade aus wie das blühende Leben. Verständlich. Sie empfing uns nicht in dem Zimmer, das ich so langsam in- und auswendig kannte. Diesmal saßen wir in einem großzügigen Salon im Erdgeschoß. Schweigend sah die Hausherrin erst mich, dann den Kommissar und schließlich Inspektor Fabre an. Den dritten Beamten in Zivil streifte ihr Blick nur, um dann wieder zu mir zurückzukehren. Es lag so was wie Vorwurf in ihm. Seit unserem letzten Zusammensein waren einige Stunden vergangen. Vielleicht hatte sie in der Zwischenzeit ihre Hoffnung nicht aufgegeben...

„Kommissar Faroux“, stellte sich mein Freund vor. „Monsieur Burma hat mich bereits über alles Nötige unterrichtet. Aber ich muß Ihnen noch ein paar Fragen stellen.“

„Natürlich, Herr Kommissar“, stotterte Madame Ailot. „Eine furchtbare Tragödie.“

„Ja, Madame.“

Tragödien – furchtbare, nicht furchtbare, mehr oder weniger furchtbare – waren sein tägliches Brot.

„Wo ist sie?“ fragte ich.

„In ihrem Zimmer", antwortete unsere Gastgeberin. „Ich habe Dr. Valoir angerufen. Er hat ihr etwas verschrieben... ein Beruhigungsmittel, glaube ich... Er hat auch eine Krankenschwester geschickt."

„Führen Sie uns zu Ihrer Nichte", befahl Faroux.

Die Vorhänge waren so zugezogen, daß Tageslicht ins Zimmer fiel, der schlafende Engel jedoch nicht gestört wurde. In dem hübschen Zimmer herrschte ein ziemliches Chaos. Schweres Parfüm hing in der Luft. Suzanne lag wie ohnmächtig da. Das kastanienbraune Haar mit dem rötlichen Schimmer umrahmte ein bleiches Gesicht, fast so weiß wie die Bettlaken.

„Aber das ist ja noch ein Kind!" ereiferte sich Faroux.

„Das hab ich Ihnen doch gesagt", erinnerte ich ihn.

„Zwanzig Jahre", jammerte die Tante.

„Violette Norzières war auch zwanzig", bemerkte Faroux, als hätte die was damit zu tun.

Die Krankenschwester sah uns erstaunt an. Ihre strengen Gesichtszüge wirkten genauso steif wie ihre Tracht.

„Der Doktor...", begann sie zögernd.

„Polizei", sagte Faroux trocken. „Schläft sie schon lange so... so wie tot?"

„Ungefähr zwei Stunden", gab die Schwester verblüfft Auskunft.

„Du bleibst hier, Grégoire", ordnete der Kommissar an. „Im Zimmer oder auf dem Flur, ganz wie du willst. Und halt deine Augen offen."

„In Ordnung, Chef", sagte der Beamte in Zivil, den ich nicht kannte. „Worauf soll ich achtgeben?"

„Auf alles, was für uns wichtig ist", präzisierte sein Vorgesetzter wenig präzise.

Wir ließen Grégoire mit seiner Aufgabe allein. Was er entdekken sollte, erfuhr ich später: ein Fläschchen im Regal. Inhalt: das Rauschgift, mit dem sich die unglückliche Suzanne versorgt hatte.

Im Salon hörte sich Faroux die Geschichte aus Madame Ailots Perspektive an. Dann zauberte er plötzlich einen Schlüssel hervor, den Bénech in der Tasche gehabt hatte. Wahrscheinlich der, mit dem der tote Chauffeur mich und meine Zähne geärgert hatte, indem er ihn auf unserem nächtlichen Bummel gegen die Eisenstäbe geknallt hatte. Madame Ailot identifizierte ihn als Schlüssel zum Hintereingang ihres Hauses. Inspektor Fabre mußte zum Hintereingang in der Rue des Bauches gehen, um nachzuprüfen, ob das stimmte. Es stimmte. Jetzt wollte Faroux mehr über das junge Mädchen wissen. Zuerst den Namen.

„Marie-Chantal Suzanne Varney", gab Madame Ailot Auskunft. „Mit e-y am Ende."

Faroux stutzte und sah die Tante an, als wollte sie sich über ihn lustig machen.

„Marie-Chantal? Ist das ein Spitzname oder was?"

„Als sie geboren wurde, war der Name nicht lächerlicher als andere."

„Ja, vielleicht. Ihre Nichte?"

„Ja."

„Die Eltern..."

„Sie ist Vollwaise. Die Tochter meines verstorbenen Bruders. Er ist 1944 im Krieg gefallen. Suzanne wuchs in der Provinz auf, bis... vor anderthalb Jahren..."

„Und ihre Mutter?"

„Die ist auch tot... Äh... Monsieur Burma hat Ihnen vielleicht erzählt, daß Suzanne sich beschuldigt, ihre Mutter getötet zu haben?"

„Nein, das hat er mir nicht erzählt. Monsieur Burma erzählt nämlich nicht alles. Vor allem, wenn's interessant wird."

„Dummes Zeug", kommentierte ich.

„Stimmt", sagte Madame Ailot und warf mir einen dankbaren Blick zu. „Das ist dummes Zeug. Fieberphantasien. Ihre Mutter ist bei ihrer Geburt gestorben. Als Suzanne das erfuhr, war das wie ein... Wie sagt man?... Trauma, ein Komplex. Seitdem sagt sie, sie habe ihre Mutter getötet." Die alte Dame seufzte. „Sie ist etwas gestört. Man kann es ihr nicht ausreden."

„Also gut, ist das alles?" fragte der Kommissar. „Entschuldigen Sie, aber ich muß Ihre Nichte überwachen lassen. Im Moment ist Inspektor Fabre bei ihr. In ein paar Stunden jedoch..."

Madame Ailot schwieg verlegen. Einige Sekunden lang färbte

das Schweigen auf meinen Freund ab. Schließlich bat er um Erlaubnis, das Telefon zu benutzen. Im Salon stand ein Apparat. Faroux rief in der Tour Pointue an und gab Anweisungen. Dann verabschiedete er sich. Die Routinearbeit konnte Fabre übernehmen: Verhör des Butlers und eines Dienstmädchens. Ich hätte meine Klientin gerne noch gefragt, ob ich sie weiterhin noch so nennen konnte. Aber Faroux schob mich hinaus. Er wollte sich Bénechs Hotelzimmer ansehen. Und da ich auch im Hôtel de l'Assomption wohnte...

* * *

Die Durchsuchung des Hotelzimmers ergab nichts Neues. Dagegen erfuhren der Hotelbesitzer und das Zimmermädchen Joséphine, daß Yves Bénech umgebracht worden war und ich genausowenig Dalor hieß wie René Coty. Mein Inkognito ließ sich nicht länger halten.

Florimond Faroux fuhr weg. Das Beste, was ich im Moment tun konnte, war schlafen. Ich war zu kaputt, um irgendwas anderes zu unternehmen. Vorher rief ich jedoch noch Hélène in der Agentur an. Ich informierte sie über die vergangene Nacht und bat sie, mir gegen fünf – so lange wollte ich pennen – einen Anzug und einen Regenmantel zu bringen, für alle Fälle. Außerdem sollte sie unserem Freund Marc Covet, dem allesschluckenden Journalisten, von der Sache erzählen und ihm auftragen, nicht übermäßig reißerisch darüber zu schreiben. Dann schloß ich die Fensterläden, zog die Vorhänge zu und legte mich ins Bett. Den Lärm von der nahen Baustelle überhörte ich. Ich schlief sofort ein.

Ich träumte, daß ich durch eine unbekannte, enge Straße lief, links und rechts sehr hohe Häuser. Hélène schwebte splitterfasernackt vom Himmel herab, wie ein Unglücksbote. Plötzlich schlug ein Mann in Chauffeursuniform aufs Pflaster. Hélène hielt einen rauchenden Colt in der Hand. Sie hatte den Mann abgeknallt. Jetzt sah sie mich vorwurfsvoll an, als wollte sie sagen: ‚Sie hätten nicht hier sein sollen!' Ich war völlig verwirrt, konnte nichts für Hélène tun, so sehr ich's auch wünschte. Sie hatte den Mann vor meinen Augen getötet. Ich hörte ein sarkastisches Lachen, dann eine Stimme: ‚Immer Loge, erste Reihe! Nestor Burmas Sonderbegabung. Das ist doch nicht normal! Du solltest dich auskurieren. Auskurieren!' Das Gelächter wurde zu einem Murmeln. (Wahrscheinlich das Rauschen der Blätter draußen.) ‚Das ist doch nicht normal', murmelte es. ‚Nicht normal. Nicht normal. Loge, erste Reihe.'

* * *

Ich wachte um kurz nach vier auf. Zeit für Kaffee und Kuchen für brave Kinder und alte Tanten. Ich hatte Hunger und Durst und bestellte an der Rezeption eine stärkende Flüssigkeit. Joséphine brachte mir eine Flasche Bier aufs Zimmer. Ohne ein Wort. Aber ihre rotgeränderten Augen sprachen Bände. Ihr Blick ebenfalls. Auch das Zimmermädchen wollte mich mit Vorwürfen überschütten.

„Ich hab ihn nicht getötet", sagte ich.

„Hab ich das gesagt?" brummte Joséphine.

„So ungefähr. Wenn ich nicht aufgetaucht wäre... Das meinen Sie doch, oder? Na ja, mir egal. Übrigens, Sie hatten nicht die Exklusivrechte, wissen Sie das? Er schlief noch mit seiner Chefin, der Nichte seiner Chefin und mit wem sonst noch. Außerdem war er ein Dieb!"

„Ich bin ein Idiot", murmelte sie achselzuckend. „Was mach ich mir Gedanken über die, mit denen ich geschlafen habe, manchmal nur einmal? Aber ich kann nichts dagegen tun..."

„Weil Sie ein nettes Mädchen sind."

„Er war auch kein schlechter Kerl."

„Nein. Einem Güterzug hätte er nichts zuleide tun können."

Sie ging. Kein schlechter Kerl, nein, aber dafür ein prima Zuchthengst! In jedem Stall 'ne Frau... Na ja, was soll's! Ich trank mein Bier, duschte und rasierte mich. Kurz darauf erschien Hélène mit den bestellten Klamotten, eingewickelt in Wäschereipapier.

„Na?" rief sie und warf das Paket aufs Bett. „Wieder Logenplatz, erste Reihe?"

„Verdammt!“ sagte ich. „Genau das hat einer in meinem Alptraum gesagt! Sie hatten darin übrigens ’ne ziemlich üble Rolle, mein Schatz. Nackt, wie ein Vampir über einem Kerl schwebend, den Sie abgeknallt hatten.“

„Wie scheußlich!“

„Allerdings. Nicht besonders lustig zu hören, daß man jemanden umgebracht hat.“

„Ich meinte meinen Aufzug.“

„Ach, so scheußlich war der gar nicht“, beruhigte ich meine Sekretärin.

Sie wechselte das Gesprächsthema:

„Das ist also Ihr neues Zuhause?“ sagte sie und ließ ihren Blick im Zimmer umherwandern. „Haben Sie vor, lange hier zu wohnen? Der Fall ist doch keiner mehr. Also haben Sie in diesem Viertel nichts mehr zu suchen, oder irre ich mich da...? Sollten Sie eine Ihrer genialen Ideen haben?“

„Hab für eine Woche im voraus bezahlt“, sagte ich.

Ich schnappte mir den Anzug, den Hélène mitgebracht hatte, und verschwand im Badezimmer.

„Eine Woche im voraus!“ rief ich von dort. „Wär kleinlich, das Geld zurückzufordern, und dumm, es dem Matratzenvermieter zu schenken. Der ist schon fett genug. Außerdem ist da noch der Schmuck, irgendwo. Ich soll ihn wiederfinden... falls Madame Ailot weiterhin Vertrauen in meine Fähigkeiten setzt. Der Mord in der Rue Berton war nur einer von den Spänen beim Hobeln...“

„So was wie’n Geschenk des Himmels? Damit Sie sich nicht so langweilen während Ihrer ersten Nacht im 16.?“

„Ganz genau.“

Ich kam ins Zimmer zurück. Hélène saß auf dem Bett, vor sich die Ausgaben von *Le Temps de Paris*, *France-Soir* und *Crépuscule*.

„Hab Ihnen die Abendausgaben mitgebracht“, sagte der Engel. „Marc Covet war sehr zurückhaltend. Hört sich an wie ’ne Verlautbarung der Polizei. Und ’n bißchen Reklame für Sie, wie immer.“

Der Artikel war kurz. In knappen Worten wurde das Drama

geschildert. Die junge Mörderin wurde nur mit ihrem Vornamen erwähnt. Das hörte sich nach reichen Leuten aus dem 16. Arrondissement an. Vom Familiennamen war nur der Anfangsbuchstabe geblieben. Dasselbe bei ihrer Tante. Mein Name dagegen war voll ausgeschrieben (nur im *Crépu*; die anderen Blätter hatten ihn ganz unter den Tisch fallen lassen!). Auf dreißig Zeilen war es Covet gelungen, ihn dreimal zu erwähnen. Das brachte mir leichte Vorteile gegenüber Brigitte Bardot, die im nächsten Artikel nur zweimal erwähnt wurde. Allerdings war der Filmstar auf einem Foto abgebildet. Dazu hatte ich's nicht gebracht. Die Leser hatten das Nachsehen. Vor allem die Leserinnen... Trotzdem, Covet ging sehr nett mit mir um. Leider war der Platz begrenzt, und so schien der Artikel im letzten Moment gekürzt worden zu sein. Hörte sich so an, als wär ich zufällig auf der Bildfläche erschienen, wie ein Haar in der Suppe oder durch eine Eingebung des Heiligen Geistes.

Marie-Chantal war den Zeitungen zufolge zum Quai des Orfèvres gebracht worden, wo Kommissar Faroux sie verhört hatte. Über das Ergebnis stand kein Wort in den Artikeln.

„Sehr gut", bemerkte ich. „Man muß es nur laufen lassen. A propos laufen, werd mal bei Madame Ailot nachfragen, ob ich ihren Klunkern weiter hinterherlaufen soll."

„Brauchen Sie mich noch?" fragte Hélène und stand auf. Mit einer Hand klopfte sie auf ihren Rock, als hätte sie auf einem dreckigen Platz gesessen.

„Im Moment nicht. Es sei denn... Wissen sie, was mein Traum bedeutet, in dem Sie vom Himmel geflogen kamen, ganz..."

„Ich bitte Sie", unterbrach mich meine Sekretärin. „Respektieren Sie mein Schamgefühl."

„Das respektiere ich so sehr, daß ich gar nicht wage, Ihnen zu sagen, wo Sie mich mit Ihrem Schamgefühl mal können. Aber im Ernst... Sie waren völlig nackt, in der Hand einen Revolver. Sie schwebten im Leeren, als wären Sie aus dem Fenster gefallen. Sie waren natürlich Suzanne, aber außerdem noch eine andere nackte Frau, von der Faroux gesprochen hat."

„In Ihrer Geschichte sind wohl alle Frauen nackt, hm? Vorgeschriebene Abendkleidung, was?"

„Weiß ich nicht. Sieht so aus, als würd mich irgendwas dazu befähigen, mich auf nackte Frauen zu spezialisieren. Vielleicht dirigiere ich am Ende noch das *Concert Mayol*. Die, von der Faroux sprach, war die Hauptperson einer *Vermischten Nachricht*. Tot auf dem Bürgersteig in der Rue Jasmin. Letzte Woche erst. Sie war aus dem fünften Stock gefallen. Komisch, dieser Überfluß an nackten Frauen."

„Besser gesagt: überflüssig", kommentierte Hélène.

„Egal. Frag mich, ob Sie nicht vielleicht..."

„... Nachforschungen über den Tod in der Rue Jasmin anstellen könnten?"

„Nein. Die nackte Tote reserviere ich mir. Sonst geraten Sie noch in falschen Verdacht, trotz Ihres Schamgefühls. Nein, Sie könnten vielleicht die Ausgaben des *Crépuscule* durchsehen und alle *Vermischten* zusammenstellen, die sich hier im 16. abgespielt haben. Sollte uns das nichts nützen... Schaden tut's uns auch nicht."

„Vor allem, weil Sie nicht im Archiv sitzen und Staub schlukken müssen. Sagen Sie, wollen Sie einen Zusammenhang herstellen zwischen..."

„Was ich will, weiß ich so genau gar nicht. Die vielen nackten Frauen lassen mir keine Ruhe."

„Muß wohl am Frühling liegen", sagte Hélène lächelnd. „Ich glaube, ich verschwinde lieber."

Ich ging mit ihr nach unten. Der *patron* persönlich nahm meinen Schlüssel in Empfang. Vor ihm auf der Theke lag der *Crépu*. Er klopfte mit seinem fetten Finger auf den Artikel und lachte noch fetter:

„Von wegen Chauffeur, hm? Und dann noch aus der Provinz!"

„Aber eins stimmt vielleicht: Kann sein, daß ich bald wieder Arbeit suche."

„Behalten Sie denn Ihr Zimmer, oder..."

„Bis auf weiteres, ja. Das Viertel gefällt mir. Hier ist mehr los, als man meint."

„Wollen Sie den Fall vielleicht zufällig weiterverfolgen, Monsieur Burma?" fragte hinter mir eine Stimme.

Ich drehte mich um. Den Kerl hatte ich eben flüchtig in einem Sessel der Hotelhalle gesehen. Jung, gute Figur, angenehmes Äußeres, sehr sympathisch. Sein Auftreten war so ungezwungen, als käme er grade aus dem Pfandhaus. An einem Riemen um seinem Hals hing so was Ähnliches wie 'ne Geldkatze eines Busschaffners. Aber er war sicher kein Angestellter der R.A.T.P.

„Mein Name ist Maurice Lemay", stellte er sich vor. „Reporter bei *Europe 1.*"

„Herzlichen Glückwunsch", sagte ich. „Sie sind ja ein fixes Kerlchen. Woher, zum Teufel, wußten Sie..."

„Ich könnte Ihnen erzählen, daß wir 'ne dynamische Truppe sind", sagte er lächelnd. „Das stimmt auch, aber rauszukriegen, daß Sie hier wohnen, war ganz einfach. Hab den Artikel im *Crépuscule* gelesen und wollte Sie interviewen. Ich fuhr also zu Ihrer Agentur, und wen seh ich da rauskommen? Richtig, Ihre Sekretärin. Ich bin ihr ganz einfach hierher gefolgt. Sehr angenehm, ihr zu folgen, wenn Sie so geht..."

„Ja, von hinten sieht sie nicht schlecht aus."

„Von vorne auch nicht."

Hélène verdrehte die Augen.

„Sie wären 'n prima Detektiv", lobte ich den jungen Mann. „Besser als meine Sekretärin."

Jetzt wurde Hélène rot.

„Was ich will, ist 'ne prima Reportage", sagte Lemay und klopfte auf das tragbare Tonband vor seinem Bauch. „Das Ding hier nimmt alles auf. Was können Sie unseren Zuhörern erzählen?"

„Nicht viel."

„Erzählen Sie uns doch nur, was Sie als Zeuge gesehen haben. Mehr wollen wir gar nicht."

Ich tat ihm den Gefallen, ohne Einzelheiten zu erwähnen oder den Grund zu nennen, weshalb ich am Tatort gewesen war. Der fliegende Reporter bat auch Hélène, ein paar Worte zu sagen. Diese verdammte Schauspielerin, die sich verfolgen ließ wie 'n Bauerntrampel aus dem hinterletzten Dorf von Seine-et-Oise, ließ sich nicht lange bitten. Als der Mann von *Europe 1* samt Tonband weg war, trennten sich auch die Wege von Hélène und mir. Meiner führte mich zu Madame Ailot.

* * *

Sie erwartete mich ungeduldig, war ganz durcheinander, gleichzeitig nervös und niedergeschlagen. Ihr ging's den Umständen entsprechend. Andere Umstände, sozusagen, als sie gewohnt war. Inspektor Grégoire hatte das Rauschgift in Suzannes Zimmer gefunden.

„Ich frage mich, wie sie sich das Zeug verschaffen konnte", seufzte sie.

„Ich nicht. Sicher hat es ihr Yves Bénech besorgt. Ein komischer Heiliger, Ihr Chauffeur! Meiner Meinung nach gehörte er einer Gang an."

„Einer Gang? Ach ja, natürlich", sagte sie, als handelte es sich um die natürlichste Sache der Welt. Doch plötzlich runzelte sie die Stirn. „Einer Gang? Was meinen Sie damit? Banditen? Verbrecher? In Passy?"

Das konnte doch gar nicht sein. Lächerlich! Löcherläch! Forchtbar löcherläch!

„Eine Gang, die ihr Unwesen nur in Passy treiben kann. Genau das, Madame. Spezialisiert auf Schmuckdiebstahl und Erpressung. Eine Vereinigung verdächtiger Individuen, die das Vertrauen unvorsichtiger reicher Leute ausnutzen. Die von deren... äh... menschlichen Schwächen profitieren. Nur so 'ne Idee von mir. Glaub aber nicht, daß ich damit falsch liege."

„Ja", sagte sie langsam und errötete schnell. „Dabei hatte Bénech ausgezeichnete Referenzen, soweit ich mich erinnere", fügte sie hinzu, als läge dort das Problem.

„Diese Leute, Madame", klärte ich sie auf, „haben immer ausgezeichnete Referenzen. Was ihren Schmuck betrifft: Er ist weder in Bénechs Hotelzimmer noch in der Rue Berton gefunden worden. Hätte mich auch überrascht. Obwohl... man weiß ja nie... Aber wahrscheinlich hat er ihn an seine Komplizen weitergereicht, die sich um den Verkauf kümmern. Ich glaube, ich weiß so ungefähr, welche Spur ich verfolgen muß. Daß diese

Spur mich zu Ihrem Schmuck führen wird, kann ich nicht garantieren. Übrigens... Bin ich immer noch damit beauftragt, den Schmuck wiederzufinden?"

„Ja, natürlich..."

Klang wenig begeistert. Offensichtlich waren die Klunker in den Hintergrund getreten.

„Tun Sie Ihr Bestes", seufzte meine Klientin.

„Werd's versuchen."

Ich holte die herzförmige Brosche aus der Tasche, die ich unter der Kommode im Totenhaus in der Rue Berton gefunden hatte.

„Sehen Sie sich die mal an", forderte ich Madame Ailot auf.

Sie fuhr hoch und stotterte:

„Aber... das... aber das ist ja meine Brosche! Wie... Wo haben Sie sie gefunden?"

„In der Rue Berton. Ist das wirklich Ihre Brosche?"

„Ja!"

„Sehen Sie mal genau hin."

Stattdessen sah sie mir lange ins Gesicht, forschend, erstaunt.

„Was... Was wollen Sie damit sagen?"

„Das hier ist eine Imitation. Blech und Glas. Gute Arbeit, aber eben nicht echt."

„Aber... aber... das ist doch nicht möglich!"

„Sehen Sie genau hin", wiederholte ich.

Sie drehte die Brosche hin und her.

„Sie haben wohl recht", sagte sie schließlich tonlos.

Die Imitation färbte ab. Madame Ailots Augen bekamen einen metallenen Glanz.

„Unglaublich", sagte sie ungläubig. „Ich weiß gar nicht, was ich davon halten soll. Sicher, ich habe nie behauptet, daß meine Brosche ein Einzelstück ist. Wenn Sie diese hier woanders gefunden hätten... aber so... Das ist jedenfalls nicht meine Brosche. Meinen Sie, daß geschickte Fälscher..."

„Geschickt und schnell, hm? Ausgeschlossen ist das nicht. Mir kommt da 'ne Idee. Warum sollte das nicht ein Trick von Bénech & Co. sein? Sie fertigen Kopien von dem Schmuck an, den sie klauen. So fällt der Diebstahl erst mal nicht auf. Bei Ihnen ist es anders gelaufen. Darum ist die Möglichkeit nicht weniger... äh... unmöglich. Auch für das Opfer wäre ein Austausch weniger brutal..."

„Ja, so könnte es sein", stimmte mir Madame Ailot bereitwillig zu, die Brosche in der Hand, die Augen auf der Brosche.

Ich seufzte. Verwirrung und Nervosität schalteten jede Kritikfähigkeit bei ihr aus. Alle Erklärungen waren ihr recht. Sie akzeptierte alle Möglichkeiten, widerspruchslos. Nahm folgsam alle Standpunkte ein. Eine große Hilfe war sie mir nicht, die reiche Dame. Solche Diskussionen bringen kein Licht ins Dunkel. Wenn man die eigenen Fragen beantwortet und nur ein Kopfnikken erntet, kommt man nicht weiter. Dann kann man auch gleich allein überlegen. Vorausgesetzt, daß Überlegen hier überhaupt was nützte. Warum also zog ich vor der Frau meine Gedankenschau ab? Um „ja" zu hören, „ja" und immer nur „ja"? Ich stand auf.

„Werd versuchen, den Gaunern das Handwerk zu legen, bevor sie Ihren gesamten Schmuck kopiert und die echten Stücke verscherbelt haben. Versuchen, hab ich gesagt. Das kann lange dauern. Länger, als wir dachten."

„Zeit spielt jetzt keine Rolle mehr", sagte sie schaudernd. „Nach all dem, was passiert ist..."

„Werd mich trotzdem beeilen."

„Vielen Dank."

Ich räusperte mich.

„Möchten Sie gar nicht wissen, warum ein Austausch angenehmer für das Opfer wäre als der brutale Diebstahl?" fragte ich.

Sie sah mich an wie ein gehetztes Wild.

„Ach ja... Warum?" stammelte sie. „Ich hab Sie nicht gleich verstanden. Mir dreht sich alles im Kopf."

„Na ja, da Sie mich jetzt besser verstehen, will ich Ihnen noch eine Frage stellen. Eine unwichtige. Die reine Neugier. Nur um zu wissen, wie weit Sie mir vertrauen. Sagen Sie, Madame, Yves Bénech war doch mehr als Ihr Chauffeur, nicht wahr?"

Sie schien erleichtert, daß ich dieses Thema ansprach. Aber sie antwortete nicht direkt, sondern fing an zu heulen.

„Sie sind ein Ungeheuer, Monsieur Burma. Warum quälen Sie

mich? Bin ich nicht schon so gestraft genug? Mit diesem Mann hat das Unglück begonnen…"

„Ich bin kein Moralapostel, Madame. Würde mir nie erlauben, Sie zu verurteilen. Von Moral verstehe ich nichts. Vorurteile kenne ich nicht. Auch wenn's so aussieht, kümmere ich mich nicht viel um Dinge, die mich nichts angehen. Ich wollte es nur wissen. Ja oder nein?"

Sie hob ihr tränennasses Gesicht.

„Ja", hauchte sie.

„Danke. Guten Abend, Madame."

„Einen Moment noch…"

Sie stand auf, trat zu mir und krallte sich in meinen Arm. Ihr Parfüm nebelte mich ein, vermischt mit ihrem Schweißgeruch.

„Ich wollte den Schmuck wiederhaben, bevor mein Mann von seiner Geschäftsreise zurückkommt. Er sollte nichts merken… Das wäre erst in einer Woche gewesen. Aber jetzt mußte ich ihm telegrafieren, nach dem, was vorgefallen ist… Er wird morgen oder übermorgen hier sein. Er ist ein schrecklicher Mensch, ein Tyrann. Wenn mir etwas zustoßen sollte…"

„Von mir wird er nichts erfahren, Madame", beruhigte ich sie. Sollte mich wundern, wenn er nicht schon über alles Bescheid wußte. Aber das war sein Bier. Oder ihres. „Ich habe Ihnen die letzte Frage nur zu meiner Information gestellt. Und wenn Sie ihm den Diebstahl ein paar Tage verheimlichen könnten… Vielleicht gelingt's mir ja, den Schmuck zu beschaffen, bevor's brenzlig wird. An mir soll's nicht liegen. Bis jetzt war ich noch nicht sehr nützlich. Nur die Knallerei Ihrer Nichte, die hab ich miterlebt. Nicht sehr nützlich, wie gesagt. Reicht noch nicht mal für'n Steak."

Ich ließ ihr die Brosche da. Sollte sie sich damit amüsieren…

* * *

Es hatte sechs geschlagen. 18 Uhr, nach offizieller Schreibweise. Zeit für den Aperitif. Ich trank ihn dort, wo ich Bénechs Busenfreund zu treffen hoffte: im Bistro an der Chaussée de La Muette. Das Büro für spezielle Arbeitsvermittlung, die völlig unpolitische Gewerkschaft arbeitsloser Chauffeure. Die dicke Fledermaus war die Spur, von der ich Madame Ailot erzählt hatte. Leider war der Kerl nicht im Bistro. Vielleicht schon auf der Flucht. Der Kellner konnte mir nur sagen, daß er René hieß. Monsieur René nannte er ihn. Viel war das nicht. Na schön, ich würde wiederkommen. Mit dem Dicken hatte ich also kein Glück. Dann wollte ich's mit der nackten Frau versuchen. War mir auch sympathischer. Lieber Glück bei 'ner nackten Frau als bei 'ner dicken Fledermaus.

Durch die Avenue Mozart fuhr ich zu der Straße mit dem schönen Namen: Rue Jasmin. Es war sehr einfach herauszufinden, aus welchem Haus in der letzten Woche eine völlig nackte Frau gefallen war und wie die Frau hieß. So was passiert schließlich nicht alle Tage, auch nicht in der Rue Jasmin. Die erstbeste Concierge konnte mir erschöpfend Auskunft geben. Die Schlafwandlerin hatte Madame Klette geheißen, eine schöne Frau von dreißig Jahren. Und tatsächlich Schlafwandlerin. Nun hatte ich von Schlafwandlern gehört, daß sie ohne Zwischenfall wieder in ihr Bett zurückfinden, wenn man sie nicht aufweckt. Irgendwie hatte ich allerdings das Gefühl, daß Madame Klette nicht die richtige Spur war. Ich ließ mich nur von meiner Eingebung leiten. Diesmal war Florimond Faroux schuld, daß ich alles in einen Topf warf. Ich beschloß, meinen Mitarbeiter Roger Zavatter damit zu beauftragen, den Fenstersturz genau zu recherchieren. Nur um mein Gewissen zu beruhigen. Denn ich machte mir keine Illusionen: hier war nicht viel zu holen für mich.

Der Himmel bedeckte sich. Es sah nach Regen aus. Ich ging ins Hotel zurück, um den Mantel zu holen, den mir Hélène gebracht hatte. Außerdem wollte ich Faroux anrufen. In meinem Zimmer war ich ungestörter als in einer Telefonkabine.

In der Hotelhalle lief das Radio.

„Der Reporter hat gesagt, es kommt um halb acht", sagte der *patron*. „Sie haben die Reportage schon angekündigt. Wollen Sie sich im Radio hören? Angeblich soll man seine eigene Stimme nicht wiedererkennen..."

„Und jetzt: Nachrichten des Tages", kam es aus dem Lautsprecher. „Unser Reporter Maurice Lemay hat ein interessantes Interview über den Mord in der Rue Berton geführt."

„Ja, Maurice Siegel", hörte man Lemay, ebenfalls Maurice mit Vornamen. „Ich habe mit dem Privatdetektiv Nestor Burma gesprochen."

„Dann wollen wir uns das mal anhören."

„Ich stehe", sagte die Stimme des Reporters, „im Büro des Hôtel de l'Assomption in der Rue de Boulainvilliers. Hier wohnte der Privatchauffeur Yves Bénech, der..." usw. usw.

„... Und hier wohnt auch der berühmte Privatdetektiv Nestor Burma. Vor mir steht der Hotelbesitzer, Monsieur Champloit. Monsieur Champloit, würden Sie unseren Hörern bitte..."

Es folgte ein kurzes Frage- und Antwortspiel.

„Herrlich!" rief der Dicke vor mir. „Man erkennt seine Stimme tatsächlich nicht. Sprech ich wirklich so?"

„Noch schlimmer", sagte ich.

„Und jetzt Monsieur Burma persönlich, der dynamische Detektiv", kam es wieder über den Sender. „Begleitet von einer charmanten jungen Frau. Mademoiselle Hélène, seine Sekretärin."

Ich hörte mich mein Märchen erzählen. Dann schaltete sich wieder Maurice Siegel ein:

„Vielen Dank, Monsieur Burma. Vielen Dank, Monsieur Champloit. Vielen Dank, Maurice Lemay. Und nun noch eine letzte Meldung, die uns soeben erreichte: Die Mörderin, Mademoiselle Marie-Chantal Suzanne V., hat ein Geständnis abgelegt..."

Ich ging in mein Zimmer hinauf und holte meinen Mantel. Florimond Faroux brauchte ich jetzt nicht mehr anzurufen.

* * *

In der Hotelhalle erwartete mich der *patron*, bis zu den Ohren grinsend. Sein Laden sei jetzt richtig berühmt, was? Zeitungen, Radio, alle hätten darüber berichtet. So was aber auch! Läßt sich ein Mieter einfach abknallen! Wenn das hier passiert wär, bemerkte ich, wär sein Hotel noch viel berühmter, aber er hätte weniger zu lachen. Er mußte mir zustimmen, grinste aber weiter. Einer, der sich abknallen läßt, und dann noch ein Privatdetektiv, kein Geringerer als Nestor Burma...! Kurz und gut, er lud mich zum Abendessen ein. Falls ich nicht schon anderweitig... Er war alleine und langweilte sich wohl. Nicht alle Tage kann man einen Gast meines Kalibers präsentieren. Monsieur Champloit sah ziemlich gesprächig aus. Vielleicht konnte er mir einiges über Yves Bénech verraten.

„Ich muß nur noch schnell anrufen", sagte ich.

Ich suchte im Telefonbuch die Nummer des Bistros an der Chaussée de La Muette.

„Monsieur René, bitte", sagte ich in die Muschel.

„Der ist nicht hier, M'sieur."

Wir konnten zu Tisch gehen.

„Sie werden sehen, Joséphine ist eine ausgezeichnete Köchin", versprach er mir.

„Moment!" rief ich lachend. „Joséphine bereitet also das Essen zu? Sind Sie sicher, daß die Kleine kein Arsen reinmischt?"

„Warum, zum Teufel, sollte sie..."

„Weil sie mich anscheinend nicht riechen kann."

Ich erklärte ihm, warum ich das glaubte.

„Ja, ja", brummte er, als wir am Tisch saßen. Er reichte mir das Salz und machte sich über seine Radieschen her. „Ich wußte, daß die beiden hin und wieder mal... Kein Kind von Traurigkeit, dieser Bénech, hm? Hier Joséphine, dort die reiche Tante samt Nichte... Genau der Typ, der seine Chefin aufs Kreuz legt, was?"

„Sie kannten ihn besser als ich. Vielleicht erzählen Sie mir mal was von ihm, Monsieur Champloit."

Und er erzählte. Erzählte und erzählte. Geschichtchen und Anekdötchen. Unwichtiges Zeug. Nichts, was mir weiterhelfen konnte. Nichts über eventuelle Verbindungen, nichts über Schmuckhandel oder andere krumme Dinger. Alles in allem konnte der *patron* nicht kapieren, wie seinem Mieter so was passiert war. Sicher, ein Großkotz sei er ja gewesen, reichlich selbstsicher und arrogant, aber im ganzen doch ein ruhiger Vertreter.

Allerdings sei er nicht ständig hiergewesen. Monsieur Champloit vergoß eine Krokodilsträne für diesen Gast, der 'ne Stange Geld für ein Zimmer hinlegte, in dem er nur ab und zu wohnte.

„Und... hatte er oft Besuch?" fragte ich vorsichtig.

„Tja... eigentlich... An seinen freien Tagen hat er lieber hier gepennt als bei seinen Arbeitgebern. Und hin und wieder... bevor das mit Joséphine losging... hat er Frauen mit aufs Zimmer genommen. Der Kerl hatte anscheinend wirklich alle Hände voll zu tun."

„Auch manchmal mit Männern?"

„Also, das denn doch nicht, M'sieur."

„Das meinte ich auch gar nicht. Keine Männerbesuche also?"

„Nein."

Wir aßen weiter, schweigend bis auf die Kaugeräusche. Dann kam Champloit wieder auf die vielen Frauen zurück:

„Der mit seinen Frauengeschichten! Hat sich einfach abknallen lassen, so mittendrin? Das hätte ich gerne gesehen. 'ne Freistil-Orgie, oder was?"

„Römische Orgie nennt man so was wohl. Hört sich kultivierter an. Hab selbst nie dran teilgenommen. Damals war ich noch zu jung für so was. Aber die in der Rue Berton hatte noch gar nicht angefangen. Das Mädchen lief zwar halb nackt rum, aber Bénech hatte noch nicht mal seinen Trenchcoat ausgezogen."

„Vielleicht 'ne besonders aufregende Nummer", sagte der *patron* schwärmerisch. Plötzlich lachte er los: „Ich bin gut! Quatsche und quatsche und vergesse ganz, Sie zu fragen, was Sie in dem Haus überhaupt gesucht haben. Aus den Zeitungen wird man nicht schlau..."

„Gesucht hab ich nichts", sagte ich lächelnd. „War einfach da. Ich bin immer nur einfach da. Geh immer dem Stern hinterher."

„Dem Stern? Oh, ich wollte nicht indiskret sein, M'sieur Burma. A propos Stern..."

Er holte eine Flasche mit drei Sternen, und wir tranken ein paar Gläschen. Ich sah auf meine Uhr: viertel nach neun.

„Danke für die Einladung", sagte ich. „Das Arsen spürt man kaum. Haben Sie vielleicht eine Garage für mich? Möchte meine Kiste nicht die ganze Zeit im Kalten stehenlassen..."

„Ich zeig Ihnen, wo Sie ihren Wagen abstellen können."

Wir gingen hinaus. Der drohende Wolkenbruch hatte sich woanders entladen. Die Nacht war mild. Eine schöne laue Frühlingsnacht kündigte sich an. Das Bistro an der Ecke gegenüber leuchtete uns entgegen. Die gemütlichen Geräusche von Spielautomaten und Flippern drangen zu uns. Auf dem Bürgersteig erzählten sich junge Leute laut lachend ihre Geschichten. Frühlingsgeschichten, bei denen man erst lacht und dann weint. Der *patron* zeigte mir einen Schuppen im Innenhof, auf den man durch ein Gäßchen zwischen seinem und dem Nachbarhaus gelangte. Als wir wieder zurückkamen, rannten wir beinahe einen Mann über den Haufen, der auf die Linie 52 wartete und sich die Beine vertrat.

„Die Tür vor dem Schuppen ist massiv", sagte der dicke Champloit. „Ihr Wagen ist da drin bestimmt besser aufgehoben als auf der Straße, M'sieur Burma."

„Glaub ich auch. Hol ihn sofort. Er steht in der Rue Berton."

Von dort aus war ich zu Fuß gegangen. Wenn ich meine Beine bewege, kann ich besser nachdenken. Auch wenn sie müde sind.

„Hoffentlich steht er da noch", sagte ich.

„Warum denn nicht? Das ist doch ein ruhiges Viertel hier."

„Am Ende glaub ich das noch."

Champloit lachte glucksend.

„Jedenfalls im allgemeinen."

* * *

Mein Dugat war nicht von der Stelle bewegt worden. Ich fuhr in die Chaussée de La Muette. Vielleicht hatte ich um diese Zeit mehr Glück mit Fledermäusen. Und wirklich: die Glatze des fetten René leuchete schon von weitem im Neonlicht des Bistros. Zusammen mit drei anderen Männern spielte er *belote*. Einer von ihnen sah aus wie Bénech, nur lebendiger. Ich setzte mich an einen kleinen Tisch und wartete die Runde ab. Sie dauerte nicht lange. Die vier Männer mußten wohl schon 'ne ganze Weile gespielt haben. Monsieur René trank sein Glas leer, stand auf und verschwand auf der Toilette. Ich ging hinterher. Als wir alleine in einem schmalen Gang waren, sprach ich ihn an:

„Monsieur René?"
„Ja."
„Ich suche Arbeit..."
„Nicht heute abend. Tut mir leid."
Von seinem früheren Beruf als Butler hatte er seine höflichen Manieren beibehalten. Auch seine Stimme war unterwürfig, verschlagen, klebrig, hinterhältig.
„Hier ist trotzdem meine Karte", sagte ich.
Er warf einen flüchtigen Blick auf die Visitenkarte, die ich ihm aufdrängte. Sein Froschmund verzog sich leicht, es bildete sich ein zweites Doppelkinn.
„Können Sie was mit meinem Namen anfangen?" fragte ich.
„Muß man das?"
„Wenn Sie den *Crépu* lesen oder Radio hören, ja. Und mein Beruf? Schon mal was von einem Privatflic gehört?"
Die Froschmaske fiel.
„Ich möchte Ihnen mal was sagen", schnauzte der Fledermaus-Frosch. „Privatflics sind mir..."
„Vorsicht!" warnte ich ihn. „Der Letzte, der so was in der Richtung gesagt hat, ist 'n paar Stunden später gestorben."
„So gefährlich sind Sie, M'sieur?"
„Überhaupt nicht. Aber hinter mir steht des Teufels Großmutter... oder besser, seine Tante. Ich hab den Kerl nicht getötet, aber tot ist er trotzdem. Bénech heißt er, wenn Ihnen der Name was sagt."
„Das alte Arschloch", schimpfte die Fledermaus ohne den Respekt, den man Toten schuldet.
„Wir sollten uns darüber unterhalten", schlug ich vor. „Nicht hier. Und im Bistro hören viele zu. Vielleicht in meinem Wagen."
Er schien nachzudenken, dann knurrte er:
„Ich glaub, man kann Sie nur loswerden, wenn man Ihnen was vors Maul haut."
„Selbst das funktioniert nicht immer."
„Hatte ich auch nicht vor. Ist nicht meine Art. Ich arbeite mehr im Verborgenen."
„Weiß ich. Heimlich, still und leise. In Samt und Seide, in raschelnden Laken."

„Hm…"
„Also, gehn wir?"
„O.k. Ich weiß zwar nicht, was Sie von mir wollen, aber… Wenn Sie mir Angst einjagen wollen, müssen Sie früher aufstehen. Sie scheinen ja viel Zeit zu haben; sonst würden Sie damit nicht so verschwenderisch umgehen."

Im Bistro verabschiedete er sich von seinen Freunden, dann gingen wir zu meinem Dugat. Ich fuhr los. Er lachte.

„Was ist da so lustig dran?" erkundigte ich mich.

„Alles. Sie vergeuden nicht nur Ihre Zeit, sondern auch noch Benzin. Und das völlig nutzlos."

„Abwarten. Fahren wir in den Bois de Boulogne?"

„Hm…", brummte mein Beifahrer. „Nicht daß man uns noch für zwei sittenlose alte Damen mit lockerer Moral hält…"

„So kurzsichtig sind Voyeure nun auch wieder nicht."

Wir fuhren durch den Jardin du Ranelagh.

„Funktioniert das immer noch?" fragte ich.

„Was?"

„Der Trick mit den motorisierten Nutten, den parfümierten Seepferdchen. Die Wagen fahren im Schrittempo, geräuschlos glänzend, anmutig unauffällig. Stoppen neben dem einsamen Spaziergänger. Vielleicht hat er ja genug von seiner Einsamkeit? Und eine einschmeichelnde Stimme säuselt: ‚Entschuldigen Sie, Monsieur! Könnten sie mir vielleicht sagen…' Und wenn du durch das Seitenfenster in das halbdunkle Wageninnere siehst, erblickst du ein paar nackte Beine, die aus einem Hauch von Nylon kommen, oder es springt dir eine unverschämte nackte Brust ins Gesicht wie ein junger verspielter Hund."

„Sie reden wie mein letzter Arbeitgeber, der Dichter."

„Man kann nicht immer ‚Scheiße' sagen. Auf die Dauer gilt man sonst als schlecht erzogen."

Wir fuhren über die Avenue Ingres. Aus vielen geöffneten Fenstern der hochherrschaftlichen Häuser fiel helles Licht auf die Bäume.

„Und, funktioniert das noch immer?" wiederholte ich meine Frage.

„Warum soll das nicht mehr funktionieren?" fragte er seufzend zurück. „Ein angenehmes Geschäft, bei dem alle auf ihre Kosten kommen. Ambulante Liebesnester oder gemütlichere Séparées. Je nach Geschmack und Geldbeutel."

„Sie scheinen sich ja bestens auszukennen", lachte ich anerkennend.

„Schließlich komm ich nicht aus der Provinz."

„Ich auch nicht."

Ich überquerte den Boulevard Suchet, die Avenue du Maréchal-Maunoury. Über die Route des Lacs fuhr ich in den Bois de Boulogne. Die entgegenkommenden Autos blinkten manchmal auf. Vielleicht ein Zeichen...

„Und der andere Trick?" „Welcher?"

„Ihrer. Die Masche in Samt und Seide, mit Satin und raschelnden Laken. Der Trick zur Abwechslung von Dienstmädchen-Bettgeschichten."

Ich bog in den Chemin de Ceinture ein.

„Hören Sie, M'sieur", sagte die Fledermaus ruhig. „Ich weiß nicht, was Sie von mir wollen, wie gesagt. Und mir ist das auch egal. Hab Ihnen schon verraten, daß Sie mir keine Angst einjagen können. Darum brauch ich auch weder was zu gestehen noch abzustreiten. Sie scheinen ja bestens informiert. Nur eins: Die Polizei, richtig oder privat, ist nicht die Hüterin der Tugend unserer Chefinnen, soweit ich weiß. In ihrem Privatleben haben Schnüffler nichts zu suchen. Deswegen vergeuden Sie unnötig Ihre Zeit, ich sag's Ihnen noch mal. Ich habe keine – wie nennt man das noch? – strafbare Handlung begangen."

„Sie streiten also nichts ab?"

„Warum sollte ich?"

„Darf ich Ihnen trotzdem ein paar Fragen stellen?"

„So viele Sie wollen."

„Mir reicht erst mal eine. Warum haben Sie Bénech eben als Arschloch bezeichnet?"

„Weil er eins ist. Ein dämliches Arschloch. Wenn man – wie er – im Bett der Chefin gelandet ist, macht man sich nicht auch noch an die Tochter des Hauses ran. Das gehört sich nicht."

„Ihrer Meinung nach hat er also das bekommen, was er verdiente?"

„Ja."

Nach einer Schweigeminute fragte ich:

„Läuft das Geschäft gut?"

„Sie sind wirklich neugierig", sagte er beleidigt.

„Aber, aber, Monsieur René! Wo Sie doch nichts zu befürchten haben..."

„Also gut. Die Stellen, die ich vermittle, werden im allgemeinen gut bezahlt. Und die Leute, denen ich sie vermittle, bringen mir 'ne Kleinigkeit ein."

„Genug zum Leben?"

„Nein. Hab noch was anderes."

„Und genau dieses andere interessiert mich."

Er mußte lachen. Ein erfrischendes, offenes und aufrichtiges Lachen. Hätte ich ihm gar nicht zugetraut.

„Ich bedaure nicht, mit Ihnen gefahren zu sein", sagte er nach seinem Heiterkeitsausbruch. „Sie reden amüsantes Zeug. Unverständlich, aber amüsant. Oder sollen Sie im Auftrag des Finanzamtes rauskriegen, wieviel ich verdiene?"

„Ich frage im Ernst. Was ist das andere?"

„Einer meiner früheren Arbeitgeber, der Dichter, hat mir aus Dankbarkeit für meine ergebenen Dienste bei seinem Tod eine beachtliche Summe hinterlassen. Ich bin ein genügsamer Mensch. Das Erbe und meine kleinen Provisionen..."

„Mit anderen Worten: Die Arbeitsvermittlung betreiben Sie aus reinem Spaß an der Freude? Ehrenhalber, wenn ich so sagen darf?"

„Waren sie jemals Kammerdiener, Monsieur?"

Seine Stimme klang seltsam. Sie hatte sich so verändert, daß ich mich zu ihm drehte, weil ich dachte, neben mir säße jemand anders. Nein, neben mir saß immer noch die dicke, fette Fledermaus. Sein Gesicht hatte einen undefinierbaren Ausdruck angenommen.

„Ich hatte viele Berufe, aber Kammerdiener war nicht darunter", antwortete ich.

„*Ich* war Kammerdiener." Seine neue Stimme klang dumpf. „Lange. Hab nichts anderes gemacht. Hab ganz früh damit angefangen. Für die Herrschaft ist ein Kammerdiener kein Mensch.

Er ist ein Gegenstand, ein Möbel. Na ja, vielleicht hatte ich Pech. Jedenfalls hat man mich so behandelt. Egal, wo ich in Stellung war. Kann sein, daß es woanders nicht so ist. Hoffentlich. Sogar mein letzter Arbeitgeber, der Dichter mit dem Testament, war nicht viel anders. Tja, und wenn ich mir so meine Liste ansehe mit den reichen Dämchen, an die ich Chauffeure zur besonderen Verwendung verweise... Also, ich weiß nicht, was schlimmer ist: Kammerdiener oder Chauffeur. Die Demütigungen, die ich erdulden mußte, verblassen so langsam. Nehmen Sie's als Revanche, als Rache. Eine schäbige, kleine Rache. Die Rache des kleinen Willi, sozusagen. Aber keine Straftat. So ist das, Monsieur."

Mit dem letzten Satz klang seine Stimme wieder normal.

„O.K., Monsieur René", sagte ich. „Sie sind ein vernünftiger Mann. Bin sehr zufrieden mit Ihnen. Bisher jedenfalls. Jetzt allerdings könnte es etwas haariger werden."

Wir umkurvten den See. Ich wollte nicht länger um den heißen Brei herumreden.

„Und die Masche Nr. 2? Die, die auf die Masche Nr. 1 aufbaut?"

„Versteh ich nicht."

„Werd's Ihnen erklären..."

Daß ich auch immer alles erklären muß!

„Die reichen Dämchen, wie Sie sie nennen, scheinen mir mehrere schwache Stellen zu haben. Ein Kinderspiel, sie unter Dauer-Erpressung zu halten oder Ihnen Schmuck zu klauen, ohne daß sie den Mund zu weit aufreißen..."

Ich entwickelte ihm meine Idee von der organisierten Bande. Monsieur René wurde in keinster Weise verlegen oder unsicher. In einem Ton unbestreitbarer Aufrichtigkeit sagte er:

„Ich verstehe, worauf Sie hinaus wollen. Aber ich versichere Ihnen, daß so was in der Art nicht existiert. Diese jungen Leute – ich meine die Chauffeure – haben ihre Vorzüge. Man kann ihre Mentalität beklagen, aber es sind anständige Menschen. Es liegt nicht in ihrem Interesse..."

Und er lieferte mir ein paar recht überzeugende Argumente.

„Schon möglich", brummte ich. „Trotzdem hat Bénech den Schmuck von Madame Ailot mitgehen lassen."

„Ach ja?“

„Das scheint Sie nicht zu überraschen. Dabei haben Sie mir eben erst bewiesen, daß diese jungen Leute…“

„Entschuldigen Sie bitte, Monsieur“, unterbrach er mich. „Bei Bénech überrascht mich gar nichts mehr. Hat mich sehr enttäuscht, der Bretone. Aber es ist nicht zu leugnen: Möglicherweise hat er sich eines Verbrechens schuldig gemacht. Ich weiß davon nichts. Allerdings wissen wir, daß er manchmal… äh… bedenkenlos gehandelt hat, nicht wahr?“

„Ein schwarzes Schaf also?“

„Genau, Monsieur.“

„Hm… Was er gemacht hat, konnten andere vor ihm machen. Hatten Sie nie Ärger damit?“

Er zögerte.

„N… Nein. Nie.“

„Aber M'sieur René! Sie können ruhig offen reden. Wo Sie doch ein ruhiges Gewissen haben…“

„Ein sehr ruhiges sogar. Ja, einmal hat es Ärger gegeben. Die Zeitungen haben die Sache dankbar aufgegriffen, damals. Es ging auch um Schmuck. Um unechten.“

„Unechten Schmuck?“

„Ja. Um Täuschung ging es.“

„Ich interessiere mich ganz besonders für unechten Schmuck und Täuschungen. Erzählen Sie doch mal, M'sieur René.“

„Gerne. Ich verrate Ihnen kein Geheimnis. Es stand in der Zeitung, wie gesagt. Einer von ‚meinen‘ Chauffeuren war in den Skandal verwickelt, konnt sich aber reinwaschen. Das war vor ungefähr zwei Jahren. Monsieur und Madame… äh… nennen wir sie X…“

„Keine Heimlichkeiten, mein Lieber! Wenn es doch in der Zeitung stand…“

„Also gut, Monsieur und Madame Fitzauray hatten eine Art Vertrag geschlossen. Sie teilten das Personal auf. Der Chauffeur für Madame, die Zimmermädchen für Monsieur. Aber Monsieur Fitzauray war wie alle Männer. Daß er seine Frau betrog, fand er normal. Aber die Chauffeure wurden ihm auf die Dauer unerträglich. Oder er hat sich gesagt: Wenn meine Frau nicht mehr meine Frau ist, braucht sie auch nicht mehr mit dem Schmuck zu prahlen, den ich ihr geschenkt habe. Also ließ er Duplikate anfertigen und verwertete die echten Stücke anderweitig. Als Madame den Tausch bemerkte, schlug sie ihm vor, den Chauffeur anzuzeigen. Aber der war 'ne Kämpfernatur. Verteidigte sich auf Teufel-komm-raus, weil er ja wußte, daß er unschuldig war. Und am Ende kam die Wahrheit ans Licht. Tja, M'sieur, das war das einzige Mal, daß es Ärger gegeben hat."

„Ja, ich glaube, ich erinnere mich an den Fall. Vielen Dank für die Nachhilfe."

Wir umkurvten immer noch den See. Bald mußte ich mir 'ne andere Route suchen. Wir konnten doch nicht die ganze Nacht im Bois de Boulogne spazierenfahren. Ich stellte der Fledermaus noch ein paar hinterhältige Fragen, ohne Ergebnis.

„Tja, dann nochmals vielen Dank, Monsieur René..."

Ich hatte ihn ausgepreßt wie 'ne Zitrone.

„Was Sie mir erzählt haben, bringt mich leider nicht viel weiter."

„Wenn ich mir die Frage erlauben darf, Monsieur", sagte er, „worauf wollen sie eigentlich hinaus?"

„Ich suche die Klunker von Madame Ailot. Und die Komplizen, an die Bénech sie weitergereicht hat..."

Ich fuhr die Avenue de Saint-Cloud entlang, Richtung Porte de La Muette.

„Sind Sie sicher, daß er nicht bei Ihnen zu Hause rumliegt?" fragte ich.

„Wer?"

„Der Schmuck."

„Wenn Sie wollen, können Sie selbst nachsehen", antwortete er achselzuckend. „Ich wohne in der Rue de la Tour, in einem Dienstmädchenzimmer..."

„Genau das Richtige für einen ehemaligen Kammerdiener", bemerkte ich.

„Wie recht Sie haben... Falls Sie meinen Namen nicht kennen: ich heiße René Gauratel."

„Wann paßt es Ihnen?"

„Wann Sie wollen."

„Jetzt sofort?"

„Von mir aus."

Wir fuhren schweigend in die Rue de la Tour. In seinem Zimmer waren wir auch nicht gesprächiger.

Das Zimmer bot keine großartigen Möglichkeiten, Schmuck zu verstecken. Ich suchte lange, gründlicher als Faroux und seine Leute zusammen, fand aber nichts. Ich war wütend mit mir selbst. Es paßte mir nicht, daß ich den Faden verlor. Dies war also nicht die richtige Spur. Die dicke Fledermaus sah mir bei meiner Suchaktion zu, ohne ungeduldig zu werden.

„Niete", sagte ich.

„Hab Ihnen doch schon vorher gesagt, daß Sie unnötig Zeit vergeuden."

„Na ja, wenigstens weiß ich jetzt, wo ich Sie finden kann... falls ich Sie suche."

Er brachte mich hinunter auf die Straße.

„Guten Abend, Monsieur", sagte er und verbeugte sich artig.

Frostige Höflichkeit, ohne eine Spur von Ironie. Ganz der Kammerdiener, der er jahrelang gewesen war. Er und seine reichen Dämchen! Ich sah ihn vor seiner Liste sitzen und die Herrschaften beschimpfen, natürlich in der dritten Person!

7
Kurze Unterhaltung

Er war ein junger Mann von kaum mehr als fünfundzwanzig Jahren. Mittelgroß, schlank, ziemlich selbstsicher. Er trug einen eleganten Anzug, ein bißchen auffällig vielleicht, hell, sehr hell, zu hell für diese Jahreszeit. Wahrscheinlich hatte der Junge das nötige Kleingeld, um solche empfindlichen Farben zu tragen. Die Schuhe waren neu oder zumindest eifrig blankgeputzt. Auch der Hut schien neu. Unter der Nase eine Andeutung von Schnäuzer à la Charlie Chaplin. Ein reiches Söhnchen hier aus dem Viertel war er wohl nicht. Aber er hätte einen ausgezeichneten Chauffeur abgegeben, Modell Bénech. Fehlte nur noch die Uniform. Die hätte ihm sicher ganz hervorragend gestanden. Und die Chauffeursmütze mit dem blanken Schirm hätte seine Segelohren noch betont.

Er schien jede Menge Zeit zu haben. Hingegossen in einen Sessel der Hotelhalle, Zigarette im Mundwinkel, las er in aller Ruhe eine Turfzeitung.

„Sie haben Besuch, M'sieur Dalor... äh... M'sieur Burma", sagte der alte Nachtportier augenzwinkernd und wies mit dem Kinn auf den jungen Mann.

Dieser sprang sofort auf, warf die Kippe in einen Aschenbecher, steckte das Blatt in die Jackentasche und kam federnd auf mich zu. Lässig tippte er mit dem Zeigefinger an seinen Hutrand, dann streckte er mir seine Hand entgegen. Eine weiße, zarte Hand, feingliedrig, beinahe die einer Frau.

„Ach, Monsieur Burma?" sagte er lächelnd und zeigte mir seinen goldenen Eckzahn. „Guten Abend, Monsieur. Mein Name ist Roger Lozère. Ich bin Journalist."

Ich sah auf die Uhr. Gleich Mitternacht.

„Sie sind ja ziemlich rührig", bemerkte ich. „Journalist? Wo denn?"

„Beim *Parisien Libéré*. Zerbrechen Sie sich nicht den Kopf. Sie haben bestimmt noch nie von mir gehört. Ich fange grad erst an... Wär nett, wenn Sie mir dabei helfen würden."

„Glaub nicht, daß Sie meine Hilfe brauchen. Für einen Anfänger sind Sie ganz schön auf Zack. Wie haben Sie meine Adresse rausgekriegt?"

„War kein Kunststück. Hab sie im Radio gehört."

Ich biß mir auf die Zunge. Wenn ich so weitermachte, hielt der mich noch für'n Blödmann. Aber vielleicht war das gar keine schlechte Taktik, für 'n Blödmann gehalten zu werden.

„Ach ja, natürlich! Im Radio. Und?"

„Würd Ihnen gerne 'n paar Fragen stellen. Das gibt bestimmt 'n prima Artikel. Am besten, wir setzen uns...", schlug er mit einer weitausholenden Geste vor. „Ich hab Ihnen nämlich auch was zu erzählen..."

„Bei mir im Zimmer sind wir ungestörter."

„Äh... ja... Ich hab nicht gewagt..."

Wir gingen hinauf. Mit dem Rücken zur Tür, schloß ich – hinter dem Rücken des jungen Mannes – von innen ab. Ganz lautlos ging es nicht, aber wenn er was gemerkt haben sollte, ließ er sich zumindest nichts anmerken. Ich steckte den Schlüssel ein, schob meinem Besucher einen Stuhl hin und setzte mich aufs Bett.

„Schießen Sie los", ermunterte ich ihn.

„Ich würde gerne wissen, welche Rolle Sie in dieser Sache gespielt haben. Ich wär der erste, der drüber berichtet. Weder im *Crépu* noch im Radio wurde man schlau daraus."

„Sie sind schon der dritte, der mir diese Frage stellt."

„Dann scheint's ja interessant zu sein, nicht wahr?"

„Sehr interessant."

„Haben Sie den anderen schon was verraten?"

„Nein."

„Und mir?"

„Kaum. Aber vielleicht haben Sie mir was zu erzählen..."

Er hob seine weiße Hand, die feingliedrige, weibliche Hand.

„Nur mit Gegenleistung", sagte er. „Stimmt, ich weiß was... oder besser: ahne was. Ob das für Sie interessant ist, weiß ich nicht. Jedenfalls hätten wir 'n Gesprächsthema. Aber zuerst möchte ich wissen, welche Rolle Sie gespielt haben. Sind Sie ein Freund von Madame Ailot? Oder von ihrer Nichte, dieser armen Suzanne?"

„Das weiß ich selbst nicht."

„Keine Antwort ist auch 'ne Antwort."

„Sagen wir, Madame Ailot ist meine Klientin. Leute, die mit einem Privatflic zu tun haben, sind im allgemeinen immer Klienten."

„Und warum hat sie Sie engagiert?"

„Um ihren Schmuck wiederzukriegen."

Mein Gegenüber lachte. Sagt man schon mal die Wahrheit...

„Spaß beiseite, Ernst auf den Tisch. Man hat ihn ihr geklaut, und sie will ihn wiederhaben."

„Das stand in keiner Zeitung", sagte er, immer noch lachend.

„Wir haben es auch niemandem auf die Nase gebunden. Ist nämlich reine Privatangelegenheit, verstehen Sie? Hat mit dem Mord an dem Chauffeur nicht das geringste zu tun."

„Nett von Ihnen, daß Sie bei mir 'ne Ausnahme machen."

„Von wegen!" lachte ich. „Ich erzähl das nur, damit die Unterhaltung weitergeht... Wehe, wenn Sie das schreiben! Meine Klienten engagieren mich nicht, damit hinterher die Spatzen die vertraulichen Informationen von den Dächern pfeifen. Wenn Sie mir allerdings was Interessantes zu sagen haben, könnte ich meine Meinung ändern. Also: was haben Sie mir zu sagen?"

Er runzelte die Stirn und ging in die Defensive:

„Tja... äh... Nichts! Absolut nichts! Wollte nur mit Ihnen ins Gespräch kommen. Sonst hätten Sie mich sofort vor die Tür gesetzt."

„Ein Trick also, hm?"

„Ja."

„Und ich dachte, das hätte was mit dem Mord zu tun. Mit dem armen Mädchen vielleicht..."

Jetzt zeigte er doch Reaktion. Als hätte ich seine Gedanken erraten! Schmutzige Gedanken, die man nicht gerne äußert.

„Nein", sagte er dann und stand auf. „Ich muß jetzt gehen. Hätte ich gewußt, daß Sie so unfair sind, wär ich gar nicht hergekommen. Sie haben mir nur Blech erzählt, und das auch noch wohlüberlegt. Gefällt mir gar nicht: die Tür abzuschließen, als wollten sie mich einsperren…"

„Oh, so böse war das gar nicht gemeint. Und was das Einsperren angeht… Sie kennen sich da wohl aus, was? Ich meine jetzt nicht die Redaktion des *Parisien Libéré*… So hieß doch Ihr Blatt, oder?"

„Ja."

„Wie wär's mit *Libéré*?" lachte ich. „Der Befreite, zum Beispiel aus dem Zentralgefängnis? Oder das *Echo* von Fresnes-lès-Rungis?"

Anstatt soviel Geist zu verspritzen, hätte ich besser weiter den Blödmann spielen oder ihm meine Kanone unter die Nase halten sollen. Roger Lozère gehörte nicht zu den Leuten, denen man mit solchen Späßen Angst einjagen kann. Als er sich durchschaut sah, fackelte er nicht lange. Ohne Vorwarnung ging er zur Attacke über. Aber das hatte ich kommen sehen. Ich setzte einen rechten Schwinger an… der ins Leere schwang. Diese verdammten Japaner! Man könnte glatt zum Rassisten werden. Die gelbe Gefahr. Warum haben diese Asiaten auch solche Schweinereien erfunden wie Judo und Jiu-Jitsu? Und wenn man dann keine Atombombe zur Hand hat… Ich hatte gedacht, ich könnte mit diesem Fliegengewicht im Handumdrehen fertigwerden. Der mit seinen zarten Händchen… Um's kurz zu machen: Er schickte mich als Interplanetarrakete auf eine märchenhafte Umlaufbahn. Und Glück hatte der Kerl auch noch: Ich landete mit dem Kopf auf einem Bettpfosten. Immerhin gelang es mir, meinen Revolver rauszuholen. Doch der „Journalist" kam meinem Feuerwerk zuvor. Mit einem zweiten Trick schlug er mir die Waffe aus der Hand. Stattdessen holte *er* jetzt seine Kanone raus oder nahm meine oder was ganz anderes… Ich will's auch gar nicht so genau wissen. Ich weiß nur eins: in bester Straßenkampf-Tradition verpaßte er mir eins hinter die Ohren. Ein Meisterstück! Und dabei knurrte er so was wie:

„'tschuldigung, Alter. Bin in bester Absicht gekommen."

So sind sie, die Gauner von Passy! Immer höflich. Entschuldigen sich für die Freiheiten, die sie sich herausnehmen. Richtige Snobs mit ihren ausländischen Import-Kampfmethoden.

In bester Absicht war er gekommen! Mein Glück, denn sonst...

Ich spürte sein zartes Händchen in meiner Tasche. Da ich mich sowieso zu keinem Widerstand aufraffen konnte, ließ ich ihn den Zimmerschlüssel rausholen. Wir würden uns schon noch wieder sprechen. Hoffentlich! Und unter anderen Bedingungen, wenn möglich. Mit größerem Abstand, damit seine Judokünste nicht zum Tragen kämen. Vor dem Revolver sind alle Menschen gleich, mein Lieber! Denk mal drüber nach...

Ich hörte, wie er die Tür aufschloß, sie öffnete, wieder abschloß... von außen. Überflüssige Vorsichtsmaßnahme! Ich war überhaupt nicht dazu aufgelegt, ihm hinterherzurennen. Leider...

Bewegungsunfähig lag ich auf dem Bettvorleger. Die nächtliche Stille wurde nur von meinem Herzklopfen unterbrochen. Und von den kleinen Kobolden in meinem Schädel, die einen Heidenlärm veranstalteten. Ich hörte eine Stimme, von weitem, ganz weit weg. Eine Stimme, die nur ich hören konnte. Eine tröstende Stimme, die Stimme meines Unterbewußtseins:

„Du fährst in einer Achterbahn. Berg- und Talfahrt. Auf und ab. Zuerst warst du von Bénechs Schuld überzeugt, dann hast du gezweifelt. Auf und ab. Du warst von der Existenz einer Gang überzeugt, dann wieder nicht. Auf und ab. Jetzt kannst du sicher sein: diese Gang existiert. Sie hat dir heute ihren Botschafter geschickt. Vielen Dank für die Information, Monsieur Lozère."

* * *

Nach einer Weile konnte ich meinen Bettvorleger verlassen und mich ins Bad schleppen. Dort legte ich mir nasse Taschentücher als Kompressen auf meine Beulen. Dann sammelte ich meinen Revolver ein, rief den Nachtportier an und bat ihn, mich zu befreien. Ein Spaßvogel, dieser falsche Journalist. Wie alle Journalisten. Hatte mich einfach eingeschlossen, der Kerl. Der Nachtportier fand das alles sehr seltsam, vor allem meine Kompressen. Aber er verkniff sich jeden Kommentar.

8
Die verschluckte Zunge

Donnerstag, elf Uhr. Eine blankgeputzte, brandneue Sonne für ganz Paris. Ich hatte einen Brummschädel, wie sich's gehört. Der gute alte Brummschädel beim Aufwachen. Kein Zeichen großer Siege! Ich zündete mir erst mal 'ne ordentliche Pfeife an und dachte nach. Nach dem Auftritt von Lozère – der bestimmt anders hieß! – war die Sache für mich klar: eine Verbrecherbande hatte ihre Hände im Spiel. Hatte sie den jungen Judoka geschickt, um mir auf den Zahn zu fühlen? Wozu das wohl gut sein sollte? Oder hatte der Junge tatsächlich nur über Suzanne reden wollen? Er schien das arme Mädchen zu kennen. Saß Suzanne in mehr als nur einer Tinte? Suzanne und die Gangster. Ich mußte an „Suzanne und die Greise" denken. Leute, die nicht grade freundschaftlich mit dem jungen Fräulein umsprangen!

Ich gab das Nachdenken dran und ließ mir von Joséphine ein kleines Frühstück bringen, garniert mit den Morgenzeitungen. Das Zimmermädchen schien nicht mehr böse auf mich zu sein.

Gerade hatte ich mich in die Lektüre der Zeitungen vertieft, als das Telefon klingelte. Florimond Faroux war am Apparat.

„Ach! Sie sind im Hotel?"

„Sieht so aus", brummte ich.

„Hab bei Ihnen zu Hause angerufen. Nichts. In Ihrer Agentur. Nichts. Bei Hélène zu Hause. Nichts. Da fiel mir das Hotel ein..."

„Damit hätten Sie besser anfangen sollen."

„Hm... Was lungern Sie denn noch in diesem stinkvornehmen Viertel rum? Der Fall ist doch erledigt, oder? Ist der Fall erledigt?"

„Brüllen Sie mir nicht so ins Ohr! Oder sind Sie noch nicht ganz wach? Also: Der Fall, mit dem ich beschäftigt bin, ist noch nicht erledigt. Ich suche gestohlenen Schmuck. Und solange ich suche, bleib ich hier."

„In Ordnung, gut", sagte er etwas zahmer. „Wollte Sie was fragen, Burma. Es geht um dieses Mädchen, Suzanne."

„Nur zu."

„Wir haben schon mal darüber gesprochen... Sie hat doch auf Sie geschossen, stimmt's?"

„Ich dachte, das wär keine Frage mehr."

„Eigentlich nicht, aber Sie lügen sich manchmal was zusammen... Also: Hat die Kleine auf Sie geschossen?"

„Wollen Sie mir 'ne goldene Brücke bauen, oder was?"

„Sie sollen nur offen auf meine Frage antworten, wenn sich's machen läßt."

„Sie hat auf mich geschossen, ja."

„Danke."

„Bleiben sie noch 'n Moment dran. Ich les grade die Zeitungen. Sie hat also gestanden?"

„Überrascht Sie das?"

„Nein, aber ich würd gern Näheres erfahren."

„Hören Sie", seufzte Faroux. „Sie sorgen doch immer dafür, daß ich Arbeit habe. Kennen Sie nicht zufällig einen harten Burschen, besonders zäh und bösartig, einen Mörder oder sonstigen Fleischhändler, bei dem ich mich abreagieren könnte? Einer, der versucht, mir zu antworten, und das auch noch fertigbringt? So was würd ich mir mal wünschen. Manchmal kotzt mich mein Beruf an. So'n Kind zu bearbeiten wie diese Suzanne, ist nicht grade lustig, kann ich Ihnen sagen!"

„War sie so schwierig?"

„Tun Sie nicht so, als würden Sie's nicht begreifen."

„Ich würd's noch viel besser begreifen, wenn Sie mir was erzählen würden."

Durch den Ärger gesprächig geworden, berichtete mir mein Freund haarklein über das Verhör. Suzanne hatte gestanden, ohne zu gestehen, indem sie gestanden hatte. Dem Kommissar tat die Kleine leid, aber was sollte er tun? Das sei nicht lustig gewesen, versicherte er mir nochmals. Er wußte nicht, ob sie die Drogen eigenhändig genommen oder ob man sie dazu gezwungen hatte. Erstaunlich war jedenfalls, daß sie nicht daran krepiert war. Noch beim Verhör wirkte die Schweinerei nach. In manchen Augenblicken schien Suzanne kilometerweit weg. Sie gestand, auf Yves Bénech geschossen zu haben, bestritt aber zu wissen, warum. Der Chauffeur war ihr Liebhaber gewesen. Seit wann? Sie wußte es nicht mehr. Sie wußte nur, daß er ihr Liebhaber gewesen war.

„Das hat sie uns hundertmal gesagt", knurrte Faroux. „Frag mich so langsam, ob das überhaupt stimmt. Man könnte den Eindruck kriegen, sie wollte sich damit brüsten."

„Ist sie von einem Arzt untersucht worden?"

„Sie meinen... diesbezüglich?"

„Ja."

„Nun, sie ist keine Jungfrau mehr, wenn Sie's genau wissen wollen. Wie sie in die Rue Berton gekommen ist, weiß sie nicht. Bénech hat sie aus ihrem Zimmer geholt. Aber sie behauptet, sich an nichts erinnern zu können. Zu guter Letzt ist sie uns auch noch zusammengeklappt: Nervenzusammenbruch. Kein Getue, da geh ich jede Wette ein. Hat geheult und geschrien, das habe ja so kommen müssen, sie habe ihre Mutter getötet usw. Na ja, wir konnten das Verhör nicht fortsetzen. Einerseits war ich ganz froh. Im Moment wird sie im Hospital gepflegt. In zwei oder drei Tagen können wir weitermachen. Wir oder der Untersuchungsrichter. So sieht's aus. Abwarten und Tee trinken."

„Alles in allem: Sie haben noch kein vollständiges Geständnis, und das macht Sie nervös?"

„Vollständige Geständnisse kriegt man nie sofort. Vor allem, wenn einer besser im Bett aufgehoben wär als auf dem Stuhl. Nervös ist übrigens nicht der richtige Ausdruck. Hab nur 'n Horror vor solchen Geschichten, in denen Kinder von zwanzig Lenzen die Hauptrolle spielen, ob nun als Opfer oder als Täter. Davon abgesehen, hat die Kleine wirklich 'ne Schraube locker. Und wie alle, die 'ne mehr oder weniger lockere Schraube haben, ist sie auch noch durchtrieben. Sie weiß, daß sie nicht ganz normal ist, und nutzt das aus. Auch 'ne Art von Verteidigung. Ein fröhliches Verwirrspiel. Man weiß nie, wie weit man ihr glauben kann. Können Sie sich vorstellen, warum ich Sie nochmals gefragt habe, ob sie einen Schuß auf Sie abgegeben hat? Weil sie's rundheraus leugnet."

„Ach was!"

„Wir können nicht darüber hinwegsehen, Burma. Das Mädchen hat auf Sie geschossen. Das ist eine harte Tatsache."

„Ja. Möchte nur wissen, warum sie's abstreitet."

„Vielleicht weil sie bescheuerter ist, als wir meinen... oder schlauer. Niemand hat gesehen, daß sie auf Bénech geschossen hat. Sie haben nur den Schuß *gehört*. Aber das gesteht sie. Daß sie auf Sie geschossen hat, haben Sie gehört *und* gesehen. Aber das leugnet sie hartnäckig. Sie stiftet Verwirrung. Frag mich, ob sie durch diese Taktik jemand anderen decken will."

„Und ich frag mich, wen sie denn decken sollte?"

„Ich will's gar nicht mehr wissen. War nur so' ne Idee."

Mir kam ein Verdacht. Ein Verdacht in Form eines Schnurrbarts, eines dünnen Schnurrbarts à la Charlie Chaplin.

„Sie sollten ihre Bekannten abklappern", schlug ich vor.

„Ja, meinen Sie denn vielleicht, wir müßten uns nur um diesen einen einzigen Fall kümmern?" schnauzte Faroux. „In Paris wird überall geklaut und getötet. So viele sind wir nun auch wieder nicht. Wir müssen abwarten, bis die Kleine wieder vernehmungsfähig ist. Hoffentlich dreht sie in der Zwischenzeit nicht völlig durch. Ausgeschlossen ist das nicht..."

„An Ihrer Stelle würd ich mich trotzdem um die Bekannten kümmern", beharrte ich. „Dabei werden Sie bestimmt 'n paar schräge Vögel kennenlernen."

„Moment mal, Burma!" rief mein Freund. Immer auf der Lauer! „Was soll das heißen? Sie sagen das in so 'nem komischen Ton. Haben Sie mir noch irgendwas verheimlicht, hm? Was Wichtiges, zu allem Überfluß?"

„Ich hab Ihnen überhaupt nichts verheimlicht. Nur so 'ne Idee. Sie kennen das ja... Werd's Ihnen näher erklären, wenn Sie mir etwas mehr über die Tatwaffe erzählen. Dieser Revolver geht mir nicht aus dem Kopf. Kein Damenpistölchen, das Ding. Und dann die Spuren des Schalldämpfers... Das gibt mir zu denken. Erzählen Sie mir 'n bißchen über den Revolver, hm? Schließlich ist damit auf mich geschossen worden, oder? Ich hab ein Recht darauf, mehr darüber zu erfahren."

„Na gut. Es handelt sich um eine *M.A.S. spezial*. Nichts Besonderes. Mit ihr ist mehrmals geschossen worden. Im Magazin war nur noch eine Kugel. Eine weitere steckte im Lauf. Mit der, die Bénech sich gefangen hat, und der, die für Sie bestimmt war, macht das vier. Sieben passen insgesamt rein. Also ist vorher schon dreimal mit der Waffe geschossen worden."

„Hoffentlich nicht in der Rue Berton..."

„Da haben wir nur die zwei Hülsen und zwei Löcher gefunden: im Türrahmen und in Bénech. Wann und wo mit dem Revolver sonst noch rumgeballert wurde, weiß ich nicht."

„Vielleicht haben Sie ja in Ihrem Archiv noch eine Kugel, die in irgendeiner Leiche gefunden wurde und mit der Sie bisher noch nichts anfangen konnten..."

„Alles schon untersucht", lachte Faroux, „routinemäßig. Das brauchen Sie mir nicht zu erzählen."

„Ergebnis?"

„Bis jetzt noch keins."

„Und was ist mit Fingerabdrücken auf der Tatwaffe?"

„Nur die des Mädchens, nicht sehr deutlich. Sie hätten den Revolver liegenlassen sollen, Burma..."

„Ja... Und dann die Spuren des Schalldämpfers... Das bestätigt mich in meinen Annahmen. Stinkt nach Berufsverbrechern, Faroux! Meiner Klientin gehört die Waffe doch nicht, oder?"

„Wir haben sie Madame Ailot gezeigt, dann ihrem Sohn und den Hausangestellten. Alle haben das Ding zum ersten Mal gesehen. Und keiner von ihnen konnte uns sagen, ob Bénech eine Kanone besessen hat. Der Herr des Hauses, Monsieur Ailot, zur Zeit auf Reisen, besitzt eine. Aber das ist natürlich nicht die Tatwaffe."

„Ich glaube, um die Familie Ailot brauchen wir uns nicht zu kümmern", sagte ich. „Außer der Verwandtschaft mit Suzanne und dem geklauten Schmuck hat sie nichts mit der Sache zu tun. Die Geschichte heißt wohl: Der Chauffeur und das Mädchen und die Gangster. A propos Gangster: Wissen Sie, was mir heute nacht passiert ist?"

„Ach! Ihnen ist was passiert?“

„Ich hatte Besuch. Ein gewisser Roger Lozère – natürlich ein falscher Name. Würd den Kerl gerne wiedersehen. Dabei könnten Sie mir helfen. Ich nehme an, daß er schon mal Gast bei Ihnen war. Zuhälter oder so was Ähnliches. Übrigens... Hatte Bénech schon mal mit Ihnen zu tun?“

„Nein.“

„Na gut. Also, dieser Lozère...“

Ich schilderte unser gemütliches Beisammensein, garniert mit meinen Schlußfolgerungen – wenn man das Schlußfolgerungen nennen konnte.

„Wenn Sie ihn zu fassen kriegen“, sagte ich, „dann finde ich den Schmuck ruckzuck wieder, glaub ich. Und auch die Geheimnisse um den Mord in der Rue Berton werden sich lüften.“

„Wie sieht er denn aus, Ihr Judoka?“ wollte der Kommissar wissen.

Ich beschrieb meinen Besuch vom Vorabend, so gut es ging: zarte weiße Hände, Charlie-Chaplin-Schnäuzer usw.

„Mal sehen, was sich machen läßt“, brummte Faroux. „Wirklich ’ne seltsame Geschichte. Na ja, aus dem Mädchen kriegen wir im Moment sowieso nichts raus...“

Wir legten auf.

***

Gleich darauf rief mich Hélène an. Wir verabredeten uns zum Mittagessen. Während des Essens klärte sie mich über die kriminalgeschichtlichen Höhepunkte des 16. Arrondissements auf. Vor allem interessierten mich geklaute oder verschwundene Juwelen. Aber davon war im *Crépu* nur einmal die Rede gewesen. Außer diesem Fall in der Avenue Foch gab es nur eine magere Ausbeute an üblichen Einbrüchen oder Überfällen. Rue Scheffer, Avenue Henri-Martin – davon hatte Faroux schon gesprochen –, Rue Nicolo...

„Ich fürchte, Sie haben umsonst Staub geschluckt, mein Schatz“, sagte ich. „Mit unserem Fall hat das alles bestimmt nichts zu tun. Aber jetzt haben wir einmal damit angefangen.

Also wollen wir's auch zu Ende führen. Wenn wir uns die Arbeit teilen, Sie, Zavatter und ich, dann sind wir schnell fertig. Zavatter sieht sich die Sache mit der nackten Frau in der Rue Jasmin genauer an. Ich werde mich heute nachmittag um den Schmuckdiebstahl in der Avenue Foch kümmern. Das liegt noch am ehesten auf unserer Linie..."

* * *

Die Frau, der die Kleinigkeit im Werte von mehreren Millionen gestohlen worden war, hieß Madame Ghislaine de Choban de Tourettes und wohnte nicht weit vom *Palais Rose* des verstorbenen Boni de Castelane, der Autorität in Sachen Mode. Was ich rauskriegte, hätte vielleicht einen Klatschkolumnisten interessiert. Mich nicht. Ich sprach mit Hausangestellten jeden Alters und Formats. Resultat: Null.

Enttäuscht ging ich ins Hotel zurück. Eventuell hatten ja Hélène oder Zavatter ihren Nachmittag erfolgreicher verbracht und 'ne heiße Spur gefunden. Oder Florimond Faroux konnte mir heiße Tips über meinen Judofreund geben. Aber leider lag keine Nachricht von ihnen in meinem Fach, weder von meinen Mitarbeitern noch vom Kommissar. Dafür hatte Monsieur Ailot sich gemeldet: Er wollte mich so bald wie möglich sehen. Dem *patron*, der den Anruf entgegengenommen hatte, dröhnten immer noch die Ohren.

Ich machte mich auf den Weg in die Rue du Ranelagh.

* * *

Monsieur Ailot war vielleicht zwei oder drei Jahre älter als seine Frau. Gute Figur, aufrechte Haltung, fast militärisch. Ich suchte die Gerte in seiner Hand, mit der er sich gegen die Stiefel schlug. Aber es waren weder Stiefel noch Gerte zu sehen. Nur der Eindruck blieb. Der ältere Herr trug einen korrekten dunkelgrauen Anzug. Leicht rote, gesunde Gesichtsfarbe, weißer Schnurrbart, blutunterlaufene Augen, galoppierende Glatze. Das Zimmer, in dem er mich empfing, war dekorativ ausgestattet. An einer Wand hing eine Sammlung alter Waffen. Sicher hatte Faroux schon ein Auge draufgeworfen, aber ich prüfte ebenfalls, ob die Sammlung vollständig war. Nein, es fehlte kein Stück. Sobald Jérôme, der Butler, wieder hinausgegangen war, ging Monsieur Ailot zum Angriff über. Sozusagen mit aufgepflanztem Bajonett. Weder sagte er guten Tag noch bot er mir einen Stuhl an. Nichts. Er bellte sofort los:

„Sie sind Nestor Burma?"

„Jawohl, Monsieur", antwortete ich brav. „Stets zu Ihren Diensten."

„Ich benötige Ihre Dienste nicht. Niemand benötigt Ihre Dienste."

„Trotzdem kann ich nicht in die Fremdenlegion eintreten. Erstens bin ich zu alt dazu, und zweitens liegt mir das Gehorchen nicht so."

„Das heißt?"

„Nichts. Solche kleinen unschuldigen Bemerkungen mach ich immer so nebenbei. Nehmen Sie mir das nicht übel... Entschuldigen Sie..."

Ich zog mir einen Stuhl ran und setzte mich. Dann holte ich meine Pfeife raus und stopfte sie in aller Ruhe.

„Sie dürfen sich auch ruhig setzen und rauchen", ermunterte ich den Hausherrn.

Er sprang einen Meter hoch.

„Wie bitte?" fragte er nach.

Ich wiederholte meine Aufforderung. Er stand vor mir, feuerrot im Gesicht.

„Frech werden, was?"

„Sehr frech", sagte ich vornehm sanft. „Und immer mit dem Kopf durch die Wand. Hat schon oft was draufgekriegt, der gute alte Kopf. Ist aber immer noch intakt. Muß wohl an der schlechten Qualität der Knüppel liegen..."

„Ihre Manieren gefallen mir nicht", sagte mein Gastgeber.

„Ihre gefallen mir noch viel weniger", gab ich zurück. „Ist das die vornehme Art? Sie bestellen mich zu sich. Ich bin im Nu da, nett wie ich bin. Und Sie fangen sofort an, mich zu beschimpfen."

„Stimmt“, brummte er. „Ich habe mich hinreißen lassen. Normalerweise ist das nicht meine Art. Ich bin freundlich und geduldig. Sehr geduldig.“

Er sagte das mit einem hinterhältigen Unterton. Die blutunterlaufenen Augen blinzelten mich verschlagen an. Ja, manchmal muß man Geduld zeigen. Eigentlich hatte mir seine Schnauzerei besser gefallen...

„Ich dachte, mit Ihnen müßte man grober verfahren“, fügte er hinzu.

„Weder geduldig noch grob“, belehrte ich ihn. „Einfach nur anständig. Sie haben mich herbestellt. Sicher doch, weil Sie mir was zu sagen haben. Sagen Sie's, und wir haben's hinter uns.“

Er wirbelte herum, ging zu einem Tisch, setzte sich, zauberte eine Flasche und ein Glas hervor und goß sich doch tatsächlich einen hinter die Binde. Nicht um sich Mut anzutrinken. Nein. Er hatte wohl nur immer sehr viel Durst. Dann packte er seine Siebensachen wieder weg und verdaute schweigend. Ich zog an meiner Pfeife. Draußen im Vorgarten hörte man Schritte auf dem Kiesweg. Durch das Fenster sah ich... wie hieß er noch gleich?... André, glaub ich... Ja, André Ailot, der Sohn des Hauses. Strich umher wie 'ne umherirrende Seele. Vater Ailot warf ihm einen giftigen Blick zu. Der Herr des Hauses hatte wohl ein Leberleiden. Durch die heimlichen Alkoholdröhnungen wurde das bestimmt nicht besser.

„Ich mag keine Privatdetektive“, sagte er. Das bezog sich wohl auf mich.

Noch einer. Es wurden immer mehr. Der neue Detektivhasser fuhr fort:

„Polizeiinspektoren sind Beamte, die Gesetz und Ordnung aufrechterhalten. Privatdetektive fischen im Trüben. Sie bringen Unordnung und Skandale mit sich. Ihre Moral ist mehr als zweifelhaft, wenn ihre Methoden nicht sogar gesetzwidrig sind. Sie kümmern sich nicht nur um das, um das sie sich kümmern sollen, sondern stecken ihre Nase auch in Dinge, die sie nichts angehen. Schnüffeln überall rum, haben ihre Augen überall. Man sieht sie nicht, man hört sie nicht; aber dreht man sich um, stehn sie hinter einem.“

„Ach, Monsieur", sagte ich seufzend. „Wenn es das nur wäre! Aber sie erpressen auch noch ihre Klienten, schlafen mit ihren Klientinnen, und wenn unglücklicherweise noch ein junges Mädchen im Hause frei rumläuft, wird es von ihnen vergewaltigt. Und das unter dem Vorwand, es rege die grauen Zellen an! Ich jedenfalls führ mich im allgemeinen so auf."

„Ich scherze nicht", sagte er streng.

„Entschuldigen Sie. Ich hatte den Eindruck."

„Nein, ich scherze nicht. Und wenn ich sage, daß ich Privatdetektive nicht mag..."

„Das habe ich inzwischen begriffen", warf ich ein.

„Schluß jetzt!" schnauzte er und schlug mit der Faust auf den Tisch. „Schluß jetzt! Ich weiß, daß meine reizende Frau Sie engagiert hat, um den Schmuck zu finden, den unser Chauffeur ihr gestohlen hat. Und Célestin, unser Chauffeur, ist von der Nichte meiner Frau... übrigens die Familie meiner Frau ist ebenfalls ganz reizend und sehr interessant... Also, der Chauffeur ist von der Nichte meiner Frau getötet worden. Mir ist völlig egal, was mit meiner Frau und ihrem... ihrer Nichte passiert, oder mit ihrer verdammten Familie! Das berührt mich nicht. Aber ich wollte Ihnen sagen... Ich wollte Sie ernsthaft warnen..."

Nach einer kleinen Pause setzte er den Monolog fort. Seine Stimme klang beinahe unglücklich:

„Ich trage einen hochanständigen Namen. Mein Fehler war es, ihn dieser Frau zu geben. Sie ist in jeder Hinsicht nicht würdig, ihn zu tragen. Vielleicht hab ich es nicht besser verdient... Aber das geht Sie nichts an. Nur eins sollen sie wissen: Durch diesen Skandal ist mein Name schon genug beschmutzt. Machen Sie's nicht noch schlimmer. Sonst werde ich Sie fertigmachen."

Ich schüttelte den Kopf.

„Ihre Drohungen schrecken mich genausowenig wie Ihre Beleidigungen", sagte ich mit fester Stimme. „Gestatten Sie mir nur die Bemerkung, daß es einfacher gewesen wäre, mir das rundheraus zu sagen, ohne sich aufs hohe Roß zu setzen. Worum geht es denn eigentlich? Doch wohl darum, den Skandal nicht noch zu vergrößern, oder? Ihre Sorge ist legitim. Aber woher wissen Sie, daß ich das will?"

„Privatdetektive…"

„… sind, wie sie sind. Und nicht so, wie Sie sich's vorstellen. Sie brauchen mir nicht zu glauben, aber das ist mir ziemlich egal. Es gibt jedoch keinen Grund dafür, daß Ihr Name in den Schmutz gezogen wird. In den Zeitungen stand nur der Anfangsbuchstabe. Und wenn Sie darum bitten, daß es auch dabei bleibt, dann nicht in diesem Ton! Könnte sonst 'ne Enttäuschung geben. Übrigens trägt die Mörderin gar nicht Ihren Namen. Und noch was: Wenn durch den Skandal Ihr Name beschmutzt wird, ist das nicht meine Schuld. Ich bin nämlich dazu da, Skandale zu verhindern, und nicht, sie anzuheizen. Darum machen Ihre Drohungen auch keinen Eindruck auf mich. Guten Abend, Monsieur."

Ich stand auf. Er blieb sitzen.

„Ausgezeichnet", sagte er. „Ich möchte Sie jedenfalls hier nie mehr sehen."

„Das kann ich Ihnen allerdings nicht versprechen. Madame Ailot ist meine Klientin. Ich soll ihr den Schmuck wiederbeschaffen, und von Zeit zu Zeit werd ich ihr Rechenschaft ablegen müssen…"

„Das können Sie auch telefonisch. Ob Sie den Schmuck finden oder nicht, ist mir gleich, aber…"

„Der Schmuck ist Ihnen also gleich?"

„Vollkommen. Einige Stücke gehören meiner Frau, andere stammen aus meiner Familie, aber sie hat ihn getragen… Mir ist es jedenfalls gleich. Ich will nur…"

„Ja, ja, ich weiß. Ihren Namen vor Verunreinigung bewahren, oder wie man das nennen soll. Ich sag's Ihnen nochmal: An mir soll's nicht liegen. Von mir aus können Sie ihn alle erhobenen Hauptes tragen, Ihren Namen. Madame Ailot, Ihr Sohn, Sie selbst."

Was hatte ich so Sensationelles gesagt? Monsieur Ailot verlor völlig die Fassung. Gleich würde er sich auf mich stürzen und mich kaltmachen.

„Raus!" brüllte er. „Gehen Sie zum Teufel, Sie und diese verfluchte Frau!"

Ich machte mich aus dem Staub. Auf dem Flur war weit und

breit kein Jérôme zu sehen. Aber ich war alt genug, um alleine rauszufinden. In der Eingangshalle sprach mich jemand von hinten an. Ich drehte mich um. Vor mir stand der Sohn des Hauses, André. Er schien mir aufgelauert zu haben. Der Junge schlief entweder zuviel oder zuwenig. Immer hatte er verquollene Augen und einen leeren Blick.

„Guten Tag, M'sieur“, sagte er. „Wollen Sie zu Mama?“

„Nein“, sagte ich. „Entschuldigen Sie mich bei ihr. Sie ist bestimmt freundlicher und höflicher als Ihr Vater.“

Ich sah mir sein Gesicht näher an. Sicher, Söhne sind nicht verpflichtet, ihren Vätern zu ähneln. Aber irgendwas kann man im allgemeinen immer entdecken: einen Gesichtszug, einen Ausdruck, ein Familiengesicht, wie man so sagt. Das dürfte in Passy nicht anders sein als woanders. Na ja, etwas von Mamas Gesicht konnte man bei André wiederfinden. Aber von Monsieur Ailot... keine Spur... Tja...

„Ja?“ hakte der Junge nach, als er sah, daß ich mit meinen Gedanken ganz woanders war.

„Entschuldigen Sie, wenn ich so offen bin“, sagte ich lächelnd. „Aber die Unterhaltung mit Ihrem Vater hat mir für heute gereicht.“

Er lächelte ebenfalls.

„Verstehe. Was wollte er von Ihnen?“

„Erst mal: mich beschimpfen. Dann mich bitten, den Skandal nicht weiter anzuheizen.“

„Ja, ja. Er ist sehr wütend, daß Mama Ihre Dienste in Anspruch genommen hat. Dabei ist es doch nicht Mamas Schuld, wenn Suzanne...“

„Er meint wohl, Ihre Mutter hätte mich ausschließlich zum Vergnügen engagiert. Immerhin ist ihr Schmuck gestohlen worden. Aber ich sollte Ihnen das vielleicht gar nicht erzählen.“

„Ich weiß Bescheid.“

„Ja, das kommt davon, wenn man an der Tür horcht...“

Er schwieg, wurde aber nicht mal rot.

„Ihm wär lieber gewesen, Ihre Mutter hätte offiziell Anzeige erstattet, nicht wahr?“

„Das weiß ich nicht.“

„Ich hab den Eindruck, daß ihm nicht viel daran gelegen ist, den Schmuck wiederzubekommen?"

„Auch das weiß ich nicht."

André brachte mich hinaus. Ich ging die Treppe hinunter, vorbei an der nackten Frau, die mit ihrer Lyra anscheinend immer weniger anzufangen wußte.

Dann stand ich wieder auf der Rue du Ranelagh. Nestor Burma hatte sich wieder mal wie stinkender Fisch behandeln lassen. Das Gute an ihm ist jedoch, daß er auch aus Beschimpfungen seinen Nutzen zu ziehen weiß. Aus der lebhaften Unterhaltung mit Monsieur Ailot ergaben sich so einige Schlußfolgerungen. Monsieur Ailot liebte seine Frau nicht, um nicht zu sagen, er haßte sie. Einer der Gründe dafür war wohl, daß André offensichtlich nicht von ihm stammte. Monsieur Ailot war es egal, ob der Schmuck wiedergefunden wurde oder nicht. Vielleicht neigte er sogar dazu zu hoffen, daß er nicht wiedergefunden wurde. Die Brosche, die ich in der Rue Berton gefunden hatte, war eine Imitation. Schlußstrich. Addition. Ergebnis: Fitz. Fitzauray. Monsieur Fitzauray, von dem René, ehemaliger Kammerdiener und jetzige Fledermaus, gesprochen hatte. Der Mann, der meinte, falscher Schmuck sei genauso gut für seine Frau wie echter. Mir kam eine Idee. Wohin sie mich führen würde, wußte ich nicht. Aber es kostete nicht viel, ihr nachzugehen. Ich machte mich auf die Suche nach der dicken Fledermaus.

Nach dem Abendessen, lange nach dem Abendessen traf ich ihn in seinem zweiten Zuhause in der Chaussée de La Muette. Als er mich sah, runzelte er die Stirn und verzog das Gesicht. Dann war er aber wieder die Liebenswürdigkeit in Person. Ich nahm ihn beiseite.

„Ich hätte noch gern was über die Affäre Fitzauray erfahren", begann ich.

„Ich hätte Ihnen besser nichts davon erzählen sollen", seufzte René.

„Nur 'ne Frage. Der Chauffeur hat sich doch sehr gut verteidigen können, und der Schwindel flog auf. Aber dafür mußte doch der Mann gefunden werden, der den unechten Schmuck hergestellt hatte, nicht wahr?"

„Allerdings."

„Erinnern sie sich an den Namen?"

Zur Unterstützung des Gedächtnisses kratzte René sich mit seinen Wurstfingern an der fetten Wange.

„Hm... Das war ein sehr ehrbarer Juwelier an der Avenue Mozart... Ich komm oft an seinem Geschäft vorbei... Warten Sie... Ich hab's! Rose... dingsbums... Ein Jude. Ach ja! Raymond Rosembaum."

„Vielen Dank. Was anderes: Sie kennen nicht zufällig einen jungen Mann..."

Ich beschrieb ihm Roger Lozère, meinen Judopartner.

„Vielleicht ein Freund von Bénech", schloß ich. „Vielleicht auch nicht."

René schüttelte seinen dicken Kopf.

„Nein, kenn ich nicht", sagte er. „Ist der auch Chauffeur?"

„Eher Zuhälter."

„Also wirklich, M'sieur!" entrüstete er sich. „So was kenn ich nicht."

Ich schnappte mir das Telefonbuch und suchte den Namen Rosembaum, Juwelier, Avenue Mozart. Ich notierte mir die Telefonnummer. Auf meiner Uhr war es kurz nach zehn. Um diese Zeit hatte der Laden schon geschlossen. Aber vielleicht war der ehrenwerte Herr zu Hause, in Pantoffeln... Besser, die Sache gleich hinter sich zu bringen. Nicht grade Besuchszeit, aber ich würde mich als Polizeibeamter ausgeben. Um aus ihm was rauszukriegen, mußte ich sowieso bluffen.

Das Eisengitter in der Avenue Mozart war heruntergelassen, wie vorausgesehen. Vom nächsten Bistro aus rief ich den Juwelier an. Ranelagh 89-10. Es klingelte wie verrückt. Klingelte und klingelte. Niemand ging an den Apparat. Na schön. Monsieur Rosembaum war schließlich nicht verpflichtet, in seinem Laden zu wohnen. Im Telefonbuch gab's 'ne ganze Spalte mit Rosembaums. Nur zwei von ihnen hießen Raymond. Einer wohnte in der Rue La Fontaine, also gleich um die Ecke, der zweite wohnte in der Avenue Kléber. Ich nahm den ersten: Ranelagh 75-43.

„Hallo. Monsieur Rosembaum?"

„Ja."

„Raymond Rosembaum, Juwelier?“
„Nein. Stoffe *en gros*, M'sieur. Sie...“
„Nein, ich wollte nichts kaufen. Vielen Dank. Und entschuldigen Sie die Störung.“
Also Rosembaum, Avenue Kléber. Boissière 12-11.
„Ja“, sagte eine unfreundliche Stimme.
In der Leitung knackte und rauschte es.
„Monsieur Rosembaum, Juwelier?“
Ich hätte auch Schwartzkopperostermayer sagen können.
„Ro...“, kam es aus der gestörten Leitung.
Der Apparat schien nicht mehr ganz neu zu sein.
„Nein... Sie... wohl verwählt, M'sieur.“
„Ist da nicht Boissière 12-11?“
Red nur weiter, Nestor! Der Kerl am anderen Ende hatte aufgelegt. Ich legte auch auf. Hm... Ich kannte einen Rosenthal, einen Acker und vier oder fünf Levys. Aber Rosembaum! Der hatte aber auch 'ne Stimme... Kam mir nicht ganz unbekannt vor. Hätte aber nicht sagen können, wo ich sie zum letzten Mal gehört hatte. Diesen Rosembaum kannte ich bestimmt unter einem anderen Namen. Und er hatte mich an der Stimme erkannt und mir was von „verwählt“ erzählt. Komisch. Das war doch... Nicht möglich! Ich wählte noch einmal Boissière 12-11. Diesmal kam keine Verbindung zustande. Kein Besetztzeichen. Nichts. Ich gab's auf.
Rosembaum gab ich nicht auf. Mußte unbedingt rauskriegen, welches Gesicht zu der Stimme gehörte. Ich ging zurück zum Hotel, holte meinen Wagen aus der „Garage“ und fuhr in die Avenue Kléber.
Das fünfstöckige Haus, in dem Rosembaum wohnte, stand nicht weit von der Avenue des Portugais. Alles war dunkel und schlief. Nur ein Fenster in der dritten Etage war schwach erleuchtet. Durch einen Druck auf den blankgeputzten Knopf öffnete sich die Tür automatisch. Ich trat in den Flur, knipste das Minutenlicht an und murmelte vor der Conciergesloge etwas, was mehrere Interpretationen zuließ: Rosembaum, Lautréamont oder Fantomas. An dem Haus hatte der Zahn der Zeit genagt. Die großzügigen Wohnungen waren zu kostspielig

geworden für Vermögen, die von der Geldentwertung so langsam aufgefressen wurden. Wirtschaftsunternehmen hatten sich hier breitgemacht. Auf einem Schild am Ende des Flures konnte man lesen, welche Firmen in welchen Etagen zu finden waren. Die Treppe ließ noch die Zeit erahnen, in der das Haus von Großbürgern bewohnt gewesen war. Ich ging hinauf. Ein Teppich dämpfte meine Schritte. Der rote Plüsch des Geländers faßte sich weich an. Ich mußte meinen Rosembaum selber finden. Schaffte ich's nicht, war's immer noch Zeit, die Concierge zu wecken.

Die ersten drei Etagen bestanden aus je einer einzigen Wohnung. Die Mieter waren: ein Arzt, eine Filmgesellschaft und jemand, der es nicht für nötig hielt, ein Namensschild anzubringen. Die zwei Etagen darüber waren weniger aufwendig. Zwei Türen pro Absatz. Zwei Gesellschaften und zwei Privatpersonen, weder Gesellschaft noch Unternehmen, mit ganz normalen Namen. Darüber gab es noch eine weitere Etage, die man von der Straße aus nicht sehen konnte. Mansarden, ursprünglich fürs Personal eingerichtet. Ich schlußfolgerte, daß mein Rosembaum in der dritten Etage wohnen mußte. Und genau dort hatte ich ein schwaches Licht gesehen. Ich ging wieder hinunter in die dritte.

Bevor ich läutete, legte ich mein Ohr ans Schlüsselloch und lauschte. Nichts. Ich läutete, abwechselnd kurz und lang, rhythmisch, phantasievoll. Wie ein guter Freund, der nicht mit dem Gerichtsvollzieher verwechselt werden möchte. Keine Reaktion. Ich versuchte es nochmal und wartete. Jetzt glaubte ich, Bewegung in der Wohnung zu vernehmen. Und dann wurde eine Vase oder ein Blumentopf umgeworfen und ging mit einem dumpfen Geräusch kaputt. Dann spürte ich, daß jemand hinter der Tür stand. Schließlich hörte ich ihn auch. Er atmete wie ein Stier. Ein Asthmatiker oder einer, dem die Luft bei nächtlichen Besuchen wegbleibt.

„Öffnen Sie, Monsieur Rosembaum! Polizei!" rief ich, um ihn zu beruhigen. Zu spät fiel mir ein, daß ihn das ja vielleicht gar nicht beruhigte.

Durch die Tür war ein Knurren zu vernehmen. Zusammen mit dem Keuchen der Lokomotive hörte sich das an, als würden drinnen halsbrecherische Gymnastikübungen vollführt. Das Öffnen des Riegels – fester verschlossen war die Tür nicht! – ging dagegen sehr leise vonstatten.

Im Türspalt sah ich eine mittelgroße, untersetzte Gestalt. Der alte Mann lehnte sich mit seinem ganzen Gewicht gegen die Tür. Sah aus, als wär er der Länge nach durchgeschnitten. Ich sah nur die linke Seite. Der Kopf jedoch war geneigt und deshalb ganz zu sehen.

Wenn das Raymond Rosembaum war, dann stand er zum ersten Mal vor mir. Seine jüdischen Gesichtszüge waren so sehr ausgeprägt, daß er aus der Feder von Caran d'Ache zu stammen schien. Davon abgesehen, hatte er eine bleigraue Gesichtsfarbe, wasserblaue Augen und einen verschleierten Blick. Sein Gesicht war schweißbedeckt. Seine langen Haare hingen ihm in die Stirn, Korkenzieherlocken, fettig, feucht, verklebt. Sein linker Arm hing am Körper herunter...

... und am Ende des Armes hing ein Revolver!

Trotz dieses Details machte er keinen aggressiven Eindruck. Eher blaß in den Knien. Und stumm wie ein Fisch, von den Rasselgeräuschen in seiner Kehle mal abgesehen.

Ich drückte leicht gegen die Tür. Der alte Mann verlor das Gleichgewicht, der Revolver fiel ihm aus der Hand, und er sackte in sich zusammen. Mit seinem Körper blockierte er die Tür. Ich schaffte es trotzdem, in die Wohnung zu gelangen. Ich schloß die Tür von innen und beugte mich über Rosembaum.

Niemals würde er mir sagen können, ob er für Monsieur Ailot Duplikate des Schmucks meiner Klientin angefertigt hatte. Niemals. Der Juwelier hatte die Lupe für immer aus der Hand gelegt. Er war mausetot.

Wegen der blutverschmierten Haare hatte ich die Wunde an seiner Schläfe nicht sofort bemerkt. Möglicherweise hatte das den Tod herbeigeführt. Aber da mußte noch was anderes sein. Die Blutflecken auf dem Boden stammten wahrscheinlich aus einer größeren Wunde.

Die Blutspur führte mich in ein Zimmer, wo eine gewisse Unordnung herrschte. Verrutschter Teppich, umgekippter Stuhl, verschiedene Sachen, die vom Schreibtisch gefallen waren und nun auf dem Boden lagen. Der Telefonhörer baumelte an der Strippe. Ich ließ ihn baumeln. In einem geöffneten Kasten sah ich ein paar Kontobücher, in schwarzes Tuch gebunden. Auf dem Schreibtisch lagen zwei ähnliche Bücher, eins davon ziemlich ramponiert. Daneben lag ein Brieföffner mit goldenem Griff. Ein richtiger Dolch. Die breite, lange, spitze Klinge war voller Blut. Der Griff dagegen war sauber. Sehr sauber. Nach Gebrauch säubern! Fingerabdrücke würde man darauf wohl vergeblich suchen. Sowohl auf dem Griff als auch in der gesamten Wohnung. Hübsch aufpassen, Nestor, daß man deine nicht finden wird! Die schmucklosen, trockenen Kontobücher machten mich neugierig. Sah so aus, als hätte es um die beiden schwarz eingebundenen Bücher einen Kampf gegeben. Dabei hatte es sich bestimmt nicht um eine Steuerprüfung gehandelt. Steuerbeamte nehmen keinen Dolch, wenn sie zuschlagen...

Ich umwickelte meine Hand mit einem Taschentuch und öffnete das ramponierte Kontobuch. Aber ich verstand nur Bahnhof. Alles Fachchinesisch für mich. Zahlen, Zeichen, auch übliche Wörter. Ich hatte keine Zeit, den Quatsch zu entschlüsseln.

Als ich um den Schreibtisch herumging, verfing ich mich mit den Füßen in dem Telefonkabel. Es war aus der Wand gerissen. Klar, daß ich beim zweiten Mal keine Verbindung bekommen hatte! Und es war auch nicht Rosembaum gewesen, der mir beim ersten Mal geantwortet hatte. Rosembaums Stimme kannte ich nicht. Jetzt war's auch zu spät, um sie jemals kennenzulernen. Der Kerl, der mir am Telefon geantwortet hatte, der Kerl, der den Juden umgebracht hatte, der Kerl ... Ja, ich glaubte, ich wußte, wer das war.

Ich ging zu Rosembaums Leiche zurück. Überflüssig, sie auf den Rücken zu drehen, um zu sehen, ob der Brieföffner hier oder woanders gelandet war. Das machte den Juwelier auch nicht wieder lebendig. Der Alte war mutig gewesen, widerstandsfähig und hartnäckig. Sein oder seine Mörder hatten ihn schon für tot gehalten. Doch er hatte mit ihnen gerungen, so lange er eben konnte. Ein zäher Bursche, dieser Rosembaum! Leider war das Telefonkabel aus der Wand gerissen worden. Sonst hätte er bestimmt Alarm geschlagen, auch wenn jede Hilfe zu spät gekommen wäre. Als ich dann an der Tür geläutet hatte, hatte sich der Sterbende vom Büro zur Tür geschleppt, dabei eine Vase umgeworfen, war gegen Möbel gestoßen, hatte den Revolver aus einem Geheimfach geholt. Hätte er die Waffe doch schon während der Balgerei mit seinem Mörder in Reichweite gehabt! Das Wort „Polizei“ hatte ihn tatsächlich beruhigt und ihm die nötige Energie verliehen, sich an der Tür hochzuziehen und sie zu öffnen. Ein zäher Bursche, aber der Tod war stärker gewesen als er. Ich war zu spät gekommen. Ein paar Minuten früher, und er hätte mir einiges erklären können. Aber jetzt …

Jetzt mußte ich mich schnellstens davonmachen. Der Tote gehörte den Flics. Sollten die ihn auch ruhig finden. Und ich war besser bedient, wenn ich nicht auch noch in diese Sache verwikkelt wurde. Hoffentlich hatte ich Glück. Schließlich wußte René, die Fledermaus, daß ich mich für Rosembaum interessiert hatte. Na ja, man würde sehen!

* * *

Auf die Gefahr hin, von Alpträumen geschüttelt zu werden, dachte ich vor dem Einschlafen noch kurz an Roger Lozère, meinen nächtlichen Besucher von gestern, den jungen Judoka mit dem unkonventionellen Benehmen. Ich mußte einfach an ihn denken. Seine Stimme war es nämlich, die ich an Rosembaums Telefon gehört hatte. Ich glaubte, ich täuschte mich nicht.

9
Kleine Gespräche erhalten die Freundschaft

Um zehn stand ich auf. Um elf kaufte ich mir die Morgenzeitungen, ging wieder in mein Zimmer, um sie in aller Ruhe zu lesen. Der *Crépu* berichtete über den Mord in der Avenue Kléber.

Rosembaums Diener, der im selben Haus unterm Dach wohnte, hatte die Tragödie entdeckt, als er um sieben Uhr seinen Dienst antreten wollte. Die Polizei nahm an, daß Rosembaum seine Mörder selbst in die Wohnung gelassen hatte (keine Spur von Gewaltanwendung an der Tür). Es mußte einen Kampf gegeben haben. Rosembaum war mit dem Kopf auf die Schreibtischkante geknallt (Blut und Haare an der Kante). Dann war er mit seinem eigenen Brieföffner erstochen worden. Die Tatwaffe gab also keinen Aufschluß über Rosembaums Gast (oder Gäste). Man konnte nur annehmen, daß es sich nicht um vorsätzlichen Mord handelte. Wahrscheinlich war die Unterhaltung in einen heftigen Streit ausgeartet. Eins konnte man sich allerdings nicht erklären: einen Revolver, Eigentum des Opfers, neben der Leiche, schußbereit, aber nicht benutzt. Bestimmt konnte man sich so einiges andere auch nicht erklären. Der Diener wußte nicht, ob Wertgegenstände, Schmuck, Geld oder sonst irgendetwas fehlte. Es war nicht bekannt, ob Rosembaum zweifelhaften Umgang hatte. Am Ende des Artikels der übliche Satz: Die Ermittlungen werden fortgesetzt.

* * *

Hélène rief an. Meine Idee mit dem Studium der Kriminalgeschichte des 16. Arrondissements sei nicht grade die beste gewesen, meinte das hübsche Kind. Zu meiner Verteidigung brachte ich hervor, sie stamme von Florimond Faroux.

„Also kein Resultat?“ fragte ich.

„Keins“, antwortete Hélène. „Weder in der Rue Jasmin – Ihre nackte Frau war wirklich Schlafwandlerin, glücklich in ihrer Ehe usw. – noch in der Rue Nicolo – ein ganz gewöhnlicher Einbruch.“

„Hab die Schnauze voll von diesen ganz gewöhnlichen Fällen“, knurrte ich. „Erfahrungsgemäß sind das die kompliziertesten.“

„Die hier nicht!“ widersprach Hélène. „Wenn Sie uns nicht glauben...“

„Doch, doch! Ich glaube Ihnen. Sonst noch was?“

„Ja. Gestern ist noch ’ne blutige Nachricht dazugekommen. Haben sie den *Crépu* gelesen?“

„Ja. Rosembaum, Avenue Kléber. Brauchen Sie sich nicht drum zu kümmern. Der Mord an dem Juwelier hat was mit dem Durcheinander um Bénech zu tun. Fällt also in meinen Bereich.“

„Ach ja?“

„Ja. Aber dadurch wird alles nur noch komplizierter. War’s das?“

„Nein. Bleibt noch der Überfall auf den Concierge in der Avenue Henri-Martin 101. Zavatter untersucht den Fall, aber...“

„Verstehe!“ seufzte ich. „Das gleiche wie in der Avenue Foch, Rue Nicolo und Rue Jasmin. Wann werd ich endlich gescheit! Bin genauso schlau wie Bénech... Macht nichts, Zavatter soll den Fall ruhig untersuchen. Schließlich bezahl ich ihn ja, oder?“

„Ich sage Ihnen doch, er ist dabei...“

„Gut. Und Sie kommen bitte schnellstens hierher. Ich fühl mich einsam.“

„Frag mich, ob ich Ihnen gehorchen soll“, spottete meine Sekretärin. „Sie sagen das in einem Ton! Was werden Sie mir antun?“

„Nichts. Fühl mich außerstande, irgend jemand irgend etwas anzutun. Sie können ruhig kommen. Die Enttäuschung wird groß sein.“

Nach weniger als einer halben Stunde stand Hélène vor mir, zum Anbeißen in ihrem neuen Frühlingskostüm. Ich musterte sie eingehend.

„Ich mag nicht, wenn man mich mit Blicken auszieht", maulte sie.

„Möchte wissen, wie man Sie noch ausziehen soll", bemerkte ich. „Sehen Sie sich mal im Spiegel Ihr Dekolleté an! Das soll kein Vorwurf sein..."

„Kann ich mir denken!... Also, Monsieur, was soll ich tun?"

„Bei mir bleiben. Ich brauche eine Frau in meiner Nähe."

„Verstehe. Sie schwimmen mal wieder, stimmt's? Und dann kriechen Sie unter Mutters Rock."

„Nein, Mama! Ich schwimme nicht. Ich geh unter. Hab selten so'n Durcheinander gesehen. Und nicht die Spur von einer Spur. Ganz zu schweigen von einem roten Faden. Überall unzusammenhängende Zwischenfälle, Fragmente einer Geschichte von Bekloppten. Scheiße! Gehn wir erst mal essen. Danach werd ich versuchen, den ganzen Mist auf den Punkt zu bringen."

Nach dem Essen machten wir zur Verdauung eine kleine Spazierfahrt in den Bois de Boulogne. In den Bäumen sangen die Vögel, die Spaziergänger freuten sich. Alles freute sich. Nur ich mich nicht.

„So ein Schlamassel!" schimpfte ich. „Werd mal die Fakten zusammenzählen, die ich kenne. Dadurch finde ich zwar auch nicht den Schmuck von Madame Ailot, aber zum Zeitvertreib... Im Moment bleibt mir nur, abzuwarten und auf ein Wunder zu hoffen. Falls Ihnen 'ne blöde oder schlaue Frage einfällt, nur zu! Frisch gefragt..."

„Ja, M'sieur."

„Zu zweit fällt uns vielleicht mehr auf. Also: Yves Bénech klaut den Schmuck seiner Chefin. Er nimmt an, daß sie keinen Wirbel machen wird. Seine Absicht ist es nicht – wie ich zu Anfang gedacht habe –, die Klunker gegen ein Lösegeld rauszurücken. Er will sie ganz normal verbimmeln. Obwohl man bisher noch nichts rausgekriegt hat und er nicht in der Kartei der Kripo steht, muß er mit einer Gang Verbindung haben. Zu dieser Gang gehört Lozère, Spezialist für nächtliche Besuche, bei denen er seine Gastgeber außer Gefecht setzt – entweder durch seine japanischen Tricks oder durch einen Brieföffner..."

Nach einem kleinen Abstecher zu Rosembaum fuhr ich fort:

„Als ich Bénech die hundert Riesen von Madame Ailot anbiete, weiß er bereits, daß einige Stücke nicht echt sind... wenn nicht alle..."

„Nicht echt?" rief Hélène.

„Ja. Monsieur Ailot liebt seine Frau nicht. Sie hat ihn betrogen und belogen. Und wenn er sich nicht von ihr getrennt hat, dann nur, weil er bösartig ist, einer, der warten kann. Hat er mir selbst gesagt. Und das in einem Ton...! Durch seine Anschnauzerei hat er mir im Grunde einen Gefallen getan. Das Leben von Madame Ailot sieht nicht gerade rosig aus. Das hat sie mir deutlich zu verstehen gegeben. Sie meint, ihr Göttergatte wüßte nichts über ihre Schäferstündchen mit Célestin. Aber da täuscht sie sich. Monsieur Ailot will sich nicht von ihr scheiden lassen. Er will sich an ihr rächen, für seine eigene Unvorsichtigkeit. Sein Fehler sei es gewesen, ‚dieser Frau' seinen ehrlichen Namen gegeben zu haben, hat er mir erklärt. Er wird sie vermutlich demütigen, wo er nur kann. Arschlöcher haben immer 'ne Menge Schweinereien im Programm. Er will sie auf Taschenformat bringen, stell ich mir vor. Und dann noch der Sohn, der nicht von ihm ist. Madame Ailot scheint diesen André zu vergöttern..."

„Aber das sind doch wieder nur Annahmen, nicht wahr?" warf Hélène ein.

„Annahmen und Vermutungen", gab ich zu. „Eins ist jedoch sicher, so sicher wie das Amen in der Kirche: Monsieur Ailot haßt seine Frau. Sie und ihre verdammte Familie, wie er sich ausdrückt. Und daß André nicht von ihm stammt, steht für mich auch fest."

„Und der Schmuck? Der unechte, meine ich? Ich glaube, Sie schweifen ab."

„Gut. Zurück zum Schmuck. Es war einmal ein Mann. Der hieß Fitzauray..."

Ich erzählte ihr die Geschichte von dem Betrug des Monsieur Fitzauray.

„... Und genauso hat es Monsieur Ailot gemacht. Bénech hat demnach Glasperlen von Uniprix geklaut."

„Wenn das so ist...", sagte Hélène und verzog den Mund zu

einem spitzen Schnütchen. „... frage ich mich, warum der Chauffeur die Hunderttausend nicht angenommen hat. Für Glasperlen sind hundert Riesen nicht schlecht.“

„Das hat Célestin auch gesagt. Aber er war ’n ganz Schlauer. Glaubte er jedenfalls. Und wie alle Schlauberger wollte er soviel wie möglich rausholen.“

„Und deswegen mußte er sterben?“

„Nein. Gestorben wär er sowieso. Das hat mit dem Schmuck nichts zu tun. Der Mord in der Rue Berton war ein zusätzlicher Programmpunkt, wie für mich maßgeschneidert.“

Hélène lächelte.

„Ein Geschenk des Himmels“, sagte sie.

„Ja, so was Ähnliches. Bei allen meinen Ermittlungen, bei den einfachsten, banalsten Fällen, passiert immer was Außergewöhnliches. Und ich hab immer einen Logenplatz...“

Bei diesem Wort überkam mich ein seltsames Gefühl. Mir fiel wieder mein Traum ein. Alles erschien mir plötzlich traumhaft. Hélènes Stimme holte mich in die Wirklichkeit zurück.

„Träumen Sie, Chef?“

Ich schüttelte mich.

„Ja. Wovon, weiß ich nicht. Muß wohl an der Sonne liegen. Oder an der Verdauung. Mir ist nach einer gemütlichen Siesta.“

„Vielleicht halten Sie besser an. Sonst landen wir noch vor einem Baum. Ich hab keine Lust, bei einem Unfall auf dem Logenplatz zu sitzen.“

Ich sah meiner Sekretärin tief in die schönen Augen.

„Auch nicht neben mir?“ fragte ich.

„Bei Ihrem Talent...“

„Ja, ich weiß“, seufzte ich. „Ich bin begabt... Suchen wir uns ein schattiges Plätzchen...“

Gesagt, getan. Ich hielt an und stopfte mir eine Pfeife.

„Man wird uns noch für ein Liebespaar halten“, sagte ich. „Nicht sehr schmeichelhaft für mich.“

„Wie charmant Sie sind“, lachte Hélène. „Sie mit Ihrer Pfeife im Mund.“

„Dann leg ich sie eben zur Seite.“

„Bloß nicht!“ rief meine hübsche Sekretärin. „Behalten

Sie das Ding im Mund und erzählen Sie Ihre Geschichte weiter."

„O.K. Bénech, dieser Schlauberger, hat gemerkt, daß einige Schmuckstücke nicht echt sind. Hunderttausend Francs für den Ramsch sind nicht schlecht, hat er sich gesagt, aber... könnte man nicht vielleicht noch mehr rausholen?"

„Wie denn?... Ach so, das wäre also die blöde Frage, auf die Sie gewartet haben, hm? Natürlich gibt's nur eine Möglichkeit: Madame Ailot so lange wie möglich zappeln zu lassen. Übrigens: Wußte sie, daß einige ihrer Juwelen nicht echt waren?"

„Das war die zweite blöde Frage. Wenn sie's gewußt hätte, hätte sie mich nicht engagiert."

„Stimmt... obwohl... Echt oder nicht, sie war auf jeden Fall daran interessiert, den Diebstahl geheimzuhalten. Vor allem vor ihrem Mann, der ihrer Meinung nach von der Affäre mit dem Chauffeur nichts wußte. Sie wollte also den Schmuck so schnell wie möglich wiederkriegen, und deshalb hat sie Nestor Burma angerufen..."

Ich lachte.

„Jawohl, den Mann, der das Geheimnis k.o.-schlägt! Aber wenn der dynamische Detektiv so weitermacht, wird er bald zum König der Blödmänner ernannt werden... oder zum Schwimmlehrer... Werd mir größere Visitenkarten drucken lassen, mit allen Titeln... Nein, so blöd war Ihre Frage gar nicht. Madame Ailot ahnt bestimmt nicht, daß ihr teurer Schmuck ganz oder teilweise unecht ist. Sie war sehr überrascht, als ich ihr die Brosche aus der Rue Berton gezeigt habe. Wie dem auch sei, sie wollte die Klunker wiederhaben, bevor ihr Mann von seiner Geschäftsreise zurück war. Der Mord an Célestin hat dann alles beschleunigt."

„Tja", sagte Hélène, „das paßte ihr überhaupt nicht in den Kram."

„Dem Bretonen auch nicht."

Ich zog an meiner Pfeife und dachte über den toten Chauffeur nach.

„Und wenn der Schlauberger zwei Fliegen mit einer Klappe schlagen wollte?" mutmaßte ich. „Erste Fliege: die Prämie für

Unehrlichkeit in die Höhe treiben. Zweite Fliege: sich rächen, wie der kleine Willi. Zitat Monsieur René, die dicke Fledermaus."

„Fledermaus?" fragte Hélène.

Ich erklärte ihr, wer das war und welche Befriedigung er aus seinen Geschäften zog.

„Bénech mußte wohl von der Affäre Fitzauray gewußt haben. Und er wußte wohl auch von den wenig liebevollen Gefühlen von Monsieur Ailot seiner Gattin gegenüber. Als er merkte, daß einige Steinchen nicht echt waren, kapierte er und sah eine Chance, mehr aus der Sache rauszuholen. Wenn er mit seinem ehemaligen Arbeitgeber ein offenes Wort reden würde... Ich kannte ihn ja nur flüchtig; aber er war genau der Typ, der sich so was ausdenkt."

„Aber in der Mordnacht war Monsieur Ailot gar nicht in Paris", warf Hélène ein.

„Nein. Doch irgendwann würde er zurückkommen."

„Sicher. Das meinte ich nicht."

„Was meinten Sie denn?"

„Ich dachte, Sie wollten einen Zusammenhang herstellen zwischen der Rache- oder Erpresseridee und seinem Besuch in der Rue du Ranelagh, der Entführung des Mädchens und allem, was danach passiert ist."

„Nein. Kein Zusammenhang. Der Kerl hatte nur zuviel Temperament. Stöhnen Sie nicht so auf! Sonst muß ich noch annehmen..."

„Ich bin auch gerade dabei, was anzunehmen", unterbrach mich meine Sekretärin. „Ich glaub, das wird wieder 'ne blöde Frage."

„Nur zu!"

„Bénech schmeißt Sie die Treppe runter, geht in die Rue du Ranelagh und nimmt dieses Mädchen mit."

„Sie heißt Suzanne."

„Oder Marie-Chantal. Ja, M'sieur. Er bringt diese Suzanne also in die Rue Berton. Was da passiert ist, wissen wir nicht genau. Suzanne, halbnackt..."

„Sie hatte was an. Vielleicht noch etwas großzügiger dekolletiert als sie im Moment, obwohl das kaum möglich ist... Aber sie hatte was an, zuerst. Ich hab sie entkleidet, ohne es zu wollen."

„Wer's glaubt, wird selig. Na gut... Suzanne erschießt den Chauffeur. Warum?"

„Das wird Faroux sie fragen, sobald er sie fragen darf. Im Moment weiß sie das selbst nicht so genau."

„Natürlich", sagte Hélène ironisch. „Jedenfalls erschießt sie den Chauffeur, versucht mit Ihnen das gleiche. Hinterher finden Sie die unechte Brosche unter der Kommode. Richtig?"

„Richtig."

„Und jetzt zu den blöden Fragen. Darf ich was Schlechtes über diese Suzanne sagen?"

„Warum denn nicht? Tun sie sich nur keinen Zwang an!"

Hélène nahm fast zärtlich meine Hand.

„Ist sie hübsch? Hübscher als ich?"

„Das soll Ihnen doch scheißegal sein, mein Schatz! Wenn Sie die Wahrheit wissen wollen: eine hübsche kleine Hexe wie Sie."

„Schade, daß die Kleine auf Sie geschossen hat. Denn sonst wären Sie von ihrer Unschuld überzeugt, und dann..."

„Nun stellen Sie schon Ihre blöden Fragen!"

„Fragen sind das eigentlich nicht. Mehr ein Vorschlag. Bénech und Suzanne waren noch nicht zur... äh... Sache gekommen. Auch wenn Suzanne bereits verführerisch angezogen war, Bénech trug noch seinen Regenmantel. Vielleicht redeten sie weniger über die Liebe als über Geschäfte. Bénech führte was gegen seinen ehemaligen Chef im Schilde, erklärte Suzanne seinen Plan, denn Suzanne und Monsieur Ailot... na ja, Sie verstehen schon..."

„Ja. Suzanne schlief nicht nur mit Bénech, sondern auch mit Monsieur Ailot."

„Warum nicht? Schließlich war dieser Célestin auch nicht faul."

„Sie sind verrückt. Bénech war Bénech, und Suzanne ist Suzanne. Vater Ailot könnte doch ihr Großvater sein."

„Das will nichts heißen."

„Ist mir auch egal. Ich will keine Bettgeschichten entwirren, sondern den Schmuck von Mutter Aliot wiederfinden."

„Wenn wir einige dunkle Punkte klären könnten, würde uns das vielleicht helfen," beharrte Hélène.

„Es gibt nur einen, der uns helfen kann: Lozère. Merken Sie sich den Namen! Irgend etwas sagt mir, daß dieser geheimnisvolle Gangster der Schlüssel zu allem ist. Nur, es wird immer schwieriger, den Judoka zu finden. Vor allem nach dem blutigen Intermezzo in der Avenue Kléber."

Ich schlug mit der flachen Hand aufs Steuer.

„Da ist ja der andere..."

„Wer? Lozère?" erkundigte sich Hélène.

„Nein. Der Sohn des Hauses, André. Den kennen Sie noch gar nicht. Hiermit stelle ich Ihnen den jungen Mann vor. Dort, unter dem Baum."

„Sieht so aus, als warte er auf jemanden."

André Ailot ging zwischen zwei Bäumen hin und her. Wie lange er schon wartete, wußten wir natürlich nicht. Konnte aber noch keine Ewigkeit sein. Er schien nervös, wie alle Mitglieder seiner Familie in den letzten Tagen. Hastig zog er an seiner Zigarette, und mit einem Zweig schlug er abwechselnd gegen die beiden Baumstämme, die seinen Radius markierten.

Ein eleganter, chromblitzender Wagen rollte langsam heran und hielt direkt vor dem jungen Mann. Am Steuer saß eine aufreizende Blondine. Die beiden tauschten einen freundschaftlichen Erkennungsblick, dann einen Händedruck. Die Blondine öffnete die Wagentür, und der junge Mann stieg ein.

„Also wirklich", entsetzte sich Hélène. „Haben Sie gesehen?"

„Was denn?"

„Die Frau! Würde mich wundern, wenn Sie die nicht bemerkt hätten!"

Ich sah meine Sekretärin spöttisch an.

„Kennen Sie sie?" fragte ich.

„Wär ja noch schöner."

„Ach ja, Ihre Schamhaftigkeit", lachte ich.

„Aufgedonnert wie 'ne Schießbudenfigur. Kann mir lebhaft vorstellen, wie ihr Kind aussieht oder ihr Rock..."

„'ne Hose hat sie bestimmt nicht an. Sie müssen doch ganz

ruhig sein. Sie haben das Dekolleté oben, die Blonde hat's unten. Das ist alles."

„Wer ist die Person?"

„Eine rollende Venus. Normalerweise sind die nur nachts unterwegs. Aber vielleicht muß die da Überstunden machen."

„Also wirklich, der Sohn des Hauses Ailot hat einen merkwürdigen Umgang."

„Sie hätten mich mal sehen sollen, als ich in seinem Alter war!"

Der Wagen der Blondine fuhr wieder an. Meiner auch.

„Wohin fahren Sie?" fragte Hélène.

„Ihnen nach. Einen Zuhälter hatten wir schon. Jetzt noch die Nutte. Vielleicht sind Zuhälter und Nutte Geschäftspartner. Kann man nie wissen."

Die Blondine verließ über die Avenue Chantemesse den Bois, nahm dann die Rue Dufrénoy und die Avenue Victor-Hugo und erreichte über die Avenue de Montespan die Rue de la Pompe. Kurz hinter der Spanischen Kirche an der Ecke Rue de la Tour hielt sie an. Ich auch. Die beiden stiegen aus und gingen den Bürgersteig entlang. André Ailot reckte sich, so gut es ging. Das prächtige Weib an seiner Seite, in einem eleganten schwarzen Pelz, zog die Blicke der Passanten auf sich. Der junge Mann war stolz wie Oskar.

„Mal sehen, wohin sie gehen", sagte ich.

Wir stiegen ebenfalls aus und folgten dem Paar. Doch schnell verloren wir die beiden aus den Augen, ohne daß wir ihre Spur verloren. Lange brauchten wir uns nämlich nicht den Kopf zerbrechen. Zwischen einem Bistro und einem Blumenhändler stand ein einstöckiges Haus, dessen weiße Fassade vor kurzem frisch gestrichen worden war. Die Fensterläden waren geschlossen. Neben der Tür, zwischen dem Klingelknopf und dem Briefschlitz, hing ein Namensschild mit goldenen Buchstaben: *Villa Valentine*.

„Aha", stellte ich fest. „André ist gerade dabei, sein Taschengeld auf die angenehmste Weise zu verteilen. Klar, in seinem Alter! Warum wir was anderes vermutet haben, weiß ich nicht."

„Sind sie da reingegangen?" fragte Hélène.

„Ja. Gemütliche, diskrete Appartements für Erwachsene. Aber auch Nicht-Verheiratete sind gern gesehene Gäste. Sollen wir's mal testen?“

Ich bekam nur ein Achselzucken als Antwort.

„Die Adresse werd ich trotzdem notieren“, sagte ich lachend.

Zusätzlich notierte ich auch noch die Autonummer der blonden Schönheit, für alle Fälle.

„Auch das bringt uns nicht viel weiter“, seufzte ich, als wir wieder in meinem Dugat saßen. „Ach, sieh an! Wir sind ganz in der Nähe der Avenue Henri-Martin. Mal sehen, ob Zavatter seiner Aufgabe gewissenhaft nachgeht.“

* * *

In der majestätischen Avenue Henri-Martin mit ihrer vierfachen Baumreihe war kein Parkplatz zu finden. Ich mußte fast bis zur Place de la Porte-de-La-Muette fahren. Langsam gingen wir zur Hausnummer 101 zurück und bewunderten gebührend die Ruhe in den imposanten Häusern, die durch Vorgärten von der hochherrschaftlichen Avenue getrennt sind.

„Seltsam“, sagte ich. „Avenue Henri-Martin! Kommt mir bekannt vor.“

„Vielleicht haben Sie in einem Ihrer früheren Leben hier gewohnt“, legte mir Hélène nahe.

„Verarschen kann ich mich selbst!... Nein, der Name kommt mir bekannt vor.“

„Kein Wunder! Faroux hat die Avenue erwähnt, Sie selbst haben mehrmals mit mir darüber gesprochen, ich hab den Namen genannt. Auf die Dauer macht einen das verrückt...“

„Wahrscheinlich haben Sie recht... Sehn Sie mal“, sagte ich und nahm ihren Arm. „Das da kommt mir auch bekannt vor!“

Ich zeigte auf einen Wagen im Halteverbot.

„Sieht aus wie 'n Polizeiwagen“, stellte Hélène fest.

„Sieht nicht nur so aus! Das ist einer. Und da sind auch schon die Flics.“

Schokoladenbrauner Hut auf Viertel-vor-zwölf, beiger Regenmantel, stachliger Schnäuzer: Florimond Faroux stürmte aus dem Haus Nr. 101, gefolgt von Inspektor Fabre. Der Kommissar sah mich nicht gleich. Erst nach einem Rippenstoß von seinem Untergebenen kam er langsam auf uns zu. Sein Blick war kühl, unpersönlich, sein Gesicht so ausdrucksvoll wie'n Schöpflöffel. Mit seinem nikotingelben Finger tippte er mir auf die Brust.

„Nestor Burma, stimmt's?" knurrte er.

„Falsch, M'sieur!" gab ich zurück. „Die Königin von Kambodscha, inkognito."

„Spielen Sie nicht den Affen. Wie haben Sie so richtig gesagt? Ein ganz einfacher Fall, hm?"

„Glaub ich inzwischen selbst nicht mehr."

„Was suchen Sie in der Avenue Henri-Martin, Burma?"

„Avenue Henri-Martin?" Ich sah mich nach einem Straßenschild um. „Ach ja, da steht's! Avenue Henri-Martin..."

Verdammt nochmal! Mein nachdenkliches Gesicht war nicht gespielt! Der Name kam mir bekannt vor...

„Wir gehen 'ne Runde spazieren, Hélène und ich. Sie kennen doch meine Sekretärin, nicht wahr? Hélène, sagen Sie mal nett ‚Guten Tag, Monsieur!' Vielleicht antwortet er Ihnen ausnahmsweise."

„Tag, Kommissar", sagte Hélène.

„Guten Tag", brummte Faroux. „Also, Sie gehen hier spazieren?"

„Wir gehen hier spazieren, ja", antwortete Hélène.

„Und Sie, lieber Freund", meldete ich mich wieder, „Sie gehen auch spazieren? Frische Luft schnappen, was?"

„Ich", knurrte Faroux, „komm grade aus dem Haus da, vom Concierge. Und der hat mir erzählt, daß ein junger Mann bei ihm gewesen ist und ihn über den Überfall ausgequetscht hat, dessen Opfer der Concierge vor kurzem war. Haben Sie vielleicht was damit zu tun?"

„Mit dem Überfall? Nein. Mit dem jungen Mann? Auch nicht. Vielleicht stellen Sie mich dem Concierge vor und fragen ihn, ob er mich wiedererkennt?"

„Als den jungen Mann? Bestimmt nicht. Könnte aber einer Ihrer Mitarbeiter gewesen sein... Ihrer jüngeren Mitarbeiter", fügte er sarkastisch hinzu. „Verflixt und zugenäht! Möchte wissen, wie Sie jetzt wieder hierüber gestolpert sind!“

„Worüber?“

„Sag ich Ihnen später, wenn ich's für nötig halte. Bin aber froh, Sie zu treffen.“

„Merkt man.“

„Wir wollten grade zu Ihnen, aber da Sie schon mal hier sind...“ Er sah um sich. „... suchen wir uns am besten ein ruhiges Bistro.“

„So liebe ich Sie, Florimond“, sagte ich lachend.

Wir fanden unser Glück in der Rue Adolph-Yvon. Yvon... Yves... Aber ja, natürlich! Yvon und Yves, das war ein und derselbe Kram! Ich weiß nicht, was mit meinem Kopf los war. Offensichtlich nicht viel. Höchste Zeit, daß ich ihm und mir einen kräftigen Schluck gönnte! Die Terrasse vor dem Bistro war überfüllt, der Schankraum menschenleer. Wir vier – Faroux, Fabre, Hélène und ich – sorgten für Ausgleich.

„Tja“, begann der Kommissar, nachdem er seine Schnurrbarthaare im Aperitif gebadet hatte. „Zeitung gelesen, Burma?“

„Ja.“

„Heut nacht ist in der Avenue Kléber ein Jude namens Rosembaum umgebracht worden.“

„Hab ich gelesen.“

„Hat das was mit Ihrem Fall zu tun?“

„Glaub ich nicht. Warum?“

„Sie sollen doch geklauten Schmuck wiederfinden, oder?“

„Ja.“

„Rosembaum war Juwelier.“

„Kenn ich trotzdem nicht.“

„Aber der kannte einen, den Sie auch kennen.“

„Ach!“

„Wir haben Fingerabdrücke am Tatort festgestellt. Die Kerle waren ziemlich vorsichtig, aber eben nicht vorsichtig genug. Sie hatten Rosembaum nicht in der Absicht besucht, ihn zu töten. Zu viele Fingerabdrücke, von denen sie einige wenige nicht abgewischt haben. Und diese wenigen haben wir identifiziert. Einer der Fingerabdrücke gehört zu dem Kerl hier auf dem Foto...“

Er zog eine Bilderserie wie ein Kartenspiel aus seiner Tasche und legte sie vor mir auf den Tisch. Ich brauchte nicht lange hinzusehen.

„Ja, natürlich!“ rief ich. „Das ist er, mein kleiner Judoka! Der hat also diesen Rose... Rosem... dingsbums...“

„Wenn er's nicht getan hat, dann einer von den andern.“

„Der besucht und überfällt gerne, könnte man meinen.“

„Seine Spezialität, sozusagen...“

Faroux zeigte mit dem Daumen über seine Schultern.

„Er hat auch den Concierge in der Avenue Henri-Martin überfallen.“

Zum Fall Rosembaum hatte mir Faroux nichts Neues zu bieten. Aber jetzt, bei dieser Eröffnung, war meine Überraschung nicht gespielt.

„Im Ernst?“

„Im Ernst.“

Er schien offensichtlich nicht geneigt, mehr darüber zu verraten. Ich nahm eins der Fotos in die Hand.

„Und wie nennt er sich, außer Lozère?“ fragte ich.

„Roger-Etienne Lasserre. Vorbestraft wegen Diebstahl und Kuppelei.“

„Wissen Sie, wo Sie ihn schnappen können?“

„Nein. Und Sie?“

„Ich auch nicht. Sie stellen Fragen!“

Ich nahm ein anderes Foto.

„Hat nicht immer einen Schnurrbart à la Charlie Chaplin“, sagte ich, um etwas zu sagen.

„A la Hitler“, variierte Faroux.

„Von mir aus auch à la Hitler... Also, Sie suchen den kleinen Gauner“, sagte ich.

„Manchmal fängt man dadurch die großen.“

„Hören Sie“, seufzte ich. „Solche Gespräche langweilen mich zu Tode. Und vor allem langweilen sie die, die uns zuhören. Sehen Sie sich Ihren Inspektor und meine Hélène an! Die beiden fragen sich bestimmt, ob wir total besoffen sind oder nur 'n bißchen.“

„Ach“, sagte Hélène, „ich bin daran gewöhnt.“

„Lieber Herr Kommissar", fuhr ich fort, „hören wir auf, uns gegenseitig die Würmer aus der Nase zu ziehen. Da können wir noch lange ziehen! Legen wir doch die Karten auf den Tisch."

Der Ober-Flic grinste in seinen Schnurrbart.

„Gute Idee", knurrte er. „Sie fangen an!"

„Meinen Sie wirklich, ich wüßte mehr darüber? Pech gehabt, mein Lieber. Eher weniger! Nur eins ist richtig: Ich hab tatsächlich Nachforschungen über den Überfall auf den Concierge anstellen lassen, durch Roger Zavatter. Er war wohl heute nachmittag bei dem Opfer."

Ich trank mein Glas aus und zündete mir eine Pfeife an.

„Nun reden Sie schon weiter", ermunterte mich der Kommissar. „Wie haben Sie den Zusammenhang hergestellt zwischen Ihrem nächtlichen Besuch neulich und dem Überfall in der Avenue Henri-Martin?"

„Gar nicht. Bin zufällig draufgekommen. Das heißt, durch Sie... Hab einfach Ihre Methode angewendet und die Kriminalgeschichte des Arrondissements studiert. Wir waren auch schon in der Rue Jasmin, Rue Nicolo, Rue Scheffer, Avenue Foch usw. Können Sie nachprüfen."

Faroux schwieg eine Weile. Dann sagte er:

„Ich will Ihnen mal glauben. Aber das ganze Durcheinander führt uns nicht weiter, all diese Querverbindungen..."

„Wird sich alles aufklären, wenn sie den Judoka haben. Für mich persönlich ist der die einzige Hoffnung, an den Schmuck meiner Klientin zu kommen. Sie sehen, ich bin noch hilfloser als Sie. Aber wenn dieser Lasserre erst mal im Bau sitzt... Jetzt ist das wenigstens kein Gespenst mehr mit Schnäuzer. Sie haben ihn identifiziert, wissen, mit wem er in Kontakt steht usw."

„Vor allem wird sich dann alles aufklären, wenn das Mädchen wieder vernehmungsfähig ist, diese Suzanne."

„Wie geht es ihr?" erkundigte ich mich.

„Unverändert. Wir dürfen noch nicht zu ihr, und zu allem Überfluß ist ein Anwalt eingeschaltet worden, der ihre Interessen vertreten soll. Ein ganz gerissener."

„Gerissen?"

„Ja! Gerissen, talentiert, hartnäckig. Eine Kämpfernatur."

„Wer denn?"

Maître Chevalier-Legarçon."

„Ach du Scheiße! Madame Ailot geht aufs Ganze."

„Wohl eher Monsieur. Bleibt sich bestimmt gleich."

„Wahrscheinlich."

Hélène sah mich an. Ihr Blick wollte sagen: ‚Sehen Sie, die gehässigen Bemerkungen über seine Nichte hatten nichts zu sagen. Zwischen den beiden muß irgendwas sein.' Ja, irgendwas mußte zwischen Monsieur Ailot und Suzanne sein. Meine Pfeife war ausgegangen. Ich zündete sie wieder an.

„Und was wollte Lozère-Lasserre in der Avenue Henri-Martin?" fragte ich. „Zavatter wird mir sowieso alles erzählen, was er rausgekriegt hat..."

„Hoffentlich hat er mehr rausgekriegt als wir! Wir wissen nämlich nicht, was Lasserre hier in der Gegend wollte. Er und ein Freund wurden von dem Concierge im Hausflur überrascht. Die beiden Gangster haben sich ihn vorgenommen. Sein Arm sah aus wie'n Korkenzieher. Dann sind die beiden abgehaun. Der Concierge erinnert sich aber an den Hitler-Schnäuzer."

„Charlie-Chaplin-Schnäuzer."

„Mein Gott!" stöhnte Hélène auf. „Fangen die schon wieder an!"

„Den Schnäuzer hat er jedenfalls in seiner Anzeige erwähnt", fuhr Faroux fort. „Das fiel mir wieder ein, als wir die Fingerabdrücke von Rosembaums Mördern identifiziert hatten. Einer der entsprechenden Gesichter paßt zu der Beschreibung, die Sie mir von Ihrem nächtlichen Besucher gegeben haben. Und der Concierge hat Lasserre einwandfrei identifiziert..." Faroux tippte mit dem Zeigefinger auf eins der Fotos. „Aber wir wissen weder, was er in dem Haus Nr. 101, noch was er bei Rosembaum wollte."

„Noch was er bei mir im Hotel wollte", ergänzte ich. „Außer meinen Vermutungen – die nicht stimmen müssen – haben wir nichts, was uns weiterhilft. Ist bei Rosembaum irgendwas geklaut worden? Schmuck zum Beispiel? Er war doch Juwelier..."

„Er hatte ein Geschäft in der Avenue Mozart. Seine Angestellten sind meinen Leuten gerade behilflich, das zu klären."

„Im *Crépu* stand, daß er nicht in zwielichtige Geschäfte verwickelt war."

„Richtig."

„Vielleicht hat er's im Verborgenen getrieben."

„Wie meinen Sie das?"

„Er war Schmuckhändler. Und Juwelier. Ich möchte sein Andenken nicht beschmutzen, aber vielleicht war er auch Hehler. Wär nicht der erste, der zu 'ner Gang Kontakt hat. Lasserre ist kein Chorknabe. Und was ist mit den anderen Fingerabdrükken? Haben die Sie weitergebracht?"

Der Kommissar strich sich die Schnurrbarthaare glatt. Dann rieb er sich die Wange, wohl um zu prüfen, ob er sich rasieren mußte. Mußte er, und zwar dringend. Nachdem er das Problem hin- und hergewälzt hatte, sah er mir tief in die Augen und sagte:

„Sehr weit. Bis zu Hitler."

„Hitler? Ach, Sie meinen Lasserre... Zurück zu Lasserre also. Ein Teufelskreis."

„Sehr teuflisch, ja. Der zweite Satz Fingerabdrücke, den wir bei Rosembaum gefunden haben, gehört einem Kerl, der vor kurzem aus dem Knast ausgebrochen ist. Hat 'ne hohe Strafe zu verbüßen, wegen aktiver Kollaboration mit den Deutschen während der Besatzung..."

Faroux machte eine bedeutungsvolle Pause.

„Ein Kerl, der die Juden nicht mag", fügte er dann hinzu.

„Aha! Dann wird der wohl Rosembaum erstochen haben", stellte ich fest.

„Möglich."

Ich seufzte:

„Wenn noch Politik und Rassismus ins Spiel gebracht werden, kann's lange dauern."

„Fürchte ich auch", stimmte Faroux in mein Klagelied ein. „Aber Sie sehen, wie kompliziert dieser sogenannte einfache Fall geworden ist, hm?"

Ich antwortete nicht. Grade war mir eingefallen, an was mich die Avenue Henri-Martin erinnerte. Zum Teil jedenfalls. Der Rest lag im Nebel.

„Sagen Sie, Faroux“, begann ich nachdenklich. „Neulich morgens auf dem Revier in der Rue Bois-le-Vent, erinnern Sie sich? Da haben Sie sich doch über mich lustig gemacht, stimmt’s? ‚Nestor Burma hat ’ne Nase für komplizierte Verwicklungen. Am besten, man weiß über alles Bescheid, was sich so in den letzten Jahren abgespielt hat, sagen wir seit der Revolution. Die von 1789 meine ich.‘ Ein kleiner Scherz, ich weiß. Aber wie alle Ihre Scherze enthielt er ein Körnchen Wahrheit. Hätten Sie sich nämlich tatsächlich für die Französische Revolution und ihre Verbindung zu Passy interessiert, dann wüßten Sie, daß zu der Zeit ein holländischer Finanzier, ein gewisser Kock, hier in Passy gewohnt hat. Ein Freund von Jacques-René Hébert. Wurde zusammen mit Duchesne geköpft, im 6. Germinal...“

Faroux verdrehte die Augen.

„Was soll das Blabla?“

Er hatte recht. Es war Blabla. Aber dadurch wollte ich dem Rest auf die Spur kommen, der noch immer im Nebel lag. Wenn ich rede, gehen meine Gedanken manchmal eigene Wege. Und dann kann es vorkommen, daß Blabla und Gedanken sich miteinander vermischen und zu einem Ergebnis führen. Im Moment sah es noch nicht danach aus. Also quatschte ich weiter:

„Zwei Monate nach Kocks Hinrichtung schenkte sein Schatz hier in Passy einem kleinen Paul das Leben. Der wurde dann – später erst – der berühmte Romancier der Pariser Modistinnen.“

Faroux wurde deutlicher:

„Was soll der Scheiß?“

Inspektor Fabre sagte nichts, dachte sich aber seinen Teil. Hélène kannte mich schon länger und war das gewohnt.

„Revolution. Europäische Kriege“, fuhr ich fort. „Erster Weltkrieg. Besatzung. Rue Adolphe-Yvon. Adolphe wie Adolf Hitler. Und Yvon wie Yvonne, die Widerstandskämpferin, von der Oberst Rémy in seinen Memoiren spricht. Merken Sie, worauf ich hinaus will?“

„Ich ahne es“, sagte Faroux. „Aber Himmeldonnerwetter?

Warum haben Sie denn bei der Französischen Revolution angefangen? Warum nicht mit der Sintflut?"

„Ja, wär auch nicht schlecht gewesen", stimmte ich ihm zu. „Wegen dem Wasser in Masuys Badewanne."

„Ach! Masuy!" rief Inspektor Fabre.

Hélène sah mich an.

„Das war's, woran mich die Avenue Henri-Martin erinnert hat", erklärte ich ihr. „Avenue Henri-Martin 101. Da hatte Masuy seinen Kaufladen. Komischer Laden. Es wurde versucht, Gewissen zu kaufen. Moderner Komfort, ausgefeilte Hydrotherapie. Damit brachte man die Leute zum Sprechen. Ich erzähle Ihnen nichts Neues, Faroux. Stimmt's?"

Wir saßen eine Weile schweigend da.

„Träumen Sie?" fragte Faroux.

„So ungefähr. Ich denke nach."

Inspektor Fabre berührte den Arm seines Vorgesetzten und flüsterte:

„Wir sollten besser abhaun, Chef. Sonst zitiert der uns noch 'n Kapitel aus der Bibel."

„Die Bibel hatten wir schon", sagte ich lächelnd.

Faroux sammelte die Fotos ein.

„Nichts wie weg! Der Mann macht mich noch ganz verrückt..."

Die beiden Flics dampften ab und überließen mir die Rechnung. Die scheinen wohl häufig Ärger zu kriegen mit ihren Spesenabrechnungen...

„Na schön", sagte Hélène. „Französische Revolution, Erster Weltkrieg usw. usw. Welch ein Wissen! Sind Sie zufrieden mit Ihrer Zirkusnummer?"

„Nein. Ich suche immer noch... was, weiß ich selber nicht."

„Den Schmuck."

„Nein, nicht den Schmuck. Den werd ich vielleicht nie zu Gesicht bekommen."

Ich sollte ihn zu Gesicht bekommen. Und zwar sehr bald.

10
Metalle aller Art

Beim Hinausgehen sagte ich zu Hélène:

„Wenn ich wüßte, daß mir beim Essen das Gespenst erscheinen würde, hinter dem ich herrenne..."

„Brauchen Sie einen Vorwand zum Essen?" fragte Hélène lachend.

„Ach was! Es geht einem nur so gut, wie man sich's gehen läßt..."

Ich sah auf die Uhr.

„Außerdem ist es schon wieder Zeit. Gehn wir?"

Wir gingen.

Das Essen, das wir auf einer Terrasse nicht weit vom Bois de Boulogne zu uns nahmen, war köstlich. Der richtige Wein dazu, hinterher ein Kaffee, ein Verdauungsschnäpschen und noch einen und noch einen.

„Und?" fragte Hélène, nachdem sie sich eine Zigarette angezündet hatte. „Ist Ihnen das Gespenst erschienen?"

„Hab noch nicht genug getrunken. Oder zuviel... Ich geh schlafen. Die Nacht wird Rat wissen. Kommen Sie mit, *chérie*?"

„Ich begleite Sie", stellte Hélène klar.

„Besser als nichts."

Vor dem Hotel stieg ich aus, erklärte meiner Sekretärin, wo sie den Dugat abstellen konnte, und trat in die Hotelhalle.

„Ein Monsieur Zavatter hat angerufen, M'sieur", sagte das Zimmermädchen. „Sie können ihn unter dieser Nummer erreichen."

Sie gab mir einen Zettel. Und dann kam auch schon Hélène herein.

„Zavatter", sagte ich erklärend. „Werd ihn von meinem Zimmer aus anrufen. Kommen Sie mit hoch?"

„Ich gehe nach Hause“, sagte sie entschieden.

„Charmante Träume“, brummte ich. „Gute Nacht, *chérie*.“

„Gute Nacht, Chef. Und einen schönen Gruß an Ihren Kater, morgen früh.“

Ich ging in mein Zimmer hinauf und rief Zavatter an. Er berichtete mir über seine Unterhaltung mit dem Concierge in der Avenue Henri-Martin. Aber inzwischen kannte ich das alles schon. Dann erwähnte er den Namen Masuy.

„Ja, Masuy“, sagte ich, „mit seiner Wanne. Kennen Sie die Geschichte?“

„Ist doch allgemein bekannt.“

„Hab das Gefühl, daß wir ein wichtiges Detail übersehen.“

„Ach!“

„Sie gehen gleich morgen früh in die *Bibliothèque Nationale* oder zum *Crépu*, ganz wie Sie wollen. Informieren Sie sich über Masuys Prozeß. Der Kerl ist 1947 hingerichtet worden. Oberst Rémy hat zwei oder drei Bücher über den Fall geschrieben.“

„In Ordnung.“

Ich wünschte ihm eine gute Nacht, und wir legten auf. Dann zündete ich mir eine Pfeife an, setzte mich aufs Bett und dachte nach. Das Telefonläuten schreckte mich auf.

„Hallo.“

„Hallo. Nestor Burma?“

Meine Hand krampfte sich um den Hörer. Das Wunder!

„Ja.“

„Hier Lozère. Roger Lozère.“

„Hab Deine Stimme gleich erkannt.“

„Ach ja? Egal... Wollte Ihnen sagen... Sie hatten recht, neulich. Ich wollte über die Kleine reden. Sie ist unschuldig. Hat niemanden umgebracht. Also...“

Plötzlich änderte sich der Tonfall:

„Ja, Alter. Heiße Tips diesmal, hm? Also... Morgen, wie immer zwischen dem zweiten und dem dritten Rennen, an der Tribüne, neben den Wettschaltern. O.K.“

Er legte auf. Ich auch, später, sehr viel später, wie mir schien. Ich nahm meine Pfeife wieder in den Mund und zog ausgiebig an ihr. Roger Lasserre alias Lozère. Falscher Journalist, aber echter

Einbrecher und Zuhälter. Wohl auch ein ganz Schlauer, in seiner Art. Ob ein großes oder kleines Schwein, würde sich bald rausstellen. Er war zu mir ins Hotel gekommen, um das Terrain zu sondieren, hatte mich mit interessanten Informationen gelockt, mich dann aber ausgetrickst. Und er war auch an dem Mord an dem Juden Rosembaum beteiligt gewesen. Schien ganz schön dick in der Patsche zu sitzen. Und der Privatflic sollte ihm da raushelfen, gegen vertrauliche Informationen über den Mord in der Rue Berton. „Sie ist unschuldig!“ Der Ton ließ keinen Zweifel an der Aussage. Klang völlig aufrichtig. Lasserre hatte es mit ’ner Art gequälter Erleichterung in die Muschel gebrüllt. Schade, daß seine Freunde ins Zimmer getreten waren und er nicht weiterreden konnte. Schade. Aber immerhin hatte er sich mit mir verabredet, vor den Augen und Ohren seiner Komplizen. Mal sehen, ob er zu der Verabredung kommen würde.

Ich nahm die Abendzeitung, die ich vor dem Restaurant gekauft hatte, und schlug die Seite mit den Turfnachrichten auf. Morgen: Rennen in Auteuil. Gut. Ein Pferd im dritten Rennen, *Prix Balagny*, hieß *Die Unschuldige*. Würde ’n paar Francs auf sie setzen. Hoffentlich würde sie gewinnen und Suzanne Glück bringen! Unschuldig! Mir sollte es mehr als recht sein. Aber ich hatte sie doch gesehen, den Revolver in der Hand… Und geschossen hatte sie auch auf mich!

Ich versetzte mich wieder in die Situation zurück. Rue Berton, der Garten, das Zimmer, die Personen… Das kleinste Detail konnte wichtig sein.

Ich klopfte meine Pfeife aus, stopfte sie sofort wieder und zündete sie an. Ich gähnte, reckte und streckte mich.

„Werd mir den Laden noch mal näher ansehen“, sagte ich zum Telefon und schnappte mir meinen Hut.

* * *

Die Rue Berton war immer noch so menschenleer, schmal, schlecht gepflastert, kurz: immer noch so pittoresk. Nur eine Veränderung bemerkte ich: Die beiden Laternen waren repariert worden und erstrahlten im Glanz ihrer neuen Birnen. Im Garten der türkischen Botschaft rauschte der Wind in den Bäumen.

Das Gartentor des Totenhauses war verschlossen. Hatte ich auch nicht anders erwartet. Nach kurzem Zögern bearbeitete ich das Schloß mit meinem Dosenöffner-Pfeifenreiniger. Eine verbogene Haarnadel hätte es aber auch getan.

Ich schloß das Gartentor hinter mir und ging über den Kiesweg zum Häuschen. Wie bei meinem ersten Besuch hier stolperte ich wieder über diese hinterhältige Stufe und hätte mich fast auf die Nase gelegt. Fluchend half ich mir über das Mißgeschick hinweg. Ich warf einen ängstlichen Blick zum Haus. Wenn alles wieder so war wie bei meinem ersten Besuch, würde ich da drin auch wieder 'ne Leiche finden. Das Haus lag wieder dunkel, still und friedlich da. Aber ich werde bezahlt, um mich vom Schein nicht täuschen zu lassen. Ich drehte den Türknopf der Haustür. Die Tür öffnete sich ohne weiteres. Derselbe abgestandene Geruch empfing mich... mit einer Variante: Parfüm. Ich sah nach oben. In der ersten Etage brannte Licht. Ein gelbliches Licht, das sich über die oberen Stufen der Eichentreppe ergoß. Wie bei meinem ersten Besuch holte ich meine Kanone raus und ging hinauf. Langsam diesmal. Ich trat in das bekannte Zimmer mit dem Sofa und... war erleichtert. Keine Leiche auf dem Teppich! Niemand schoß auf mich! Immerhin etwas. Auf Zehenspitzen näherte ich mich dem Vorhang, der die Verbindungstür verdeckte, und schob ihn zur Seite. Die Tür stand weit offen.

Sie stand mit dem Rücken zu mir, über ein Tischchen gebeugt. Sie trug einen beigen Regenmantel, Sportschuhe und Söckchen. Das schwache Licht der staubigen Deckenlampe spielte mit ihrem bläulichen Haar. Ich steckte meinen Revolver wieder ein.

„Entschuldigen Sie", sagte ich und hüstelte.

Sie fuhr hoch, stieß einen Schrei aus und wirbelte herum. Ihr Gesicht war entstellt vor Erregung und Entsetzen. Ich konnte jetzt das Tischchen sehen. Inmitten von Einwickelpapier glänzten zwei Perlenketten, mehrere Ringe und Ohrgehänge.

* * *

„Entschuldigen Sie", wiederholte ich und trat näher.

Sie legte die Hand auf ihre Brust.

„Gott sei Dank! Sie sind's!" sagte sie erleichtert. „Haben Sie mir einen Schrecken eingejagt!"

Ihre Knie zitterten. Ich schob ihr einen Stuhl hin. Sie setzte sich. Ich ließ die Perlenketten durch meine Finger gleiten.

„Sind... Sind Sie mir gefolgt?" fragte Madame Ailot.

„Nein. Wollte nur was überprüfen. Was genau, weiß ich nicht. Heute abend hab ich 'ne Information gekriegt..."

Ich zeigte auf die Steine.

„Hat man sie Ihnen zurückgegeben?"

„Ich... Ich habe Ihren Rat befolgt."

„Meinen Rat?"

„Rat ist nicht das richtige Wort. Eher eine Vermutung. Sie haben gesagt, daß Célestin den Schmuck vielleicht hier versteckt hat."

„Ja, aber geglaubt hab ich's selbst nicht so recht."

„Ich hab nachgedacht, und da ist mir die Standuhr eingefallen. Nicht sofort, nein! Aber dann bin ich sofort hierher gefahren."

„Die Standuhr?"

„Der untere Teil besteht aus zwei Fächern. Eins ist sichtbar, das zweite... na ja, nicht unsichtbar... Sagen wir: geheim. Eigentlich nur ein doppelter Boden. Ich hab mir gedacht, daß Célestin vielleicht davon gewußt hat... Na ja, jedenfalls hab ich meinen Schmuck in diesem Geheimfach gefunden..."

Ich ging zu der Standuhr, deren Pendel schon seit Jahren stillstand. Wie Madame Ailot gesagt hatte, war das Geheimfach nicht besonders geheim. Aber meistens sind die weniger raffinierten Verstecke die besten. Trotzdem bemerkenswert, daß die Flics... Ach was, die Flics hatten ihre Leiche gefunden. Und die Mörderin. Was wollten sie mehr? Schließlich hatten sie gar keinen Schmuck gesucht. Und ich war auch nicht auf die Idee gekommen, in der Uhr nachzusehen...

„Na schön", sagte ich müde. „Dann ist mein Auftrag wohl hiermit erledigt. Ich hoffe, niemand erzählt Ihnen demnächst was über den geschickten Nestor Burma. Hat sich nicht gerade mit Ruhm bekleckert, der dynamische Meisterdedektiv."

Madame Ailot sagte nichts.

„Wir sollten ins Nebenzimmer gehen“, schlug ich vor. „Dort ist das Licht besser.“

„In dieses… dieses furcht… furchtbare Zimmer“, stammelte sie.

„Ach, jetzt ist das ein ganz gewöhnliches Zimmer.“

Ich brachte den Schmuck samt Einwickelpapier in das Zimmer, in dem vor kurzem eine Tragödie stattgefunden hatte. Madame Ailot kam brav hinterher, setzte sich in einen Sessel. Ich legte den Schmuck auf den massiven Tisch und sah mir die Klunker Stück für Stück an.

„Alles da?“ fragte ich.

„Ja.“

„Soll wohl. Bei dem Wert…“

„Wie bitte?“

„Ich bin kein Experte, Madame, aber ich glaube, ich täusche mich nicht. Der Schmuck hier ist täuschend unecht.“

Sie sah mich wortlos an. Ihre Augen füllten sich mit Tränen. Mit größter Anstrengung kreischte sie:

„Ihr Auftrag ist erledigt. Das haben Sie selbst gesagt. Sie… Das geht Sie jetzt nichts mehr an.“

„O.k.“, sagte ich leise. „Aber meine Aufträge sind erst dann richtig erledigt, wenn nichts mehr im Dunkeln liegt. Sonst geistern noch Hintergedanken im Hinterkopf des Privatflics herum… Sie müssen mir alles erzählen, Madame. Wußten Sie, daß der Schmuck nicht echt ist?“

„Ja.“

„Seit wann?“

„Seit ich den echten verkauft und ihn durch unechten ersetzt habe…“

Sie knetete ihre Finger.

„Sie können sich nicht vorstellen, wie ich lebe. Mein Mann ist eine Bestie, ein Ungeheuer. Er gibt mir keinen Sou… keinen Sou… Und als Célestin unser… äh…“

„… intimes Verhältnis…“, half ich ihr auf die Sprünge.

Sie senkte den Blick.

„… ausgenutzt hatte, um meinen Schmuck zu stehlen, war mein einziger Wunsch, den Schmuck so schnell wie möglich zurückzukriegen, bevor mein Mann wieder nach Paris kam. Anzeige erstatten konnte ich nicht. Wenn die Polizei den Schmuck wiederbesorgt hätte, hätte sie ihn genau geprüft. Alles wäre rausgekommen und... Ich wollte meinem Mann keinen weiteren Anlaß geben... Deswegen hab ich Sie angerufen, Monsieur Burma."

„Ja, verstehe", sagte ich nickend. „Aber jetzt weiß er, daß der Schmuck gestohlen wurde."

„Ja. Aber es scheint ihm egal zu sein."

„Den Eindruck hatte ich auch."

Ein schwaches Lächeln huschte über ihre rotgemalten Lippen.

„Ich hab ihn wohl falsch eingeschätzt. Die Nachricht von dem Diebstahl hat ihn nicht sonderlich beeindruckt."

„Hm... Vielleicht kommt es ihm nicht ungelegen, daß Ihr Chauffeur den Schmuck geklaut hat. Aber daß *Sie* die Duplikate haben anfertigen lassen..."

„Mein Gott!" rief sie. „Sie werden... Sie werden es ihm doch wohl nicht sagen?"

„Beruhigen Sie sich!"

Ich hatte keine Lust, vor meiner Klientin zu stehen. Wir befanden uns nicht in einem Salon mit Kronleuchtern, Samt und Seide, sondern in einem düsteren Zimmer in einem düsteren Haus mit wackligen Möbeln, wo vor kurzem jemand ermordet worden war. Ich zog einen der Sessel mit Schutzhülle heran und setzte mich.

„Und wenn er's von selbst merkt?" fragte ich Madame Ailot.

„Oh, er ist nicht neugierig. Der Schmuck wandert wieder in den Tresor... Ich trage ihn praktisch nie... und dort wird er bleiben..."

‚Bis sich der nächste Chauffeur darüber hermacht', ergänzte ich in Gedanken. Laut fragte ich:

„Wer wußte sonst noch von der... der miserablen Qualität des Schmucks?"

„Niemand. Weder Célestin noch mein Sohn noch Suz... noch Suzanne. Man protzt ja nicht mit unechtem Schmuck."

„Natürlich nicht. Niemand wußte also davon?"

„Niemand."

„Außer dem, der die Duplikate angefertigt hat."

„Äh... ja, natürlich."

„Name?"

Sie muckte auf.

„Das geht Sie nichts an. Ihr Auftrag ist erledigt. Sie arbeiten nicht mehr für mich."

Ich schüttelte den Kopf und spielte zerstreut mit einem Riß in der Schutzhülle meines Sessels.

„Eben", sagte ich.

„Das heißt also, Sie arbeiten *gegen* mich?"

„Aber nein! Nur werd ich einen Hintergedanken nicht los."

„Mein Mann hatte *einmal* recht! Warum mußte ich auch einen Privatdetektiv engagieren? Sie wissen sehr wohl, wer die Imitationen hergestellt hat. Ich ahne es!"

„Nein, Madame. Würde mich freuen, wenn Sie's mir verrieten."

„Rosembaum", zischte sie. „Raymond Rosembaum. Und, werden Sie mich jetzt anzeigen, wegen Mordes?"

„Immer mit der Ruhe! Der Gedanke, Sie hätten Rosembaum getötet, würde mir nicht im Traum kommen! Nur wenn Sie mir seinen Namen verschwiegen hätten, könnte ich gewisse Zweifel..."

Wir schwiegen eine Weile. Dann stand Madame Ailot auf.

„Ich muß jetzt gehen", sagte sie.

Ich stand ebenfalls auf.

„Tut mir leid, daß ich Ihnen so wenig helfen konnte", bedauerte ich.

„Letzten Endes haben Sie mir doch noch zu meinem Schmuck verholfen", sagte sie lachend. „Wenn Sie nicht die Vermutung geäußert hätten, daß Célestin ihn vielleicht hier versteckt haben könnte, wäre ich nie auf die Idee gekommen..."

„Ja, natürlich. Wie geht es übrigens Suzanne?" fragte ich.

„Ich wollte zu ihr. Sie wird aber unter Verschluß gehalten. Sehr krank, hat man mir gesagt. Ich würde lieber nicht darüber reden", seufzte sie.

„Hab gehört, Sie haben einen hervorragenden Rechtsanwalt für sie engagiert."

„Nein, mein Mann. Ich... Vielleicht ist er ja doch kein schlechter Mensch."

„Niemand ist ganz schlecht oder ganz gut. Zum Beispiel hat mich eben ein ritterlicher Gauner angerufen."

„Ein ritterlicher Gauner?"

„Ja, so was gibt's. Werd ihn morgen treffen, auf der Rennbahn von Auteuil. Er hat mir gesagt, daß Suzanne unschuldig ist. Morgen will er mir Einzelheiten verraten."

„Unschuldig? Wie sollte denn ein Gauner... falls das ein Gauner ist..."

„Das ist einer. Vielleicht versucht er auch nur 'n Trick. In meinem Beruf macht man sich immer Feinde."

„Werden Sie hingehen?"

„Ja, natürlich."

„War das die Information, von der Sie eben sprachen?"

„Ja."

„Und deswegen sind Sie hier."

„Ja. Wollte mir noch mal den Tatort ansehen und mir die schreckliche Szene in Erinnerung rufen..."

„Ich bitte Sie."

„'tschuldigung."

„Ich gehe jetzt", sagte sie. „Wollen Sie noch hierbleiben, für Ihre... äh... Ihre Ermittlungen?"

„Nein. Hab alles gesehen. Und morgen seh ich weiter."

Madame Ailot löschte überall das Licht. Dann holte sie eine Taschenlampe hervor, und wir gingen im Schein der Lampe die Treppe hinunter.

„Wie sind Sie eigentlich ins Haus gekommen?" fragte sie, als sie bemerkte, daß das Gartentor nicht abgeschlossen war.

„Hab das Schloß ein wenig bearbeitet."

Sie sagte nichts, ging nach links zur Rue d'Ankara. Der Sportwagen stand am Anfang der Avenue Marcel-Proust.

„Kann ich Sie irgendwo absetzen, Monsieur Burma?"

„Am Quai de Passy, wenn das auf Ihrem Weg liegt."

Es lag auf ihrem Weg. Ich setzte mich auf den Beifahrersitz.

Madame Ailot war gespannt wie ’ne Violinsaite. Im Radumdrehen waren wir am Quai de Passy. Das Bistro an der Ecke Rue d’Ankara und Avenue de Lamballe – *Der Bär Martin*, wie es seltsamerweise hieß – konnte sich über fehlende Gäste nicht beklagen. Die hellerleuchtete Terrasse war voll von Frühlingsbesessenen. Ich stieg aus und wünschte meiner ehemaligen Klientin noch einen schönen Abend. Der Tallemet verschwand im Verkehrsgewühl.

Ich ging wieder in die Rue Berton zurück. Wieder vergewaltigte ich das Türschloß. Aber diesmal achtete ich auf die Stufe im Garten! Im Schein von mehreren Streichhölzern ging ich hinauf in das Leichenzimmer. Dort knipste ich das Deckenlicht an und stürzte zu dem Sessel, auf dem ich eben gesessen hatte. Er stand immer noch am selben Platz. Niemand hatte ihn in der Zwischenzeit geklaut. Ich steckte meinen Finger durch den Riß der Schutzhülle, bis zu der Stelle, wo ich einen harten Gegenstand gespürt hatte. Auch er war noch da. Es war also keine Täuschung!

Eine Revolverkugel! Ein Kaliber, das auch gut und gerne Suzannes Revolver hätte ausspucken können. Eine Kugel für Bénech. Eine Kugel für mich. Eine Kugel für…

Tja, ich hatte aber nur zwei Schüsse gehört!

Ich steckte die Kugel ein, ging ins Hotel zurück und legte mich sofort ins Bett. Ich schlief sehr schlecht.

11
Die Stimme der Vergangenheit

Zwischen der Metrostation und der Pferderennbahn von Auteuil versuchte das stehende Heer der Alleswisser ihren Salat an den Mann zu bringen. Einer wedelte mit einem dreckigen Briefumschlag in der Luft herum. Hut im Nacken, schlecht rasiert, rostige Stimme:

„Hier drin, der Gewinner ist hier drin, alle Millionäre nichts als Gewinner, hundert Francs für den Umschlag mit dem Gewinner!"

Offensichtlich wollten nur sehr wenig Leute Millionäre werden, mit einem Einsatz von hundert Francs. Ihnen war die noble Unsicherheit des Pferdesports lieber. Gleichgültig gingen sie an dem Zauberumschlag vorbei zu den Drehkreuzen, die ins Innere der Rennbahn führten.

„Kaufen Sie den *Turf*", grölte ein Verkäufer. „Der *Turf*, letzte Ausgabe. Die letzten Tips, direkt von der Trainingsbahn!"

„*Paris-Sports*", pries ein anderer an. „Tips aus erster Hand. *Paris-Sports*. Heute mit den *Buchmacher-Tips* des geheimnisvollen M'sieur Séguin, König der Experten."

„Der *Turf!* Letzte Ausgabe!"

„Hier drin, der Gewinner, alles Millionäre!"

„*Paris-Sports!*"

„*Auteuil-Longchamp!*"

Die Menge strömte zur Rennbahn von La Butte Mortemart. Sie stiegen aus Bussen, Taxis, Reisebussen. Ich kaufte den *Paris-Sports*. Der Verkäufer stank nach Wein. Ich dachte, Doping wär verboten!

„Hat die *Unschuldige* 'ne Chance?" fragte ich ihn.

„Wie meine Schwester", sagte der geheimnisvolle Augure.

„Kenn ich nicht, Ihre Schwester."

„Zum Glück für Sie."
„Und was ist nun mit der *Unschuldigen*?" fragte ich nochmal.
„'ne lahme Kuh..."
Sein Rotweinatem wehte mich beinahe um.
„... *Paris-Sports*. Heute mit den *Buchmacher-Tips*..."
Er zwinkerte mir zu. „Im dritten gibt's 'ne Überraschung, sag ich Ihnen. Sagt M'sieur Séguin auch. 'ne Mordsüberraschung... *Paris-Sports!*..."
Ich kaufte mir eine Tribünenkarte. Auf der anderen Seite des grünen Rasens erhoben sich die Tribünen gegen den wolkenlosen Himmel. Darüber flatterten die Fahnen im Wind. Auf den Rängen wimmelte es schon von Zuschauern. Ich überquerte den grünen Rasen. Von Gras allerdings keine Spur: nur Asphalt und Kies. Durch einen Tunnel erreichte ich meine Tribüne. Ich ging eine Weile auf dem Rasen – wirklichen Rasen! – auf und ab, der die Zuschauer von der Rennbahn trennt. Wenn Lassere schon da war, konnte er mich sehen. Mein Fernglas wollte ich nicht in Aktion treten lassen, um die Zuschauerreihen zu durchkämmen. Auch 'ne Menge Frauen saß da. Zeigten ungeniert ihre Beine (und noch einiges mehr). Mit dem Fernglas in der Hand hätte man mich noch für einen Voyeur halten können. Nach 'ner Weile stellte ich mich in die Schlange vor einem Wettschalter. Ich setzte zweihundert Francs auf Ubu V. Dann ging ich über die breite Steintreppe zu meinem Platz. Von abgebrannten Streichhölzern und Zigarettenkippen abgesehen, waren die Stufen sauber. Nach dem Rennen würden sie übersät sein mit den Wettabschnitten der Leute, die verloren hatten. Auf den Zuschauerrängen herrschte munteres Treiben. In einer Art Geheimsprache wurden die letzten Tips ausgetauscht. Und das alles nur, um hinterher ein paar Francs zu kassieren oder seinen Zettel wütend auf den Boden zu pfeffern! Überschwenglich wurden Loblieder auf bestimmte Pferde oder Ställe gesungen. Schweigend brüteten noch einige über ihren Zetteln, Bleistift in der Hand. Die letzten Kreuzchen wurden gemacht.
Und dann verkündete eine Stimme aus dem Lautsprecher: „Die Jockeys sitzen auf!" Sofort verstummten die Unterhaltungen. „Die Pferde gehen an den Start."

Alle Köpfe drehten sich zu dem Weg zwischen Wiegeplatz und Rennbahn. Im Gänsemarsch trippelten die Konkurrenten zum Start, von krummbeinigen Stallburschen an den Zügeln geführt, auf dem Rücken die kleinen Männchen mit ihren bunten Trikots. Wirklich hübsch, der Aufmarsch. Alle – Stallburschen, Jockeys und Pferde – schienen stolz zu sein, im Mittelpunkt von Tausenden von Zuschauern zu stehen. Jedes Pferd wurde mit erregtem Gemurmel begrüßt. Namen und Zahlen wurden gerufen. Ein Gaul tänzelte aus der Reihe. Mein Nachbar brummte sich was in den Bart. Die kleine Sondereinlage schien ihm nicht zu gefallen. Ich sagte nichts. Das Pferd trug die Nummer 5 und damit meine Hoffnungen.

Die Startboxen befanden sich direkt vor unserer Tribüne.

„Die Pferde nehmen ihre Startplätze ein", röhrte es aus dem Lautsprecher.

Das *starting-gate* hob sich abrupt, und ab ging's! Die Pferde stürmten los. Die Zuschauer gerieten ebenfalls in Bewegung. Gebrüll erfüllte die Luft. Ein Pferd wußte offensichtlich nicht, was man von ihm erwartete. Schon nach wenigen Metern wurde es hoffnungslos abgehängt. Die Anfeuerungsrufe der Zuschauer, die auf den lahmen Klepper gesetzt hatten, nützten nichts. Der Anschluß ans Feld war verpaßt.

„Sehen Sie sich diesen Versager an", ereiferte sich mein Nachbar. „Diesen Traumtänzer!..." Er benutzte seine Hände als Schalltrichter. „Los, beweg deine Hufe, du lahme Kuh!"

Adieu, Pferdchen, Kuh oder Kalb! Adieu Gewinn! Der Traumtänzer im Schneckentempo war die Nummer 5. Na ja, für zweihundert Francs würde ich mich schon nicht aufregen. Das Rennen ging weiter. Auf der Bahn wurde gerannt, auf den Rängen geschrien, daß es nur so 'ne Freude war. Vor mir stand eine Blondine auf der Sitzbank. Gestikulierte und trampelte wie 'ne Verrückte.

„Los, Amfortas!" schrie sie. „Renn, Liebling, renn! Ich geb dir 'n Kuß, hinterher. Amfortas!"

Amfortas nahm die Beine in die Hand und machte das Rennen. Die Verrückte beruhigte sich, viele waren enttäuscht. Die Blonde drehte sich zu mir um, packte mich an den Revers. Eine junge hübsche Blondine mit strahlenden Augen.

„Was hab ich Ihnen gesagt?“ brüllte sie mich an. Sie hatte mir nie irgend etwas gesagt. Aber das machte nichts. Auf Rennplätzen herrscht immer eine eigenartige Vertrautheit. „Amfortas! Schreibt es an die Tafel!“ Sie zeigte auf die Anzeigetafel. „Fünfzig zu eins hat er gemacht, mein kleiner Liebling…“ Damit meinte sie wohl das Pferd. „Fünfzig zu eins. Hab ’n Tausender drauf gesetzt. Sie auch, M’sieur?“

„Ich habe auf Ubu V. gesetzt“, sagte ich.

„Was? Sie müssen wohl zum Arzt, M’sieur! Ubu V.!“

So plauderten wir noch ’n Weilchen. Die Kleine war herzerfrischend. Und ich konnte was Herzerfrischendes gebrauchen. Sie gab mir noch einen heißen Tip fürs zweite Rennen. Ich ging nach unten, um fünfhundert Francs auf Sieg zu setzen. Die Wettschalter wurden umlagert. Alles plapperte durcheinander. Amfortas’ Sieg wurde ausgiebig diskutiert. So was verkürzt die Wartezeit. Der Angestellte hinter dem Schalter von *Steeple-Chase* war lange nicht so schnell wie Amfortas. Die Wettlustigen wurden ungeduldig. Und sie wurden noch ungeduldiger, als die Lautsprecherstimme verkündete: „Die Pferde begeben sich in die Sättel.“ Allgemeines Gelächter. Der Mann hinterm Schalter legte einen höheren Gang ein. Vor mir standen noch zwei, als ich hörte: „Die Pferde gehen an den Start!“ Ich wurde gerade noch bedient. „Der Start ist erfolgt!“ Sofort erhob sich das übliche Gebrüll.

Ich eilte zu meinem Platz zurück. So ein Rennen dauert nicht ewig. Wollte doch wenigstens sehen, wie sich mein Favorit schlug. Vor mir sprang noch jemand in letzter Minute die Treppe hinauf. Die Zuschauer brüllten immer lauter. Anscheinend tat sich auf der Rennbahn was Sensationelles. Ich wurde von jemandem überholt. Seine langen Beine schienen aus Gummi. Er verschwand hinter dem nächsten Treppenabsatz.

Die drei Schüsse wurden von dem Geschrei der wildgewordenen Menge übertönt. Nur drei Leute hörten sie: der Kerl, der sie abgab, der, der sie sich fing, und ich. Ich rannte noch einen Schritt schneller. Ein paar Stufen über mir sah ich einen Körper liegen, Kopf nach unten, im eigenen Blut gebadet. Obwohl der Schnäuzer in seinem schmerzverzerrten Gesicht fehlte, erkannte ich ihn sofort. *Vor dem Revolver sind alle Menschen gleich*. Seine Judokünste hatten ihm heute nichts genützt. Für unsere Unterhaltung sah ich schwarz.

* * *

Es war vielleicht nicht grade die richtige Tageszeit für einen Aperitif, aber ich gönnte mir einen im Bistro an der Place du Trocadéro, Ecke Avenue d'Eylau. Mein Blick hatte die Wahl zwischen dem Eiffelturm, der sich wie ein Dolch in den Himmel bohrte, dem Monument zu Ehren der Französischen Armee an der Friedhofsmauer von Passy – ein Monument, das der Moral unserer Nation meiner Meinung nach sehr geschadet hat – und dem Totempfahl, den Kurt Seligman aus Kolumbien mitgebracht hat und der jetzt am Eingang des Musée de l'Homme Wache hält. (Der Totempfahl natürlich.) Mein Blick hatte also die Wahl, aber er schweifte immer wieder ab. Weit, weit weg. Zu Lasserres Leiche, dem ritterlichen Gauner, dem man so gründlich das Maul gestopft hatte. Lasserre selbst war noch viel weiter weg.

Ich hatte kaum Zeit gehabt, sein Gesicht zu erkennen, als das zweite Rennen auch schon beendet war und die Menge auf die Treppe stürmte. In der allgemeinen Verwirrung konnte ich mich aus dem Staub machen. Hier im Café du Trocadéro kannte mich niemand. Ich konnte in Ruhe über die Ereignisse nachdenken. Zwischendurch hatte ich noch Hélène angerufen und sie hierherbestellt, zusammen mit Zavatter.

Die beiden kreuzten gegen sieben auf. Die letzten Ausgaben der Abendzeitungen berichteten über das „Drama auf der Rennbahn". Ich gab meinen Mitarbeitern die zusätzlichen Informationen.

„Seine Komplizen sind also nicht auf seine Schauspielerei reingefallen, als er sich mit Ihnen verabredet hat", sagte Hélène.

„Sieht ganz so aus", stimmte ich ihr zu. „Aber trotzdem... Mir ist gar nicht wohl bei dem Gedanken, daß ich Madame Ailot von der Verabredung auf der Rennbahn erzählt habe... von dem Mann, der mir Suzannes Unschuld beweisen wollte."

„Madame Aliot!" rief meine Sekretärin.

„Ich weiß, das ist idiotisch. Hab nicht mal seinen Namen genannt. Ganz offensichtlich haben ihn seine Komplizen zum Schweigen gebracht. Aber trotzdem…“

„Eine seltsame Heilige, Ihre Klientin“, meldete sich Zavatter.

„Sie ist nicht mehr meine Klientin. Eine seltsame Heilige, sagten Sie? Wissen Sie Näheres? Sie sollten doch den Fall Masuy untersuchen. Hat sie was damit zu tun?“

„Mehr oder weniger.“

„Was denn nun? Mehr oder weniger? Erzählen Sie schon!“

Mein Mitarbeiter warf einen mißtrauischen Rundblick um sich.

„Gehen wir in den Jardin du Trocadéro“, sagte er dann. „Um diese Zeit ist bestimmt kein Mensch da.“

Es war wirklich kein Mensch da. Nicht mal 'ne Katze streunte über die verschlungenen Wege. Nur das Kinderkarussell drehte sich noch. Wohl zum Vergnügen des Karussellstoppers, denn von Fahrgästen war weit und breit nichts zu sehen. Durch die abendliche Stille tönte die Kirmesorgel. Wir setzten uns auf eine Bank vor das geschlossene Aquarium.

„Ich habe die Prozeßprotokolle gelesen. Und ein Buch von Oberst Rémy über die Bande aus der Avenue Henri-Martin. Und heute morgen hab ich das hier gelesen.“

Er reichte mir eine literarisch-politisch-satirische Wochenzeitung. Ein Artikel war blau angestrichen. Ich las:

VERBRECHEN ZAHLEN SICH NICHT AUS. – *In dieser Woche hat eine blutige Nachricht das Viertel La Muette erschüttert. Ein junges Mädchen aus gutem Hause hat – offenbar unter mysteriösen Umständen – den Chauffeur der Familie umgebracht. Wie wir erfahren haben, ist die Tante des Mädchens keine andere als eine gewisse Madame A. (Name der Redaktion bekannt). Diese Madame A. hat nach der Befreiung 1945 nur deshalb keine Schwierigkeiten bekommen, weil sie Maulin, ihren Liebhaber, Gehilfe von Masuy, wie ein Stück Vieh verraten hat. Liegt ein Fluch über ihr? Werden wir tatsächlich von unseren Taten eingeholt? Ziehen schwere Verbrechen immer noch schwerere nach sich?*

„Ziemlich bissig, aber interessant", sagte ich. „Wenn das überhaupt stimmt."

„Es stimmt", bestätigte Zavatter. „Hab's vorher in den Prozeßprotokollen gelesen. Bei der Verhandlung hat Maulins Anwalt mehr oder weniger Klartext geredet. Seinem Mandanten hat das allerdings nichts genützt. Der wurde am 1. Oktober 1947 in Montrouge hingerichtet, zusammen mit Masuy und zwei weiteren Kollegen. Vor dem Erschießungskommando haben sie die üblichen Sprüche losgelassen. ‚Frankreich wird wieder schön!', hat ein Optimist gebrüllt. Darauf Masuy: ‚Ein schönes Frankreich!' Maulin hat beteuert: ‚Ich vergebe allen, die mir vergeben haben!' (Oder ‚gegeben', die Zeitungen sind sich da nicht so ganz einig). ‚Schießt aufs Herz, Jungs, und zielt gut. Mein Herz ist viel wert!' Ein kleiner Witzbold."

„Was ist denn so witzig daran?" fragte ich.

„Ja, wirklich", wunderte sich auch Hélène.

„Sein Herz war überhaupt nichts wert", erklärte Zavatter. „Er war herzkrank."

„Herzkrank? Bei dem Beruf? Ein Meister des doppelten Spiels, was?"

„Ich erzähle Ihnen nur, was ich in den Zeitungen von damals gelesen habe. Und da stand, er sei herzkrank gewesen und seine Erklärung habe nichts zu sagen gehabt. In der Erregung habe er wohl dummes Zeug gequatscht."

„Hm...", brummte ich. „Mir fehlt immer noch das Mosaiksteinchen, das ich die ganze Zeit suche."

„Vielleicht hab ich's ja gefunden", fuhr Zavatter fort und holte seine Notizen raus. „Ein langer Text von Oberst Rémy über Masuy. Also, er schreibt: ‚In Fresnes aß Masuy mit ausgezeichnetem Appetit... Er lächelte, wie seine Wärter berichteten. Schien auf etwas zu warten. Worauf? Sein Bericht... – er hatte einen Bericht verfaßt –... spielte auf die Möglichkeit an, einen Schatz zurückzubekommen, Louisdors, Devisen, internationale Aktien, Edelsteine; insgesamt ein Wert von eineinhalb Milliarden Francs...' Französische Francs von 1947!"

„Großer Gott!" rief ich. Bald wär mir die Pfeife aus dem

Mund gefallen. „Das ist das letzte Steinchen im Mosaik! Der Schatz der *Abwehr*!"

„Immer langsam!" sagte Zavatter. „Wenn Sie sich die Schätze an Land ziehen und mich damit bezahlen wollen, bin ich reif für die Volksküche. Hören Sie erst mal weiter: ‚Mehrere Anzeichen sprechen dafür, daß einflußreiche Kreise daran interessiert waren, Masuy so schnell wie möglich für immer verstummen zu lassen. Bleibt noch zu sagen, daß Masuys Andeutungen über den zu hebenden Schatz auf fruchtbaren Boden gefallen sind...' Geier gibt es überall, zu jeder Zeit. Ich kenne mehr als einen, der heute als reicher Mann in Paris lebt..."

„Ja", sagte ich. „Masuy ist mir übrigens etwas egal. Ruhe in Frieden, wie Faroux sagte. Aber dieses letzte dunkle Eckchen hat mich die ganze Zeit gequält. Jetzt ist mein Kopf frei. Ich kann mich voll und ganz auf die Kleine konzentrieren, auf Suzanne. Sie ist nämlich tatsächlich unschuldig. Lasserre war ehrlich, jedenfalls in diesem Punkt. Und darum haben ihn seine Freunde abgeknallt. Aber, verdammt! Noch bin ich nicht überm Berg!"

Wir standen auf. Der Mensch ließ noch immer sein Karussell samt Orgel drehen. Die weißen Hasen und Schwäne schienen von den asthmatischen Tönen ganz verzückt.

„Seltsam, die letzten Worte von diesem Maulin", sagte ich nachdenklich. „In solch feierlichen Augenblicken läßt man im allgemeinen keine lockeren Sprüche ab. Wenn das nun... ein Zeichen war? Eine Warnung? Eine Botschaft?"

„Hm...", machte Zavatter.

„‚Ich vergebe denen, die mir gegeben haben'... ‚Mein Herz ist viel wert'... ‚Meins nicht, denn ich bin herzkrank'... Ein Herz, das viel wert ist? Zum Beispiel eine herzförmige Brosche? Warum eigentlich nicht? Ein Herz, das man wie ein Medaillon öffnen kann... Ein Herz, das ein Dokument enthalten könnte..."

* * *

Die nächsten Stunden bestritt ich alleine. Ich meine, ohne Hélène und Zavatter. Denn alleine war ich nicht... In meinem

Kopf wälzten sich Gedanken und Personen in einem unentwirrbaren Knäuel. Um zehn Uhr beschloß ich, Madame Ailot ein paar Fragen zu stellen. In der Rue du Ranelagh wurde ich höchst unfreundlich empfangen. Beerdigungsgesichter schienen hier an der Tagesordnung. Jérôme, der Butler, wollte mich gerade abwimmeln, als Monsieur Ailot aus einem Zimmer geschossen kam wie der Teufel aus der Hölle. Wenn Blicke töten könnten…

„Haun Sie ab!“ schnauzte er.

Ich haute ab. Meine Theorie war noch nicht wasserdicht. Außerdem wollte ich sie nicht vor Monsieur Ailot ausbreiten. Ich ließ mich wie ein Schwein rausschmeißen. Mittelloser Privatdetektiv, ungehobelt und ohne Vorurteile! Mal sehen, wer das größere Schwein war! Scheiße, wenn das so gelaufen war, wie ich's mir im Moment vorstellte…! Passy! Passy! Hier gab's noch Schätze zu heben…

Ohne genau zu wissen wie, stand ich wieder vor dem Häuschen in der Rue Berton. Wie üblich lag ländlicher Friede über dem Viertel. Friede! Wirklich zum Totlachen. Eher tödliche Stille! Das Lachen konnte einem im Halse steckenbleiben. Nach alter Gewohnheit drang ich ins Haus ein. Heute nacht brannte kein Licht, auch nicht in der ersten Etage. Immerhin 'ne Abwechslung. Tastend ging ich nach oben. Dort knipste ich die Deckenlampe an. Dann ging ich ins Nebenzimmer – das mit der riesigen Standuhr – und schaltete hier ebenfalls das Licht ein. Hinten im Zimmer gab es eine Tür, die bisher noch nicht meine Neugier erregt hatte. Jetzt öffnete ich sie. Wahrscheinlich gelangte man hier über eine Treppe ins Erdgeschoß oder in den Garten. Nein, es war nur ein Wandschrank. Ich entschuldigte mich höflich bei den Spinnen und schloß die Schranktür wieder. Als nächstes inspizierte ich das Badezimmer. Ein ganz normales Zimmer, nur etwas kleiner; aber dafür war das Fenster etwas größer als normale Badezimmerfenster. Ich lehnte mich hinaus. Einen Sprung in den Garten konnte ein sportlicher junger Mann ohne Schaden überstehen. Ich ging zurück an den Tatort. Dort betätigte ich mich als Teppichverleger… oder Brückenbauer (Ich glaube, diese langen, schmalen Teppiche nennt man Brükken). Bénech hatte diese Brücke bei seinem Sturz verschoben.

Auf das äußerste Ende der Brücke stellte ich zwei Stühle übereinander. Mich selbst stellte ich vor die Verbindungstür, neben den Vorhang, bückte mich und zog den Teppich zu mir ran. Er schlug Wellen wie ein Meer in einem Vorstadttheater. Die Stühle purzelten ineinander. Natürlich. Ich sauste ins Nebenzimmer, als wär der Teufel hinter mir her (oder Monsieur Ailot!). Meine Kreppsohlen gaben keinen Ton von sich. Ich lief ins Badezimmer und sprang durchs Fenster in den Garten. Kein Problem. Ich rannte ums Haus, stand wieder vor der Eingangstür und ging hinauf in das Versuchszimmer.

„Bleiben Sie, wo Sie sind, und Pfoten hoch!“ sagte jemand.

Grün im schmerzverzerrten Gesicht, haßerfüllt und bösartig, einen großkalibrigen Revolver auf meine edlen Teile gerichtet, stand André Ailot vor mir.

12
Das letzte Wort

Ich hob die Arme und sagte:

„Damit kommst du nicht weit! Oder zu weit, um wieder zurückzukommen...“

„Sie ist tot!“ brüllte der junge Mann. „Sie hat sich aufgehängt, an einem Baum im Bois. Das ist Ihre Schuld! Deshalb werd ich Sie töten.“

„Schieß doch! So wie du auf Bénech geschossen hast. Dann kommst du nicht aus der Übung.“

Er schoß. Ich ging auf Tauchstation. Die Kugel pfiff über meinen Kopf hinweg. Ein schlechter Schütze. Bei dem Todesschuß auf Bénech hatte er mehr Glück gehabt. Überhaupt hatte die Familie Ailot immer viel Glück gehabt. Aber jetzt wendete sich das Blatt. Weitere Schüsse fielen. Im Zimmer stank es wieder noch Kordit. Als ich mich gerade aufrichten wollte, sprang jemand über mich hinweg und schickte mich wieder auf den Teppich. Ein zweiter Gast kam die Treppe hochgerannt und sprang ebenfalls über mich hinweg. Wie beim Springreiten. Und ich als Wassergraben. Ich hob vorsichtig den Kopf. André Ailot wurde gerade entwaffnet und zur Untätigkeit verdammt. Einer der Neuankömmlinge hielt ihn fest. Vor mir baute sich Inspektor Fabre auf.

„Na? Ein ganz einfacher Fall, was?“ sagte er grinsend.

„Wenn ich mir schon Faroux' Sprüche anhören muß, will ich lieber gleich mit ihm reden. Rufen Sie ihn an, und sagen Sie ihm, er soll kommen. Werd ihm alles erklären.“

„Der da wird uns alles erklären“, sagte Fabre und zeigte mit dem Daumen auf den Jungen. „Er ist schließlich kein kleines Mädchen wie Suzanne.“

„Aber auch 'n armes Schwein. Los, rufen Sie Faroux an.“

„Na schön. Ruf den Chef an", sagte Fabre zu seinem Kollegen.

Während wir auf den Kommissar warteten, erfuhr ich, warum die beiden Flics vom Himmel gefallen waren. Die Polizei hatte Wind bekommen von Andrés dubiosem Umgang. Nicht nur mit Nutten hatte er's, sondern vor allem mit Zuhältern. Für alle Fälle wurde der junge Ailot überwacht, rund um die Uhr. Die Flics hatten mich aus dem Haus in der Rue du Ranelagh herauskommen sehen… und André, der mir gefolgt war. Fabre und sein Kollege waren nun ihrerseits uns gefolgt. 'ne richtige Prozession zur Rue Berton! Als die Flics dann die Schüsse gehört hatten, waren sie ins Haus gestürmt. Ich erfuhr weiter, daß meine bis dahin so tapfere Ex-Klientin den Kopf verloren und sich im Bois aufgehängt hatte (in dieser Reihenfolge!). Deswegen also die Beerdigungsgesichter in der Rue du Ranelagh und der unfreundliche Empfang von André Ailot.

Dann kam Florimond Faroux. Ich flehte ihn an, nicht von einem „einfachen Fall" zu sprechen. Einfacher war's zwar jetzt auch noch nicht, aber ich war bereit, einige Schwierigkeiten aus dem Weg zu räumen.

„Das muß noch alles überprüft werden", begann ich, „aber meiner Meinung nach haben sich die Dinge folgendermaßen abgespielt: Madame Ailot war die Geliebte von Maulin. 1945 zieht sie sich geschickt aus der Affäre. Sie verpfeift ihren Geliebten. Der jedoch verzeiht ihr und gibt ihr in den letzten Minuten vor seinem Tod zu verstehen, daß sie sich die herzförmige Brosche näher ansehen soll. Das Herz enthielt wahrscheinlich ein Dokument, das zu einem der Schätze der *Abwehr* führte. Aber Madame Ailot versteht die geheimnisvollen Worte nicht, die Maulin vor dem Erschießungskommando spricht. Später braucht sie Geld. Ihr Mann nämlich hält sie auf Sparflamme. Er haßt sie von ganzem Herzen, läßt sich aber nicht scheiden, weil er sich an ihr rächen will. Also, sie braucht Geld, beauftragt den Spezialisten Rosembaum damit, Kopien von ihrem Schmuck anzufertigen. Bis dahin geht alles gut. Dann gerät ihr Sohn – den sie vergöttert – an die Mädchen vom Autostrich. Auch nicht schlimm. Schlimmer ist schon, daß einer der Verbrecher der Avenue Henri-Martin aus dem Knast ausbricht. Der weiß so ungefähr Bescheid über die Sache mit den Schätzen der *Abwehr*. Vielleicht weiß er sogar, wo die Schätze liegen. Sei es aus Zufall, sei es, weil er schon einige Beschützer der motorisierten Amazonen kennt, nimmt er mit denen Kontakt auf. Weiht sie in seine Pläne ein. Zusammen mit Lasserre geht er in die frühere Wohnung seines Chefs Masuy. Vielleicht lag da noch was rum, was sie gut gebrauchen konnten. Aber das Unternehmen Hausdurchsuchung geht schief. Sie reden und reden, sprechen die Pläne zur Schatzsuche immer wieder durch. Dabei fällt irgendwann mal der Name Madame Ailot."

„Das vermuten Sie, hm?" brummte Faroux.

„Ja, das vermute ich. Und es ist Ihre Aufgabe, meine Vermutungen nachzuprüfen. Der junge Mann dort wird Ihnen sicher gerne dabei helfen. Vielleicht gelingt es Ihnen ja auch, den Ausbrecherkönig oder Lasserres Antisemiten-Freunde einzufangen."

„Weiter."

„Ich vermute also, daß unser ausgebrochener Sträfling das Geheimnis der herzförmigen Brosche kennt. Wenn er Maulins letzte Worte nicht sofort kapiert hat, dann in dem Moment, als er den Namen Ailot hört. Von jetzt an ist alles ganz einfach. ‚Den Sohn haben wir fest im Griff', sagen die Automiezen. ‚Er soll den Schmuck seiner Mutter klauen. Den gesamten, denn den Jungen weihen wir besser nicht in das Geheimnis ein.' Und der kleine Doofmann klaut den Schmuck. Er weiß nicht, daß es sich um Imitationen handelt. Madame Ailot bemerkt den Diebstahl. Sie hat soeben Bénech gefeuert. Logischerweise hält sie ihn für den Dieb. Sie will das Zeug wiederhaben, bevor ihr Mann nach Hause kommt. Ein Privatflic muß her. Er wird den Schmuck zurückkaufen. Für diese schnelle Lösung sind richtige Flics nicht zu haben. Ich suche also Kontakt zu Bénech, finde ihn und mache ihm das entsprechende Angebot. Bénech hält sich für schlau. Er weiß, daß er die Klunker nicht geklaut hat. Er strengt sein Hirn an, auch wenn er keine große Übung darin hat. Wer hat den Diebstahl begangen? Auch er weiß natürlich nicht, daß es sich nur um Blech und Glasperlen handelt. Als möglicher Dieb kommt ihm der mißratene Sohn des Hauses in den Sinn. Er weiß über dessen zweifelhaften Umgang Bescheid. Und er beschließt, bei der Sache mitzumischen. Wie? Wir wissen es nicht, und er wird's uns nicht mehr verraten. Jedenfalls verläßt er nach unserer Unterredung das Hotel. Wahrscheinlich will er Verbindung mit André aufnehmen. Ich folge ihm. Er schmeißt mich die Treppe runter. Später taucht er dann hier in der Rue Berton auf. Hier ist nämlich das Liebesnest..."

„... für Suzanne und ihn?" fragte Faroux.

„Nein. Hier ist Andrés Junggesellenbude, wo er sich mit seinen Huren vergnügt. Bénech weiß das. Vielleicht ist der junge Mann gerade dort? Er ist. Aber nicht alleine. Er ist selten alleine hier; aber in der Nacht ist nicht nur ein Mädchen bei ihm, sondern auch Männer. Kalte, entschlossene Kerle, die es gar nicht lustig finden, daß der Schmuck nicht echt ist. Sie aber wollen den echten, vor allem die herzförmige Brosche. Denn in der Kopie ist natürlich nicht das Dokument, um das es ihnen geht. Es folgt eine kleine Balgerei. Die unechte Brosche rollt unter die Kommode, wo ich sie später finde. Zurück zu Bénech. Er überrascht die ehrenwerte Versammlung und ist selbst überrascht. Er hielt sich für sehr schlau. Vielleicht hielt er sich an dem Abend für ganz besonders schlau. Das hat ihm den Hals gebrochen. André will die wütenden Gangster versöhnlich stimmen. Er tötet Bénech, oder man zwingt ihn dazu. Aber auf jeden Fall ist er's, der geschossen hat. Sonst wär die Geschichte anders weitergelaufen. Bénech ist also tot, die Gangster sagen: ‚Sieh mal zu, wie du mit der Leiche fertigwirst. Aber jetzt haben wir dich völlig in der Hand. Du mußt rauskriegen, was deine Mutter mit dem echten Schmuck gemacht hat.' Abgang der wütenden Gangster. Ihr Wagen stand wohl am Anfang der Avenue Marcel-Proust. Hat etwas Öl verloren..."

„Könnte es sich eventuell um ein anderes Auto handeln, das Öl verloren hat?" warf Inspektor Fabre ein.

„Völlig unwichtig. André rennt nach Hause und erzählt alles seiner Mutter. Kriegsrat. Man könnte versuchen, die Leiche verschwinden zu lassen. Aber Nestor Burma hat bereits Kontakt mit dem Chauffeur aufgenommen und wird überall rumschnüffeln. Da reift in dem Kopf der Frau eine teuflische Idee. In manchen Situationen hat sie klaren Kopf bewiesen. Wundert mich eigentlich, daß sie sich umgebracht hat. Aber weiß man, was in dem Kopf einer Frau mit klarem Kopf vorgeht? ... Also, der teuflische Plan: ‚Mein Sohn hat getötet, aber ich werde ihn retten. Und da wir einen Täter brauchen, wird meine Nichte herhalten müssen.' Ihre Nichte wird bald volljährig. Ich mag Mädchen nicht sehr, die bald volljährig werden."

„Ach, wirklich? Da staune ich aber ...", sagte der Kommissar ironisch.

„Weil ich nämlich bei jungen Mädchen, die bald volljährig werden, die Flöhe husten höre. Würde mich wundern, wenn Suzanne nicht mit einundzwanzig ein kleines Vermögen erben würde ... von ihrem Vater. Und dieses Vermögen würde sicher an Madame Ailot gehen, wenn die Kleine aus irgendeinem Grunde das Erbe nicht antreten könnte. Tod, Wahnsinn oder ähnliches. Prüfen Sie das mal bei Gelegenheit nach, Kommissar. Der Vorteil der geplanten Inszenierung liegt also auf der Hand: André ist aus dem Schneider, und Suzannes Erbe ist im Sack."

„Und was wird inszeniert?"

„Suzanne wird mit Rauschgift vollgestopft. Ich nehme an, man hat sie süchtig gemacht, um ihre Gesundheit zu ruinieren. Die Erbschaft, Sie wissen schon ... Madame Ailot war voll krimineller Energie, sonst hätte sie nicht innerhalb weniger Stunden diesen Plan aushecken und ausführen können. Suzanne steht also unter Rauschgift. Sie wird angezogen: Bluse, Rock, Ballerinaschuhe, Regenmantel. Sie wird in den Wagen gesetzt und hierhergefahren. André muß sich als Chauffeur verkleiden, einschließlich Mütze. Suzanne redete manchmal von ‚diesem Mann' und manchmal von ‚diesem Chauffeur', so als handelte es sich um zwei verschiedene Personen. Madame Ailot ruft mich an, erzählt mir die Geschichte von dem Liebespaar Bénech-Suzanne. Vorher steckt man der Leiche noch den Schlüssel zum Hintereingang und das Foto von Suzanne im Bikini in die Tasche. Madame Ailot fährt mit mir hierher in die Rue Berton, wo ich ein makabres Schauspiel geboten kriege. Ich werde zwar nicht zum Augen-, aber zum Ohrenzeugen des Mordes an

Bénech durch Suzanne. Ein Privatflic als Tatzeuge. Prima! Suzanne wird verhaftet. Sie ist sowieso nicht mehr ganz klar im Kopf. Hat durch die Drogen ziemlich gelitten. Diese Geschichte wird ihr den Rest geben. Vor allem, weil sie sich ihrer Mutter gegenüber schuldig fühlt, die bei ihrer Geburt gestorben ist. Jedenfalls, durch die Zeugenaussage von Nestor Burma ist die Kleine geliefert! Aber so weit sind wir noch nicht. Wir kommen also hier an, Madame Ailot und ich. André wartet mit der benebelten Suzanne. Inzwischen hat er sich so was wie'n Alibi verschafft. Hat sich in der Rue du Ranelagh absichtlich von mir erwischen lassen, beim Horchen. Mit dem Wagen kann man schnell hin- und herfahren. Als er uns also kommen hört, beginnt die Vorstellung für zwei Privatflic-Ohren. Um eine mögliche Orgie vorzutäuschen, hat man Suzanne einen verführerischen Morgenmantel umgehängt. Den hat André von seinen Huren abgestaubt. Suzanne steht neben dem Sofa, nicht recht bei Verstand, in der Hand den Revolver, mit dem Bénech erschossen worden ist. Bénech ist auch da, auf einem Stuhl. André zieht ihm den Teppich unter den Stuhlbeinen weg. Die Leiche fällt sozusagen tot vom Stuhl. Suzanne stößt einen Schrei aus. André gibt einen Schuß ab und springt durchs Badezimmerfenster in den Garten. Ich renne nach oben, meinen Revolver in der Hand. Suzanne sieht mich, kriegt noch mehr Schiß. Da passiert etwas, was die kriminelle Familie nicht vorhergesehen hat. Suzanne gibt auf mich einen Schuß ab, aus Todesangst oder wegen Nervenversagen. Bei diesem Schuß bin ich nicht nur Ohren-, sondern auch Augenzeuge."

Ich zauberte die Kugel hervor, die ich in dem Sessel gefunden hatte.

„Den Schuß, der Bénech getötet hat, hab ich nicht gehört, weil ich gar nicht hier war. Und die Hülse hat André verschwinden lassen. Zweiter Schuß (der erste, den ich gehört hab): Hier die Kugel. Die Hülse wird auf dem Teppich liegen. Diese Kugel haben Sie nicht gefunden, Kommissar, weil Sie nicht so genau gesucht haben. War ja 'n ganz einfacher Fall...! Dritter Schuß (der zweite, den ich gehört und sozusagen gesehen habe und der im Programm nicht vorgesehen war): Loch im Türrahmen. Als

Hauptzeuge hab ich natürlich einen Logenplatz, wie immer! Aber mich überkommen Zweifel. Auch wie immer! Dieser Logenplatz ist mir doch etwas zu nah an der Bühne. Ich spüre instinktiv, daß mir eine Privatvorstellung geboten wurde. Aber meine Zweifel führen im Moment zu nichts. Später, im Lichte anderer Details, werden die Zweifel dann zu Hypothesen. Schön. Hier also ist das große Drama inszeniert und gespielt worden. Madame Ailot erleidet einen Nervenzusammenbruch. Und Sie können mir glauben: der ist nicht gespielt. Die Nerven spielen *ihr* einen Streich. Denn Madame Ailot spielt mit hohem Einsatz. Wir fahren alle zusammen in die Rue du Ranelagh, wo sie – Teil ihres Manövers – so tut, als wollte sie mich bestechen. Natürlich in der Hoffnung, daß ich nicht anbeiße. Und ich beiße nicht an. Aber mir paßt es gar nicht, daß Suzanne verhaftet wird. Das Mädchen ist Ihnen nicht besonders nützlich, gesteht jedoch, die Geliebte des Chauffeurs gewesen zu sein... was nicht stimmt. Es schmeichelt ihr, es macht Eindruck usw. Und vor allem weiß sie immer noch nicht so recht, was sie sagt und was sie tut. Die Rauschgiftdosis, die man ihr verpaßt hat, hätte sie umbringen können. Aber sie ist dran gewöhnt und sozusagen immun... Und nun zu den Gangstern. Sie lesen in der Zeitung, wie der Mord umfrisiert wurde. Es ist ihnen egal... außer Lasserre. Die Gangster erfahren außerdem, daß ein Privatflic mitmischt. Nur... aus den Zeitungen wird nicht ganz klar, welche Rolle er spielt. Sie können schlecht Madame Ailot fragen. Die ist nämlich von Flics umlagert. Von der hält man sich im Moment besser fern. Durch das Interview im Radio erfahren sie meine Adresse. Sie schicken mir Lasserre auf den Hals, um mir auf den Zahn zu fühlen. Lasserre, wie gesagt, findet es nicht richtig, daß man dem Mädchen einen Mord anhängt, den ein kleiner Doofmann verübt hat. Er deutet mir an, daß das Mädchen unschuldig ist. Aber dann schwenkt er um, weil ihm mein Verhalten nicht paßt. Er verdreht mir die Arme und haut ab, so schlau wie vorher. Die Herren beschließen, schnell zu handeln. Madame Ailot ist durch ihre Manöver mehr denn je in der Hand der Schatzsucher. Sie rufen sie an: ‚Wo ist der echte Schmuck? An wen haben Sie ihn verkauft? Reden Sie, sonst...‘ Sie redet. Rosembaum hat die Kopien angefertigt. Wahrscheinlich hat sie ihm auch den echten Schmuck verkauft. Und Rosembaum soll sagen, wem er die Brosche angedreht hat. Sie dringen in Rosembaums Wohnung ein. Wahrscheinlich unter dem Vorwand, ein normales Geschäft abwickeln zu wollen. Sie erfahren etwas von ihm... oder auch nicht. Wir wissen es nicht. Nur eins wissen wir: Für Rosembaum nimmt die Unterhaltung ein böses Ende. Vielleicht, weil er nicht auspacken will, vielleicht aber auch, weil er Jude ist und einer von den Gangstern keine Juden mag. Nach diesem tragischen Intermezzo hat Lasserre die Schnauze voll und will aussteigen. Er besitzt so was wie 'n Tauschobjekt. Wendet sich an mich. In den Augen seiner Komplizen ist er suspekt. Er ist das schwächste Glied in ihrer Kette. Sie sind ganz nah dran, den Schatz der *Abwehr* zu heben. Rosembaum wird ihnen wohl doch verraten haben, wem er die Brosche verkauft hat. Nur an eins haben die Kerle nicht gedacht. Werd's Ihnen gleich verraten... Also, Lasserres Verabredung mit mir auf der Rennbahn kriegen die Gangster mit. Sie gehen ebenfalls hin, um zu sehen, was Lasserre vorhat. Als ich vor der Tribüne auf und ab gehe, erkennt mich einer von ihnen – muß mich wohl vom Sehen kennen. Sie beschließen, den jungen Freund zum Schweigen zu bringen. Für immer. Und zwar, bevor er mit mir gesprochen hat... Ach, das hätte ich beinahe vergessen! Madame Ailot hat ebenfalls versucht, jemanden zum Schweigen zu bringen: mich! Oh, ganz sachte, auf weniger blutige Art und Weise. Hab mich ja nur deshalb in ihrer Nähe rumgetrieben, weil ich den Schmuck wiederfinden sollte. Wenn das Zeug wieder da wär, würde sich meine Anwesenheit erübrigen. Ich war Beinahe-Zeuge des „Mordes" ihrer Nichte an Bénech. Das reichte. Nestor Burma hatte seine Schuldigkeit getan. Madame Ailot war wieder im Besitz der Kopien – wahrscheinlich hatten die Gangster ihr das Blech zurückgegeben. Madame Ailot inszenierte ein neues Stück: Sie schleppt den Kram hierher, um ihn in der Wanduhr zu verstecken. Später dann wird sie's so einzurichten wissen, daß ich ihn finde. Na ja, ich überrasche sie beim Versteckspiel, denke mir aber nicht gleich was Böses dabei. Ich erzähle ihr von Lasserres Andeutungen, von unserer Verabredung, und daß er mir Suzannes

Unschuld beweisen will. Madame Ailot begreift, daß ich ihr Spiel durchschauen werde. Sie wollte ihren Sohn retten, hat aber alles nur noch schlimmer gemacht. Darum hat sie sich aufgehängt."

„Wir werden das nachprüfen", sagte Faroux nach einer Pause.

„Wenn ich mir überlege", seufzte ich, „daß alle für nichts und wieder nichts ins Gras gebissen haben..."

„Für nichts und wieder nichts? Wenn der Schatz wirklich existiert..."

„Ich glaube, er existiert. Aber durch die Brosche kommt man nicht an ihn ran. Auch nicht durch die echte. Überlegen Sie, Florimond. Überlegen Sie besser als die Gangster, die vor Habgier blind waren! Um eine originalgetreue Kopie der Brosche anfertigen zu können, mußte Rosembaum das Original... ja, ganz genau! Öffnen mußte er es!"

„Großer Gott! Und Rosembaum?"

„Warum nicht? Es war Nazi-Geld. Sozusagen Kriegsbeute..."

* * *

Einige Tage später legte André Ailot ein Geständnis ab. Dadurch wurde meine Theorie zum Teil bestätigt.

Einige Wochen später wurden zwei der Gangster gefaßt. Sie bestätigten einen weiteren Teil.

Faroux bestätigte mir, daß Suzanne tatsächlich ein ansehnliches Vermögen erben würde. Im Falle eines Unglücks wäre das Geld an ihre Tante gegangen... Monsieur Ailot jedoch verheiratete seine Nichte mit einem Anwalt. Den Haß auf seine Frau dehnte er immerhin nicht auf das unglückliche junge Mädchen aus. Ein feiner Zug von ihm. Ja, das und noch vieles andere erzählte mir Faroux. Aber ich hörte nur mit einem Ohr hin. Als ich das düstere Haus in der Rue Berton mit den Flics und dem Mörder verließ, verließ mich auch das Interesse an diesem Fall. Zurück blieb ein Geschmack nach Asche im Mund.

Der Prozeß hat noch nicht stattgefunden. Und Suzanne hab ich nie mehr wiedergesehen.

Nachgang

Das sich in den tiefen Südwesten von Paris erstreckende Viertel zwischen Triumphbogen, Seine und Bois de Boulogne gilt (zu Recht) als teuer und (nicht ganz zu Recht) als völlig versnobt und außerdem (zu Unrecht) als langweilig.

Sicher, es gibt die öde Avenue Marceau oder die ebenso leb- und lieblose Avenue d'Iéna, in deren stuckbeladenen feinen Häusern vornehme Leute zu vornehmen Preisen wohnen, wo das Wort Bistro fast als Schimpfwort gilt, wo Geschäfte gemacht, aber selten eröffnet werden, es seien denn Boutiquen oder Juwelier-Läden. Es ist die Gegend der Botschaften und der großen Modehäuser. Am Rand der Straßen, die sich oft Avenue oder Boulevard nennen, parken (oft vorschriftswidrig) Limousinen und sehr viel Kabrios (oft nobel schwarz), wenn sie nicht nachts zuvor aufgebrochen oder gestohlen wurden. Nicht nur sonntags tragen die Herren Krawatte und die stets griffbereite Visitenkarte im Sakko, die Damen die Nase hoch und die wenigen, meist bläßlichen Kinder, die unter der besorgten Aufsicht von Au-Pair-Mädchen (meist ausländischer Herkunft) auf den viel zu wenigen Spielplätzen dezent herumtollen, Bermuda-Shorts aus grauem Flanell.

Soweit die Vorurteile all derer, die nicht im 16. Arrondissement wohnen. Denn dies ist auch die Gegend, in der Proust geboren und Victor Hugo gestorben ist, in der Balzac und Heine und James Joyce gelebt und geschrieben, Wagner und Rossini komponiert, Edouard Manet und seine Schwägerin Berthe Morsitot gemalt haben. Auteuil und Passy waren damals noch Dörfer vor der Stadt. Sie wurden erst im vergangenen Jahrhundert eingemeindet. Dort also lag das stille Gold der alten Dame.

Von der Place Charles de Gaulle (welch anderen Platz in Paris hätte man dem legendären General zu weihen gewagt, wenn nicht den berühmtesten!), von der Etoile also, auf dem der Triumphbogen thront, enteilen sternförmig ein Dutzend durchweg breiter Straßen in alle Himmelsrichtungen. Die neben den Champs-Elysées berühmteste ist die Avenue Foch. Nicht nur,

Die Avenue Foch

als in den siebziger Jahren die Opern-Diva Maria Callas starb und der Industrielle Baron Empain gekidnappt wurde, kam die breiteste Straße von Paris, deren mittlere Fahrbahn allein 120 Meter mißt, weltweit in die Schlagzeilen. Beidseitig der Avenue Foch gilt es noch eine Rasenfläche und jeweils eine Zufahrtstraße zu überqueren, ehe man endlich zu den oft palastähnlichen Anwesen gelangt.

Hinter den neugierigen Blicken stets verschlossenen Fenstern verbirgt sich der Stoff, aus dem die Träume sind. Es sind die Adressen von Direktoren und Diplomaten, Anwälten und Aristokraten, Ministern und Modeschöpfern. Großbürger wohnen hier, sagen Spötter, aber auch Spießbürger. Die Avenue Foch gilt als so vornehm, daß die wirklich Vornehmen sie vornehmlich wieder meiden. Schließlich ist es auch die feinste Adresse der Edel-Prostitution.

Napoleon III und der Baron Haussmann wollten sie zur schönsten Straße der Welt machen. Eineinhalb Kilometer hinter dem Arc de Triomphe endet sie am Bois de Boulogne, dem Stadt-

Der Métro-Eingang an der Porte Dauphine

wald im Westen von Paris. Dort liegen die Tennisplätze von Rolland Garros und die Pferderennbahnen von Longchamp und Autueil.

An der Pforte Dauphine führt eine Treppe unter die Erde. Es ist die Endstation der Métro-Linie 2. Die letzte Station zugleich der im Jugend-Stil gehaltenen U-Bahn-Eingänge des Art-Nouveau-Architekten Guimard. Die anderen sind im Lauf der Jahre zerstört worden.

So wie das Sterbehaus von Victor Hugo, Frankreichs – Molière und Balzac in Ehren – bis heute wohl populärsten Schriftsteller. Der überzeugte, ja leidenschaftliche Republikaner, Sohn freilich eines bonapartistischen Offiziers, hatte durch seinen Widerstand gegen Napoleon III soviel Sympathie im Volk erworben, daß an seinem 80. Geburtstag mehr als eine halbe Million Menschen an seinem Wohnhaus in der damals noch so benannten Avenue d'Eylau vorüberzogen. Die Popularität des greisen Dichters war so groß, daß den Schülern an diesem Tag sogar der Unterricht erlassen wurde. Vier Jahre später starb er

Rosembaums Wohnung in der Avenue Kléber

und erhielt ein Staatsbegräbnis. Das Haus aber, das seine letzte Wohnung beherbergte, wurde zwanzig Jahre darauf abgerissen.

Das 16. Arrondissement ist ein überaus literarisches Viertel. Marcel Proust zum Beispiel wurde hier geboren, in der Rue Lafontaine, und er starb hier auch, in der Rue Hamelin. Daß er sich in seinen letzten Lebensjahren fast nur noch von Kaffee ernährte, hatte er mit Balzac gemein – auch der hatte sich im 16. Bezirk niedergelassen. Das Balzac-Haus in der Rue Raynouard zählt zu den unverzichtbaren Pflichtbesuchen bei einem Streifzug durch das zu Unrecht verkannte 16. Arrondissement. Wenige Monate nur wollte er dort bleiben, wieder einmal verborgen sein vor seinen zahllosen Gläubigern – sechs Jahre sind es geworden. Drei Romane, so hatte er in einem Briefwechsel der geliebten Gräfin Hanska, die er später ehelichen sollte, gestanden, wollte er dort schreiben – mehr als zwei Dutzend Bände brachte er zu Papier.

Nur ein Teil des Hauses steht heute noch. Aber die Rue Berton, diese schmale Gasse, zu der hin das idyllische Grundstück

abfällt, hat nichts von ihrem Charme verloren, der auch Léo Malet dazu gebracht haben mag, sie als zentralen Schauplatz in das Geschehen um das ‚stille Gold der alten Dame' einzubauen.

„In der Mitte wird die Rue Berton so schmal, daß zwei Personen nicht nebeneinander hergehen können." Das ist kaum übertrieben. Und wenn es ein einziger ist und der auch noch einen Fotoapparat in der Hand hält, dann bekommt er Schwierigkeiten. Das liegt weder an Balzac noch an Léo Malet, sondern an der türkischen Botschaft. Die zählt nämlich zu den bestgeschützten diplomatischen Vertretungen in ganz Paris. Aus gutem Grund. Wiederholt war die Botschaft Angriffspunkt terroristischer Gewaltakte.

Der höfliche, aber mißtrauische Polizist (hat Kommissar Faroux ihn auf mich angesetzt?) benötigt schon ein in seinen Dienstvorschriften nicht vorgesehenes Maß an Phantasie, um meine Absicht nachzuvollziehen, die Rue Berton und den von Nestor Burma beschriebenen Pavillon zu orten und abzulichten.

Wie hätte Malet diesen filmreifen Schauplatz auslassen können! Eine gepflasterten Pfad, der sich, wie nur wenige Gäßchen im heutigen Paris, seinen ländlich-provinziellen Charakter bewahrt hat. Früher befand sich an dieser Stelle die Residenz der Prinzessin von Lamballe, die während der Revolutionswirren auf grauenvolle Weise umgebracht wurde, nachdem sie sich geweigert hatte, ihre Freundin Marie-Antoinette öffentlich zu schmähen.

Ein halbes Jahrhundert später installierte dort ein Doktor Blanche eine psychiatrische Klinik, die nach Nerval und dem Komponisten Gounod auch Guy de Maupassant zu ihren Patienten zählte. Maupassant wurde als schon hoffnungsloser Fall eingeliefert, den eine verschleppte Syphilis zu Grunde gerichtet hatte. Friedrich Sieburg schildert augenfällig die fortgeschrittene Verwirrung des Kranken, der bei seinen Rundgängen im Anstaltsgarten immer wieder mit dem Finger Löcher in die Erde gebohrt habe und den Arzt davon zu überzeugen suchte, daß kraft biologischer Gesetzmäßigkeit nach neun Monaten Kinder aus dem Boden sprießen würden.

Überzeugte Republikaner werden darauf verweisen, daß das traurige Ende des wohl begabtesten Novellisten der französischen Literatur durch die Dekadenz seiner adligen Herkunft vorgezeichnet sei. Aber diese Episode wollte ich dem pflichtbewußten Polizisten nicht auch noch zumuten.

Immer wieder läßt sich im 16. Arrondissement der genius loci aufspüren. Ein Beispiel nur: das Clemenceau-Museum in der Rue Franklin. Der französische Ministerpräsident und notorische Deutschenhasser bewohnte jahrzehntelang das düstere

Das Wohnhaus von Dreyfus

Erdgeschoß des Hinterhauses und schmiedete dort mit Emile Zola die publizistischen Pläne zur Wiederaufnahme des Dreyfus-Prozesses. Am 13. Januar 1898 veröffentlichte Clemenceaus Zeitung ‚L'Autore' den legendären Leitartikel unter der Schlagzeile „J'accuse", der die skandalöse Dreyfus-Affäre erneut ins Rollen brachte. Nur wenige Gehminuten von der Rue Franklin entfernt steht das Wohnhaus des Hauptmanns Alfred Dreyfus in der Rue Georges Mandel.

Ganz in der Nähe dann die Place du Trocadéro und das Palais de Chaillot. Früher war Chaillot ein eigenständiges Dorf an den stadtauswärts leicht ansteigenden Hügeln am Ufer der Seine. Weinberge säumten den Fluß. Die Weltausstellung 1889 war nicht nur die Geburtsstunde des Eiffelturms auf dem Marsfeld (siehe Léo Malet / „Ein Clochard mit schlechten Karten"), sondern auf der gegenüberliegenden Seite auch die eines exotisch anmutenden Bauwerks. Ein orientalisches Traumgebilde aus tausendundeiner Nacht mit zwei Türmen, die an Minarette erinnerten. Ein halbes Jahrhundert später wurde das Kuriosum wieder abgerissen. Abermals fand eine Weltausstellung statt, etwas Neues mußte her. Der Zeitgeist verzichtete auf die Schnörkel der Jahrhundertwende, aber es fiel ihm nichts Besseres ein als ein stilloser Steinklotz.

Vier Museen beherbergt das Palais de Chaillot heute. Das ungewöhnlichste ist sicher das Musée du Cinéma. Ein charmant-verstaubtes Sammelsurium von Kostümen, Plakaten und Dekorationen langjähriger Kino-Geschichte. Überhaupt ist das ganze Viertel reich an zum Teil skurrilen Museen. So gibt es in der Rue de la Faisanderie das Musée de la Contrefaçon, in dem zahlreiche Nachbildungen bekannter Marken-Artikel ausgestellt sind, gegen die die rechtmäßigen Hersteller oft vergebens vorgegangen sind. Ein Brillenmuseum findet sich in der Avenue Mozart. In der gleichen Straße also, in der der Juwelier Rosembaum sein Geschäft hatte. Seine Wohnung in der Avenue Kléber versteckt sich hinter der Fassade eines der für das beginnende 20. Jahrhundert so typischen Pariser Häuserzeilen. Selten habe ich bei meinen Nachgängen von Burmas Abenteuern durch die Pariser Stadtbezirke so viel von dem wiedergefunden, was Malet vorgezeichnet hat. Das spricht nicht nur für die konsequente Detailtreue des Autors, sondern es ist auch ein Beleg dafür, daß das 16. weit weniger als die meisten anderen Arrondissements vom großen Kahlschlag der sechziger und siebziger Jahre heimgesucht wurde. Wo eine Stadt sich nicht in Falten legt, da muß auch nichts geliftet werden.

„In der majestätischen Avenue Henri-Martin mit ihrer vierfachen Baumreihe war kein Parkplatz zu finden... Langsam gingen wir zur Hausnummer 101 zurück und bewunderten gebührend die Ruhe in den imposanten Häusern, die durch Vorgärten von der hochherrschaftlichen Avenue getrennt sind."

Stimmt.

„Das rege Treiben der Geschäftsstraße Rue de Passy endete an den Tischbeinen der sonnigen Terrasse des ‚La Gauloise'".

Stimmt fast. Schöner noch: Eines der zwei, drei nebeneinanderliegenden Cafés mag nicht nur bevorzugter Treffpunkt von Chauffeuren mehr oder weniger feiner Herrschaften sein, es gibt sogar ein Bistro, das ‚Les Chauffeurs' heißt. Ich habe dort natür-

In der Avenue Henri Martin wurde der Concierge überfallen

lich weder Célestin alias Yves noch die dicke Fledermaus Monsieur René angetroffen, aber ein ausgezeichnetes Osso Bucco verspeist. Der Spaziergang durch das langgestreckte 16. Arrondissement verlangt Ruhepausen.

Das Bistro der Chauffeure – Stammlokal von Célestin

„Das Hotel hätte Boulainvilliers oder Raynouard heißen können. Es stand nämlich genau an der Ecke dieser beiden Straßen. Aber es hieß Hôtel de l'Assomption."

Jein. An der Ecke der beiden genannten Straßen steht gar kein Hotel, aber ein paar Schritte davon entfernt. Kein Haus der allerersten Güteklasse, aber immerhin sind ihm drei Sterne zugedacht, war für einen gewissen Komfort spricht.

Etwas länger suchen muß ich das Haus von Madame Ailot. Den einzigen Zugang finde ich nicht in der Rue du Ranelagh, sondern in der parallel verlaufenden Rue des Bauches. Es ist das fast einzig verbliebene Gebäude in der beschriebenen Größe. Eine hohe Mauer und ein abweisendes Eisentor versperren die Sicht auf den Eingang.

Und noch ein Tatort: die Passage des Eaux. Nichts weiter als eine Treppe. Die aber führt über ich-weiß-nicht-wieviel-Stufen steil und bedrohlich in die Tiefe.

Ein letzter Abstecher bringt mich nach Auteuil, das weit mehr noch als Passy oder gar Chaillot seinen dörflichen Charakter bewahrt hat. Hier ist der feine Westen noch ein bißchen feiner als sonst schon. Hinter hohen schmiedeeisernen Toren stehen die Prachtvillen einer geschlossenen Gesellschaft. Zufahrt, selbst Zugang sind streng verboten. So zum Beispiel zur Privatsiedlung der Villa Montmorency. Rund achtzig Landhäuser, eines luxuriöser als das andere, bilden eine kleine Stadt für sich. Abgetrennt von der plebejischen Welt da draußen. Wanderer, stehst du am Wachtor, wage es nicht, den Fuß auch nur in den Vorhof zu setzen! Mit läppischen Drohungen, die vor bissigen Hunden warnen, ist es da nicht getan.

Nicht einmal Nestor hat es hierher verschlagen. Dabei mag hinter dem Marmor von Montmorency noch manch stilles Gold manch alter Dame verborgen liegen. Wenn es nicht gar im Wintergarten vergraben liegt.

Peter Stephan, im März 1988

Anmerkungen des Übersetzers:

1. Kapitel:
In dem Fall geh ich bis hunderttausend Francs: Bei allen Geldbeträgen, von denen im Laufe des Romans die Rede ist, handelt es sich um Alte Francs.
Tour Pointue: Polizeidienststelle im Palais de Justice am Quai de l'Horloge.

3. Kapitel:
... so belebt wie die Morgue: Leichenschauhaus und gerichtsmedizinisches Institut in Paris (jetzt *Institut Médico-Légal*).

5. Kapitel:
... Die Verpackungskünstler von Borniol: Bekanntes Beerdigungsinstitut in Paris.
Quai des Orfèvres: Sitz der Kriminalpolizei in Paris.
R.A.T.P. (Régie autonome des transports parisiens): Pariser Verkehrsbetriebe.
Sie wohnten damals im Cosmopolitan Palace: Anspielung auf den Roman „Corrida auf den Champs-Elysées“ von Léo Malet, Elster Verlag 1986.

9. Kapitel
Germinal: „Keimmonat“ der Franz. Revolution, 21. März bis 19. April.

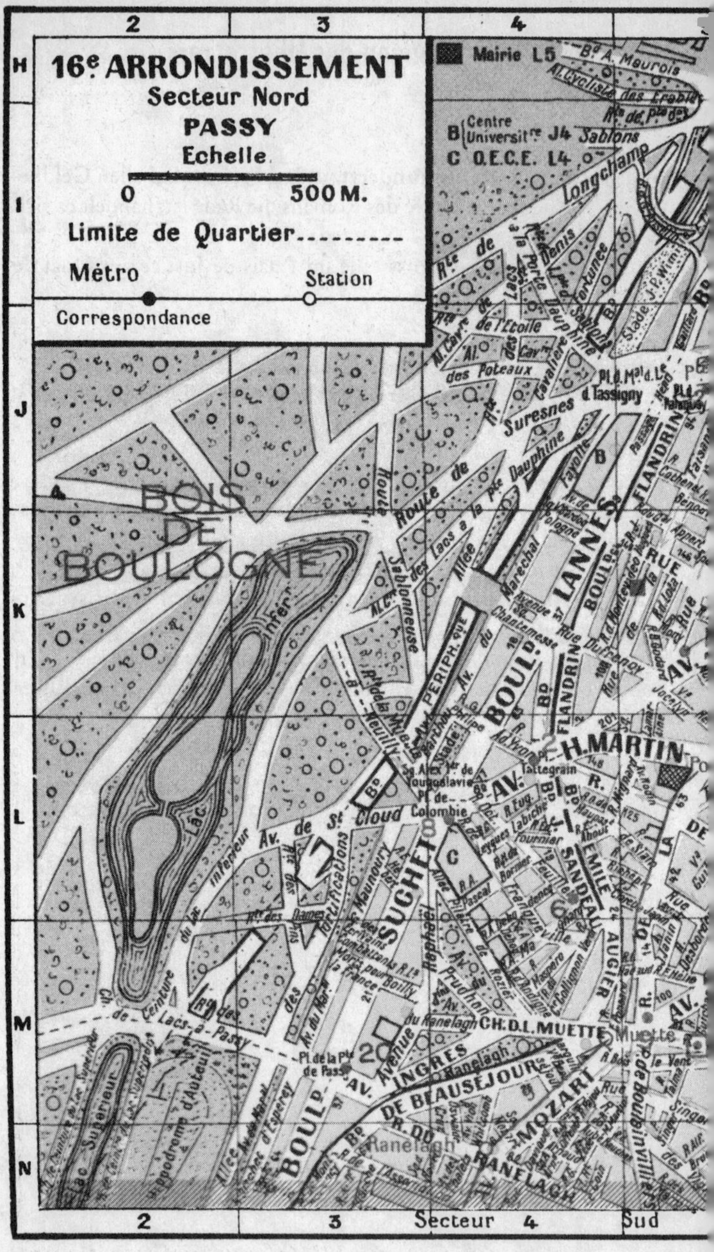
16e ARRONDISSEMENT
Secteur Nord
PASSY
Echelle
0 500 M.
Limite de Quartier
Métro
Station
Correspondance
Mairie L5
B Centre Universitre J4
C O.E.C.E. L4
BOIS DE BOULOGNE
Lac Infér.
Lac Supérieur
Hippodrome d'Auteuil
Longchamp
Sablons
Route de Suresnes
Route de la Pte Dauphine
Pl. d. Mal de L. de Tassigny
Allée des Fortifications
Av. de St Cloud
Ch. de Ceinture du Lac
Ch. de Lacs-à-Passy
BOULD LANNES
FLANDRIN
BOULD SUCHET
AV. H. MARTIN
Pl. de Colombie
Rue Dufrenoy
AV. INGRES
Ranelagh
CH. D. L. MUETTE
Muette
AV. MOZART
DE BEAUSEJOUR
R. DU RANELAGH
AUGIER
EMILE SANDEAU
Pl. de la Pte de Passy
Av. Raphaël
Av. Prudhon
2
3
4
Secteur Sud
H
I
J
K
L
M
N

voir suite du 16ème Arrt, secteur Sud, pages suivantes

Straßenverzeichnis

L 4	Rue Adolphe-Yvon
M 6	Rue de l'Alboni
M 6	Square d'Alboni
N 6	Rue d'Ankara
M 5	Rue de l'Annonciation
N 4	Rue de l'Assomption
N 4	Rue des Bauches
N 5/6	Rue Berton
M 5	Rue Bois-le-Vent
N 4	Rue de Boulainvilliers
M 2	Chemin de Ceinture
K 4	Avenue Chantemesse
M 6	Rue Charles-Dickens
M 6/7	Boulevard Delessert
K 4/5	Rue Dufrénoy
M 6	Passage des Eaux
L 6	Avenue d'Eylau
J 6/7	Avenue Foch
L/M 6	Rue Franklin
O 5	Pont de Grenelle
L 4/5	Avenue Henri-Martin
M 3/4	Avenue Ingres
O 3	Rue Jasmin
J/K 7	Avenue Kléber
M 2/3	Route des Lacs
O 3/4	Rue La Fontaine
N 5/6	Avenue de Lambelle
M 4	Chaussée de La Muette
N 6	Avenue Marcel-Proust
L/M 3	Avenue du Maréchal-Maunoury
N 5	Rue des Maronniers
K 5	Avenue de Montespan
M/N 4	Avenue Mozart
P/Q 2	Boulevard Murat
L 7/8	Avenue de New York
L/M 5	Rue Nicolo
N 6	Quai de Passy
M 5/6	Rue de Passy
K/L 5	Rue de la Pompe
L 5	Place de la Porte-de-La-Muette
J 8	Avenue des Portugais
N 5 / M 6	Rue Raynoaurd
M 4	Jardin du Ranelagh
N 4/5	Rue du Ranclagh
L 3	Avenue de Saint-Clou
L/M 6	Rue Scheffer
O 2 – L 3	Boulevard Suchet
L 4 – M 6	Rue de la Tour
L 6/7	Place du Trocadéro
K 5 – J 7	Avenue Victor-Hugo
N 5	Rue des Vignes